新版
NEW

特别狠心特别爱

TEBIE HENXIN TEBIE AI

沙拉 著

接力出版社
Publishing House

图书在版编目（CIP）数据

特别狠心特别爱：新版 / 沙拉著 .—2 版 .—南宁：接力出版社，2018.4
ISBN 978–7–5448–5377–4

Ⅰ．①特…　Ⅱ．①沙…　Ⅲ．①纪实文学－中国－当代　Ⅳ．① I25

中国版本图书馆 CIP 数据核字（2018）第 026329 号

责任编辑：楚亚男　　美术编辑：严　冬　许继云
责任校对：刘会乔　　责任监印：刘　冬
社长：黄　俭　　总编辑：白　冰
出版发行：接力出版社　　社址：广西南宁市园湖南路 9 号　　邮编：530022
电话：010–65546561（发行部）　　传真：010–65545210（发行部）
http://www.jielibj.com　　E-mail: jieli@jielibook.com
经销：新华书店　　印制：唐山嘉德印刷有限公司
开本：710 毫米 ×1000 毫米　1/16　　印张：17.25　　字数：250 千字
版次：2010 年 10 月第 1 版　2018 年 4 月第 2 版　　印次：2023 年 5 月第 44 次印刷
印数：719 001—729 000 册　　定价：49.00 元

我是第一个从中国返回以色列的犹太后裔，受到了时任以色列总理拉宾的接见。拉宾总理跟我说，犹太人爱子女就跟中国人一样，也是全世界有名的。他让我相信这片土地会让我找到爱子秘籍。

《鲁豫有约》报道沙拉的传奇育儿经：
想当“富翁的妈妈”

新版序

首先，我要感谢广大读者对我这两本书的厚爱，当年我做梦都没有想过我竟然会写出《特别狠心特别爱》这样长销近10年的畅销书，而这就是人生的惊奇点：无心插柳柳成荫！要打开心扉分享家庭私事，对任何人而言都是一件很艰难的事。但是由于接力出版社的真心诚意，我被打动了，进而完成了这两本书。书出版后立即受到广大读者的欢迎，这是出乎我意料的。

我之所以说服自己把我教养孩子的艰难之路写出来，最终目的是想告诉广大父母：无论你花多么大的力气去推动你的孩子，首先你要明白自己的动机。如果父母的动机不那么纯洁，那么孩子也不可能有纯洁的灵魂。教育的目的，是要我们的孩子有更好的价值观、人生观及世界观，是要让孩子得到一定的锻炼，这是我当初带孩子去以色列的初衷，也是写这本书的初衷。

很多读者告诉我，他们特别喜欢这本书的书名《特别狠心特别爱》——非常独特又一语中的。这个书名，其实源于我做客电视节目《鲁豫有约》时的一次访谈。

访谈中，鲁豫问我的孩子们："你们的妈妈是不是一个特别厉害、对待子女有时有点狠心的人？"孩子们的回答却是："我们的妈妈是个很善良的人。"这个回答让我也有些出乎意料。访谈后我也问了孩子们，他们没有认为我是一个狠心的妈妈。这给了我一个非常大的心理反差，因为，我必须承认，我确实是个严厉的母亲，有可能在别人的眼中还是一个特别狠心的妈妈。而事实上，这是"爱之深，责之切"的结果，因为我特别爱我的孩子们，所以孩子们并没有感觉到我特别狠心。我真的很感激我的孩子们，他们伴随我度过了曲折的13年移民生涯，聪明的他们忘记了苦水，体察到我深深的母爱——看似特别狠心，实则是深深的爱。

值此再版之际，我要再次感谢接力出版社为我精心设计的封面。当我第一次看到这个封面的时候，自己都被感动了。因为封面上那个女人并不是漂亮，而是一个睿智、真实的母亲，她不妩媚，不矫情，很真诚，很踏实。相信大家和我一样，会更加理解这个母亲传达的很厚重的感情与睿智——特别狠心特别爱！

因为书的畅销，《特别狠心特别爱》的电影也已排上日程，我感到自己身上多了一份责任与担当。迄今为止，这两本书已发行近百万册，阅读过的人应超过百万人。此外，加上听过我讲课、广播节目以及看过我电视节目的人，那可能有几百万甚至上千万……一想到我的言谈思想会影响这么多人，我感到自己肩负的社会责任巨大，这让我对自己的成长更有期许，这样才不会辜负我的读者们。

新版《特别狠心特别爱》《特别狠心特别爱：赢在家风》将更加精致，也更贴近家长们的需求。它能帮助家长学到怎么和孩子交流、学习找到解决问题的方法。它会是许多重视家庭教育者的引路人，为迷惘的家长点上一盏前行的灯，传递着乐观、坚强和耐心。

我们当前的教育，不是“寒门难出贵子”，而是“穷家富养出败儿”，这是我想告诫家长们的一句心里话。世界上没有一件事情、没有一条路是走不通的。走的人多了，那就是路了。中国孩子、犹太孩子，乃至全世界的孩子，都可能会发生问题，但问题不重要，重要的是目标。家长要教孩子设立目标，让自己和孩子有一个奋斗的前行依据；家长要教孩子怎么样战胜小我，才能有大我的格局。

今年，我将完成我的最新作品《特别狠心特别爱：父爱是一种智慧》，与大家分享我的犹太老父亲影响我一生的家教智慧，希望大家关注。语言是有温度的，希望有生之年还有更多的机会在电视上、在各种场合给大家讲课，与大家分享家教智慧与人生智慧。真心感谢接力出版社，感谢所有阅读过本书和将要阅读本书的读者，也谢谢你们的支持与传播！

沙拉

目　录

一、“特别狠心特别爱”

二、在有偿生活机制中爱孩子

三、以爱的名义延迟满足

一

“特别狠心特别爱”

我的教育成就了孩子的富翁梦

寻找遗失的爱子秘籍

20世纪30年代，我的父亲立维·伊麦斯逃离苏联，一路颠簸流离，来到中国上海，这也是继“二战”后，没有家园的犹太人第二次客居上海这个诺亚方舟。

父亲立维·伊麦斯来上海二十余年后，凭借犹太人的韧性与智慧闯出了一片天地，过上了富足平安的日子。年幼时的缤纷记忆中，我住在一个花园般的院子里，四周绿色的草坪上面点缀着鲜花，童年时代的我最喜欢在院子里采花追蝶，喜欢在头上戴着花环，像希腊古典少女一样，生动美丽。我接受的教育是混杂的。在外面，我和普通的小朋友一起接受社会主义小学教育，信仰共产主义，能说普通话和上海话，甚至苏北话。在家里，我接触的都是犹太人联合会里的犹太人，我和他们用英语交流。父亲还教给我一些犹太礼俗和宗教信仰，还有“衣地喜”（一种古老的希伯来语）。

在我十二岁的时候，父亲突然去世了，童年的甜美顷刻间化为乌有。祸不单行，1967年，身为犹太后裔的我也没能逃过“文革”的劫难。我被人赶出了家，还被剪掉了天生卷曲的头发，以色列政府寄来的信件也被查抄，就连父亲在青浦吉安公墓的墓地也没有保住。由于“文革”，我只读到初一就辍学了。

1971年，我进了上海铜厂，做了一名靠体力吃饭的女工。但是，我很开心，因为终于可以自食其力了。

我与父亲仅存的珍贵合影

后来，我像其他中国女人一样结婚，生儿育女。我的三个孩子——长子以华、次子辉辉和小女儿妹妹，分别出生在20世纪70年代末、80年代初。

90年代初，中以建交。我想到父亲生前魂牵梦萦的故乡以色列去看一看。另外，我还有一个异想天开的念头，我听说犹太人的教育观享誉全世界，我想去以色列取教子经。当时，我刚离婚，是个失败的妻子，但我想做一个成功的母亲，于是我带着三个孩子从上海回到了以色列，这一去就是十余年，我的三个孩子的青少年时代都是在以色列度过的。

回首来时路，我很感恩。感谢中国和以色列两片睿智的土地，让我在得天独厚的跨国教育中，在世界上最爱子女、胎教文明开展最早的两个民族的对话中，懂得了爱子女的真正价值。

当年，因为我是第一个从中国返回以色列的犹太后裔，受到了时任以色列总理拉宾的接见。

拉宾总理跟我说：犹太人爱子女，跟中国人一样，也是全世界有名的，他让我相信这片土地会让我找到爱子秘籍。

以色列人的爱子秘籍是什么?

我说它并非以色列特产的锦囊妙计，它其实早就蕴藏在我们智慧的中国大地。是时代变迁让我们丢失了这个秘籍。所以，我们这一代的中国父母以及新生代的父母才在爱的教育中困惑。我们的父母是中国历史上最具有牺牲精神、爱孩子爱得最无私、最赴汤蹈火的父母，但是，我们父母的教育误区出现得也最多。“啃老族”、“草莓族”、“孩奴”成了社会问题，“中国妈妈”作为一种标签上了美国词典，暗喻为对子女包办一切、关怀强迫、过分热心的妈妈形象。

如果我没有找到传说中的爱子秘籍，如果我在四十四岁那年没有改变爱孩子的方法，今天的我可能还是昨天那个“事事包办”的“电饭煲”、“洗衣机”、“清障机”妈妈。我的三个孩子以华、辉辉、妹妹，他们也不会发生脱胎换骨的变化：以华2001年服完兵役后，进了以色列劳工部，现在在香港工作。辉辉在以色列国防部服役三年后，成为钻石商人。小女儿妹妹马上要读大学了，她的梦想是读政治经济专业，将来做一名外交官。

现在，我的两个儿子都已成为千万富翁，而我做了富翁的母亲。

孩子们给了我三把钥匙

人生之路漫漫，家长之爱殷殷。三个孩子成长得比我想象的还优秀。

大儿子以华、二儿子辉辉是“70后”，小女儿妹妹是“80后”。子女们在十六七岁时，就像商量好了一样，唧唧喳喳地围绕在我身边对我说：“妈妈，您给了我们三把钥匙——坚强、自信和宽容。我们三个人也要给妈妈三把钥匙！”

以华说：“妈妈，我要给您一把车钥匙，您的脚总因为骨刺疼，我要让您不再那么辛苦。”

辉辉说：“妈妈，我要给您一把别墅的钥匙！我们全家人都可以住在一起！”

妹妹最小，也抢着跑过来说：“我是女人，一定给妈妈一个保险箱钥匙，里面装满珠宝首饰！”

让我感动的是，三个孩子有梦相随、行动最美，能拥有这样的儿女，也是我为人母不想掩饰的自豪。

2002年，二十三岁的辉辉交给我一把位于上海张杨路的别墅的钥匙，别墅是他用自己工作上发掘的第一桶金买下的。

辉辉的人生有太多的精彩，是一个英雄少年自我拼搏的奋斗史，由他自己单独写成一本书会更好看。他曾受到微服私访的以色列前国防部长的青睐，被推荐到情报部工作；他经过重重考验，获得世界钻石之都——特拉维夫顶级钻石公司老板的OFFER。读大学期间，他就已经是上海滩崭露头角的钻石小犹太。大学毕业后，他用从小学学会的投资理念，自己创业获得人生第一桶金，成为全球为数不多的完美切割钻石生产商的合作伙伴，在全球二十多个国家设有分公司，合作伙伴遍布全世界。在三十岁前，他实现了成为世界富豪的梦想。

以华也把他曾许诺的汽车钥匙交给了我。他知道我热心社会事务，就让车子帮我代步。以华原本性格内向，放在今天就叫“宅男”。在犹太家教方法下，我当起他的社交训练师，在家里给他上待人接物模拟课。结果，内向的以华让我们大开眼界，他在学校开设了“走进中国”的讲座，凡是购买门票的同学都可以免费品尝中国春卷，他用创意营销扩大了我们家的春卷生意的影响力。以华毕业于上海外国语大学，他不仅学习成绩优异，人品也是众口称赞。在以色列服兵役期间，他年年都捧回模范士兵的奖状。服完兵役后，以华通过极其严格的笔试和面试，成为以色列政府的劳工部官员，这对中国青年来说是非常不容易的事情。2007年，而立之年的以华想对自己的人生做出新一轮的挑战，选择了钻石领域。现在，从其产品的受欢迎程度看，他的前途一片光明。

女儿——妹妹，她想送给我一把珠宝箱钥匙，她正在锻造中。今年，她就要读大学了，她梦想成为一名出色的外交官。我想，我离握到这把珠宝箱钥匙的日子不远了。

孩子们的感恩之心让为人母的我甚为感动。但是，对于做父母的来说，他们不需要儿女送给自己多少房子、车和珠宝，如果天底下的孩子都能善解人意地对待父母，就已经是父母们最大的欣慰和满足了。

常有朋友对我说：“我真羡慕你，不是羡慕你的儿女们是亿万富翁，可以给你买别墅、买车子，而是羡慕你培养了让人省心的儿女！”

每当这时，我都会跟来取经的父母分享每一个爱子秘籍。做客《鲁豫有约》时，我曾对天下父母说，不是我做了富豪的母亲，而是良好的家庭教育成就了儿子的富豪梦。而且最让我放心的是，孩子们从来不以钱为目标，他们更看重人生的智慧与阅历。

感悟别样的跨国教育

在我六十岁生日时，孩子们说了一番话，让我的内心真的非常安慰、满足。他们说：“人生就像一个旋转楼梯，当你转回原来的方位时，你就会发现自己所在的高度变了，过去与现在已不可同日而语。从以色列回到中国如此，从中国来到以色列也是如此。这都要感谢妈妈智慧的、理性的爱，教育我们学会做人，学会负责，学会生存，让我们在成长的道路上受益匪浅。谢谢我们的妈妈！”

孩子们的感触也折射出我别样的爱子感悟。十年海外生活，十年跨国教育，让我明白了**爱子秘籍的宗旨：爱孩子是一门科学，是一门艺术，爱要爱得有意义、有价值、有作为！**

1. 爱孩子需要学习——追求高质量的爱

半个世纪前，大文豪鲁迅就建议，兴办师范学堂的同时也要兴办“父范学堂”，高瞻远瞩地提出爱孩子也是一门学问，家长们光有身份是不够的，还要有职称。

爱孩子是一种情感，是一种天性，但也是一门学问，一门艺术。就好比学医，你不可能生下来就是一个医生，必须通过学习成为一个医生。每个父母也必须通过学习并付出努力才会懂得爱孩子的真谛和技巧。在家庭教育中，爱孩子是教育孩子的基础和前提，没有父母之爱的孩子，往往是有人格缺陷的。但爱也是一种教育手段，爱的目的、方式和技巧不同，教育的效果也有天壤之别。

2.“孩奴”、“直升机父母”——偏执地爱孩子

世界上太多的伤害都是以“爱”的名义做出来的，尤其是爱孩子。俗话说“失之毫厘，差之千里”，一点忽略就可以造成意想不到的后果。

中国现在还没有成为经济强国，很多家庭还徘徊在中产阶级的门槛外，但对于爱孩子，却表现出未富先娇、未贵先奢的教育理念。国内有个贵族幼儿园的广告词说，“没含着银匙出生，就使用银匙生活”。这样的理念是对贵族教育的误读。“孩奴”养不出真正的贵族，养出的是“啃老族”。

“直升机父母”是在爱的名义下，送给孩子最可怕的礼物，是必然破碎的教育泡沫。“直升机父母”意指一些父母在爱孩子的过程中，始终盘旋在孩子头上不肯撤退，不经意地还会愈飞愈快、愈管愈多，生怕一减速，就会摧毁自己与孩子的人生。他们经常会因孩子的成功、失败，出现过度的欣喜、忧伤，产生较多负面的想法。“直升机父母”把

过度的热心、过度的抚养作为礼物送给孩子，他们对孩子的爱变得越来越沉重、偏执、模糊乃至迷茫。

人们常说，我是母亲，我是父亲，一切都该给孩子，为他牺牲一切，甚至牺牲自己的幸福。有人以为只有这样才是爱孩子，其实这是过分的爱，恰恰是对孩子们的害。它让孩子变成一个残废，一个思想、精神和人格上的终身残废。著名教育家马卡连柯曾这样来比方：如果你想毒死你的孩子，你就给他饱喝一剂足量的你所谓的幸福,他就可以被毒死。

3. 寻找爱子秘籍——父母自我检验的时刻

爱孩子，最可怕的事情就是用父母的幸福来栽培儿童。任何一位理智的父母都不愿意送给孩子这“最可怕的礼物”，更不想“毒死孩子”，不愿做“最坏的教育者”。

国外将中国的“直升机妈妈”写进词典，并非有意丑化中国妈妈，而是对中国“直升机妈妈”的一个善意的提醒。在我和以色列家长相处的过程中，我发现从他们的角度看，中国的孩子有很多值得学习的优点，比如聪明好学、理解能力强、基础知识扎实、孝顺父母。但是，这些孩子共同的缺点是缺乏谋生处事的技能，缺乏判断是非的能力，责任心不强，不会与人合作，心理承受能力弱以及习惯性啃老，这恰恰是爱子不当引发的教育失误，是爱的低质量的标志。

在所有与孩子有关的问题上，我们可能始终坚信自己所做的一切都是为了孩子好，都是出于对孩子的爱，全然不知道我们的爱也有可能是目光短浅的短线投资。

看到很多名校硕士、博士毕业生，高分低能找不到合适的工作，看到很多年轻人三十好几了，还要靠父母积攒了一辈子的工资买房、供房、结婚，我真的有一番对所有父母都要说的话，但却如鲠在喉。孩子在社会上扎根难，不能全怪社会竞争环境残酷，想一想：自己这双推动摇篮的手有没有点燃孩子生命深处的技能与素质？有没有因为自己所谓的最伟大、最奉献、最越俎代庖的家庭教育，反而辜负了孩子的信任和寄托？

身为父母，不担心你不爱孩子，就怕你不懂得如何爱孩子、如何教孩

儿子与以色列孩子们的喜乐天地

子！当你爱孩子的愿望像啤酒沫一样往上蹿，而你爱孩子的理念和技巧却还停留在愚昧落后的阶段，那你就是世上最没有成效、最可怜的父母。

我们今天的父母应该如何爱孩子，怎样才爱得有价值、有意义、有作为，我们中国父母自我检验的时刻到了！

4. 拿什么来爱你——犹太家长爱子启示录

生活再苦再累，有孩子就有安慰！孩子是我们的希望，一切荣华富贵都不如孩子珍贵。正因为孩子对我们如此重要，怎样爱孩子就成了一门艰深的学问。于是，家长们都在思考这样一个问题："该怎么爱你，我的孩子？"

我不是高学历的母亲，但我却是位学习型的母亲。

刚移民到以色列时，我像在中国一样把孩子伺候得无微不至，我是他们的“电饭煲”、“洗衣机”、“清障机”，他们放下书包就在家里蹲，但是我唯一的要求是：只要他们考上大学怎么都行。现在很多父母跟我当初想的一样，但有一些父母可能已经发现了问题：孩子总有一天要走进社会，如果从小缺乏生存能力，那么就会影响他们的工作、事业，甚至是婚姻生活。

是邻居犹太大婶不留情面的批评如一根火柴点醒了我，她说：“别把你那种落后的教育方式带到以色列来，别以为你生了孩子，就会养孩子，生孩子是母鸡都会的事，养孩子则是另外一回事！”

我在以色列生活了十年，我发现很多家族的财富都世代相传，再仔细一看，这世代相传的不仅是财富，更是创造财富的技能和素质，而这些东西比金钱更有价值。这种有价值的东西，不是来自遗传，它来自犹太父母高质量的爱子方式。

可以说，犹太人为人类爱子女的发展探索了模式。虽然犹太人仅占世界人口的0.2%—0.3%，但是操纵着世界经济命脉的犹太人却不计其数，这些人当中，不仅出现过罗斯柴尔德、洛克菲勒、哈默等企业巨擘，而且还产生了索罗斯、格林斯潘等金融大鳄；美国大学中有20%的教授是犹太人，律师、医生行业里的佼佼者也常常非犹太人莫属；获诺贝尔奖的美国人当中，有31%是犹太人。

关于如何爱孩子，犹太家长有一整套的独特方法：

犹太家长**对儿女的爱，以终生受益为目标，他们不做短线，他们做长期投资。“有偿生活机制不培养啃老族”，“挖掘每个孩子的富翁潜质”，“财商能力从娃娃抓起”，“延迟满足让孩子理解家长”，“参观爸爸妈妈的一天”，“100分家长不如80分家长”，“家长退居二线，让‘兴趣’和‘愿景’催促孩子学习”，“观察、参谋、提醒——做军师父母，不培养平庸孩子”**……犹太人深奥的爱子艺术，不仅在我孩子的人生关键点发挥过重要作用，就连我自己也从中受益，做了一个爱有所成的母亲。从万里长城到阿尔卑斯，感谢中国和以色列两片古老大地教育智慧的交融，给我一份震撼和启示：别因为我们不会爱孩子，而衍生了孩子的平庸和残疾。

贴心小棉袄女儿妹妹

5. 更高境界的母爱

经济宽裕的家庭，爱孩子就需要更高的境界。

在我的两个儿子的成长中，当时家里的经济条件并不是很好，但是他们却能够体会妈妈的艰辛。以色列生存教育和理财教育的耳濡目染，更让他们很早就懂得有梦相随、行动最美！

与两个哥哥不同，小女儿成长时，家里的经济情况转好，再加上“穷养儿富养女”的老话，让我对她的教育方式感到纠结。犹太教育工作者说：“富养的女儿长大了也可能会遇上粗养的生活啊。爱女儿更要有长远的眼光。”

小女儿十六岁生日时，我带她去上海的味千拉面吃生日面，因为她喜欢吃那里的骨汤拉面。服务员刚给我们倒好免费供应的大麦茶，女儿就伸出小手一招说："再给我来杯鲜榨橙汁。"当时，我的经济条件已经很好了，可我却"狠心"地跟她说："不。"我要让她了解，最值得珍惜的不是五光十色的礼物，而是亲人、是快乐、是爱。

说真的，在富裕的环境下爱孩子，需要父母有更高的境界、智慧和勇气。可是，一旦父母们做到了，掌握了爱孩子的艺术，孩子就会受益一生。以色列没有中国的那句老话：富不过三代。因为我们一富，就想富孩子。而犹太人针对富家子弟的爱的教育是：要花钱，自己挣！保证儿孙定有儿孙福！

6. 爱需要技巧与艺术

应该如何爱孩子，我们无法给出一个固定模式，也不可能有所谓的灵丹妙药。但是，真正会爱孩子的父母，他的孩子在各方面的发展都会非常出色。比如说孩子对父母的依恋程度较小、独立性强、思维开阔、自信、解决问题能力强、心理承受能力强、懂得如何与人相处、适应环境快、更容易得出自己的经验、有安全感，不用父母过多操心，他会把注意力集中在自我发展上，也更懂得调适自己的心情。

最懂得舐犊之爱的中国父母为孩子付出的爱之深，做出的牺牲之巨，在世界上是少见的，在历史上也是绝无仅有的。虽然，苦劳与功劳并不冲突，深厚与艺术并不对立，牺牲与智慧也不矛盾，但是，如果只要温度不要理智，只管牺牲不讲究智慧，习惯包办不肯撤退，那就真可能只见苦劳不见功劳了。然而，令人忧心的是，很多深陷在爱的误区中的父母，丝毫也没有意识到自己就是其中的一员干将，自己正在送给孩子最可怕的礼物。

最后，我想告诉家长朋友们，你把所有的一切，你的生命、财富、地位、时间、精力全部交给孩子，你的孩子也不见得终身幸福。你只有教会孩子如何做一个谋生的人，教会孩子学会追求自己的目标，学会享受达到目标以后的幸福感和满足感，你才会有从容的晚年，孩子也才会收获成功的人生。

我曾是个典型的中国妈妈

我曾是典型的中国妈妈，婚姻给我带来了期待和希望，我如同站在海边遥望着新一轮的太阳如何从地平线上升起。1978年1月24日上午10时30分，我的第一个儿子以华出生了。当我得知一个新的生命诞生的时候，欣喜、激动与憧憬充溢着我的整个身心。老天爷给了我这么好的礼物，我心里暗自祈祷说："让他健康，让他快乐。"我给他取名叫以华，寓意是他身上流着中国和以色列的血脉。

巧的是，十四年后的1月24日，同一天同一个时辰，中国和以色列建交了，只是晚来了十四年，推迟了十四年。犹太人说："你被给予的任何东西，都是最好的预祝。"

以华之后，儿子辉辉、女儿妹妹也相继来到了这个世界。天下妈妈有多爱孩子？为了孩子可以奉献多少？这些问题是永无答案的。我暗下决心，自己当了母亲，一定要用全部的爱去温暖三个孩子的人生，一定要把自己全部的心血注入孩子的身心，给予他们生命的力量。

小时候，我父亲给我讲故事，他说，每个女孩子都是天使，折断了翅膀，飞向她所爱的王子身边，如果王子不再爱她，她也回不去天空了，因为她是折断了翅膀的天使。

1992年，我结束了不愉快的婚姻，带着三个孩子移民以色列，开始了新的生活。当时，三个孩子最大的十四岁，最小的只有三岁。如何让三个孩子在一个不完整的家庭里健康长大，是摆在我面前的最重要的问题，那时候我便下定决心，不想让婚姻的不幸影响到孩子的成长。

去以色列前，我像大多数中国母亲一样爱着自己的孩子，自己始终秉持着再苦不能苦孩子的原则。刚移民到以色列时，我还是从前那个把孩子伺候得无微不至的100分母亲。孩子们不用叠被、不用烧水、更不用做饭，我是他们的“电饭煲”、“洗衣机”、“清障机”。他们放下书包就坐在书桌前，不论多么忙、多么累，我都不让孩子动一下手，因为他们的学习成绩就是我绿色的希望。

初到以色列的日子，比想象中要困难许多。

我是中国第一个返回以色列的犹太后裔，受到了时任以色列总理拉宾的接见。拉宾对上海也有一段感情，当他知道我是从中国移民来的，并且是从上海来的时，他就很想见我。

见到拉宾时，我挺腼腆的。拉宾不知道我懂希伯来语，跟我用英语说：“你有任何问题，你可以找我，我会尽最大努力帮助你的。”那时候，我就用希伯来语跟他讲：“我不用你帮忙，我自己有手。”“啊，你非常了不起！”他马上对我说。之后，我在以色列从来没有要求任何人帮助我。

倔犟的性格让我坚持下来，先是克服语言关。四十二岁的我苦攻希伯来语，为了学习这种语言，我专门找老人聊天，因为老人空闲又怕寂寞，一聊就是半天，可以很好地锻炼我的口语。不到半年，我就掌握了希伯来语的主要习惯用语。我在很短的时间里学会了希伯来语，还学会了很多方言，四川话、广东话、苏北话、宁波话，我都能随口说出来。其实，我学习语言的能力是自己硬憋出来的。比如我去买盐，就会问邻居“盐”这个单词怎么说，然后我就一路走一路念，一直念到卖盐的小店。

学通语言以后，就要想办法搞活家里的GDP，我想起了在上海菜场里看到过人家做春卷皮子。凭着记忆中上海老人开粉、打春卷皮的样子，我摸索着和面、打春卷皮。在打坏了四五斤面粉后，我终于打出了第一张春卷皮，当时，我的眼泪再也控制不住了，潮湿了眼眶。那时候，我最大的梦想就是努力赚钱，供孩子好好读书，供他们上大学，让三个孩子快快乐乐地长大。

每天的生活流程是这样的：早上，我先把孩子送到学校读书，他们上学后，我再出去摆摊卖春卷。下午，孩子们放学了，他们就来春卷摊找我。我先把他们安顿好，等到了饭点，我就停止营业，在小炉子上面给他们煮馄饨、下面条、煮饺子。到了晚上，劳累了一天的我还会在灯光下用亲手做的识字图片教孩子学希伯来语。不论多么忙、多么累，我都不让孩子动一下手，里里外外的家务活都是由我一个人承包，他们只负责学习。

以色列每年11月至次年4月多为雨季，雨季的时候整整一个月都会在下雨。刚去以色列时，因为还没有宽裕的钱买车，也不知道在哪里买雨鞋，孩子们就先穿着球鞋。我怕他们穿湿球鞋上学会生病，就每天都撑着雨伞，把老大以华和老二辉辉送到语言学校上课。在教室门口，我把他们穿湿的鞋放在塑料袋里，然后再从包里掏出事先准备好的干爽的鞋，他们轮流搭着我的肩，换了干鞋进教室去上课。

看孩子们走进教室后，我再拿着被雨水打湿的鞋匆匆忙忙赶回家。漫长的雨季常常不知什么时候结束，我每天就这样反反复复，拿着干鞋送他们上学，再赶回家用吹风机把带回的湿鞋都吹干，因为第二天还要穿。

虽然累，但是，我感觉甘之如饴。中国父母爱孩子在这个世界上是数一数二的。从孩子上幼儿园、上小学、上中学、上大学，到找工作、结婚、生孩子，父母无时无刻不在操心，即使为孩子把心操碎了他们也不会有怨言。

别把那种教育带到以色列

日子像往常一样一天天过去，三个孩子依然围绕在暖洋洋的火炉旁等着我做饭。直到有一天，隔壁邻居大婶来家里串门，看到我手忙脚乱地做好饭，一碗一碗给孩子们盛好，摆在饭桌上，她实在看不惯了，心直口快地说："孩子们，你们已经是大孩子了，怎么能像客人一样看着你妈妈忙忙活活，也不伸把手帮帮妈妈呢？怎么能一动不动地等着妈妈来伺候你们呢？"

然后，邻居大婶转过头训斥我："不要把你那种不科学的母爱带到以色列来，别以为生了孩子你就是母亲。天下父母没有不爱孩子的，但是，爱孩子要有分寸、有原则、有方法。"

邻居的话很伤人，三个孩子都很难受。我安慰孩子们说："没事的，别往心里去，妈妈能撑住，妈妈喜欢照顾你们，一点也不累，你们还小，你们好好学习、好好努力就是最听话的孩子了。"

邻居犹太大婶心直口快，她看不下去我包办孩子的一切，无微不至地伺候已经超过十四岁的孩子。这也难怪，到了以色列后我才发现，以色列家庭的孩子都无一例外地参与家务劳动，而且越是富裕家庭的孩子越被父母推出家门体验生活。在以色列，没有中国人"富不过三代"这句老话，在以色列人看来，富可以富三代，关键看父母对孩子施加什么样的爱。

中国人觉得爱是爱，教育是教育，而犹太人觉得，爱本身就是一种教育。所以，犹太大婶对我的批评，我其实早有心理准备，只是没想到她会这么一针见血、直截了当。

犹太大婶不留情面地跟我说："沙拉，不要把你这种落后的教育方式带到以色列来。不要以为你生了孩子就是母亲。你这样不是爱孩子，是在害孩子。你怕孩子干家务活，耽误时间影响学习，宁肯自己咬牙将全部家务活都承担下来。可你必须让孩子们认识到，他们是家庭的一员，他们对家人也应该负有责任。他们应该在力所能及的范围内，分担大人的负担。这样，就绝对不会影响孩子的学习。当孩子找到价值感、尊严感时，他会主动学习，效率会更高。而一个无责任感、无价值感的孩子，尽管坐在书桌旁，却可以心猿意马地不做关于学习的事情。"

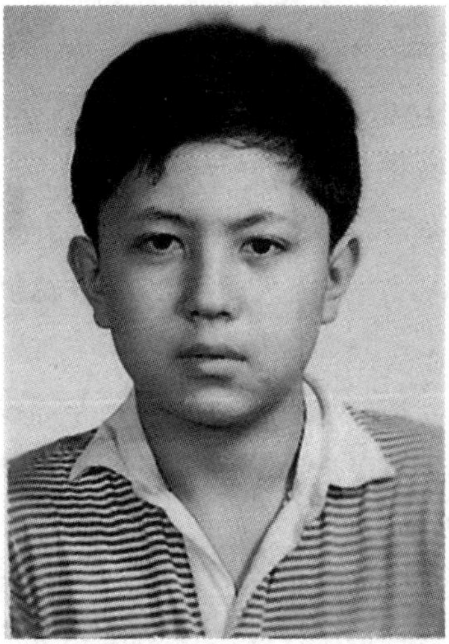
俊朗少年大儿子以华

犹太民族是个非常尊重知识的民族，即使是没有受过高等教育的人，也会读很多书。邻居大婶虽然不是博士、教授，但是她说的这番话让我醍醐灌顶，至今仍回味无穷。

"沙拉呀，父母能给孩子许多爱，但父母却不能代替孩子长大。每个父母都疼爱自己的孩子，但这份爱是要有质量的。有的爱就像清水一样，润过孩子干渴的喉咙之后就无影无踪了；而有的爱则好像浓浓的鲜血，注入孩子们的身心，一生都将在孩子的身上流动，给予孩子们生命的力量。"

邻居大婶还语重心长地给我讲了一个故事。

后来，我跟很多妈妈聊天时，也常常讲起这个故事——

一只母狮子教小狮子捕猎。母狮子对两只小狮子说："孩子们，现在我要教你们捕猎。好了，辛巴、高福，现在就开始去追兔子吧！"

它话音刚落，两只小狮子就开始奔跑起来。突然，稍大的一只因为跑得太快摔倒了。母狮子心疼地对它说：“孩子，你以后就不用捕猎了。”每天，母狮子都带老二去捕猎，让老二吃饱了之后就把剩下的肉给老大吃，老大从此过上了快乐的生活。

日复一日，年复一年，老大和老二都长大了，母狮子有一天病死了，老大和老二只好出去捕猎。追着追着，它们俩走散了。老大想找食物吃，可是它什么也不会。过了三天，老大倒下了。它对世界说的最后一句话是：“妈妈，我恨你！”

其实，我对邻居大婶的教育并不陌生。在小时候，我爸爸也这样教育过我。年迈的爸爸总是在喝完早茶后，一边听《蓝色的多瑙河》、《静静的湖泊》，一边跟我轻轻诉说：

“沙拉，你千万不能因为爸爸现在在你身边照顾你，就把这种照顾当成习惯，因为爸爸不是总留在你身边。你必须随时告诉自己：今天我能做‘豌豆公主’，明天我也能睡柴房；今天有爸爸来喊我起床、接我放学、把衣服帮我整理好，我可以睡到自然醒，慢慢收拾东西，明天爸爸不能来接我，我也能改成早早利用时间，把第二天要用的东西准备好，把自己的衣服整理干净。只有这样，你才能‘能屈能伸’；只有这样，爸爸才能放心。有一天，你离开家，就不会吃大亏。”

“沙拉，你将来一定会去学校过集体生活。你记住，一定要勤劳。你要主动打扫你周围的环境，别忘了环境是大家都要用的。要多给别人的暖瓶打水，每个人都要喝水，帮别人多做事，你会赢得人望。”

爸爸担心我不能面对生活的无常，怕我把衣来伸手、饭来张口当成习惯，他苦口婆心地教育我，就是怕我不勤劳，成为懒丫头，不受大家的喜爱。他更怕有一天他不在这个世界了，我没有自力更生的生存能力，没有办法在这个社会上立足。

犹太人在让孩子学习知识之前，都会让孩子获得一些做事情的基本能力。在犹太人看来，一个连做饭都不会的人是没有资格做学问的。

就拿我们在谢莫纳小镇上的一家犹太邻居来说吧，我们家住三楼，隔壁那家经济条件不错，他们家跟我们住在一起，是因为他们的房子正在装修，临时租借了我们隔壁的房子住。尽管经济上挺宽绰的，他们家仍然让十岁的儿子看家里的账目，让孩子知道在现阶段生活要花掉多少钱，让孩子明白家里需要很多钱来付账单。

为什么要这样做呢？邻居解释给我听，原因在于他们想让孩子明白："谁都喜欢玩，但这需要你接受良好的教育并获得好的学业成绩，有工作、有生存的能力，才能得到自己想要的自由和玩具。"

尽管我潜意识里已经认同了犹太父母爱孩子的方式方法，也看到了这种方法培养出的孩子在谋生处事方面比我的孩子强出一大截儿，可是，让我改变自己爱孩子的方式，我还是百般犹豫。我担心这种入乡随俗会在孩子心中留下阴影，万一他们不理解我，怎么办？万一他们跟我不再像以前那么亲密了，怎么办？

但是，老大以华和老二辉辉很懂事。一方面，他们从上海来到以色列后，也亲身体会了以色列"生存从娃娃抓起"的教育方式，感受到同龄的朋友比自己更勇敢、更坚强、更有目标和生存能力。他们觉得邻居大婶对他们的批评有道理。另外一方面，他们也想能像个小男子汉一样，帮妈妈承担家庭的责任。他们兄弟俩跟我说："妈妈，也许邻居阿姨说得没错。妈妈，让我们试着去锻炼一下吧。"

身处以色列，耳濡目染系统的犹太家庭教育，邻居犹太大婶不留情面的批评，都促使我思考：我过去的爱子方式是不是感情用事，不科学，有落后之处？这会贻误孩子的未来吗？我是不是应该重新去建立母亲的价值，重新去思考自己满腔的母爱？这些思考像一根根火柴，点醒我、擦亮我，促使我去比较中国母亲的爱与以色列母亲的爱的不同，它们又有什么相似之处，这些异同会对下一代的成长产生什么样的影响。

篝火之爱VS子宫之爱

天下父母没有不爱自己的孩子的，如果你问爱的数量有多少，答案是爱无止境。在爱的数量上，犹太家长和中国家长不分伯仲，都是赴汤蹈火，都是掏心掏肺。但是，在如何爱孩子，爱的目的、爱的理念、爱的方式、爱的技巧上，犹太家长和中国家长却有着明显的不同。

犹太家长拒绝“啃老族”

他们以“培养孩子的开拓精神，使孩子能够成为自食其力的人”为出发点，点燃孩子生命深处的技能和素质。他们从爱孩子就要为他们深谋远虑出发，把学会独立生存作为最贵重的礼物送给孩子。

犹太家长不光是嘴上说说这些理念，还会身体力行。就拿我在特拉维夫的邻居来说吧，他们家的小孩子是名副其实的小主人，不是中国家庭的“小皇帝”。孩子们经常参与家庭的各种活动，跟父母一起干些力所能及的家务活，如整理房间、做简单饭菜、收拾院子、种植花草树木、擦洗汽车、做室内外卫生、购买东西等。犹太家长认为家务活是孩子生存教育的基础课程。

全世界都知道犹太人的理财术独步天下，殊不知，犹太家长从小就给孩子灌输“不劳无获”的法则。以色列家庭教育有句口号：要花钱，自己挣！当孩子想要父母满足他们的愿望时，犹太父母会告诉他的孩子，你必须通过自己的努力，才能换得你想要的东西。尤其是富爸爸们对这个口号更是鼎力支持，没有一位“拖后腿”、“走后门”、“搞小动作”的。在犹太父母看来，优越的家庭条件并不一定是好事，再富也不能富孩子。正像我们中国人常说的那句老话：“艰难困苦，玉汝于成。”

别误会犹太孩子帮父母做家务，或者自己出去打点小工，是受钱的驱动，是把家庭关系退化成金钱关系。在犹太父母看来，金钱教育绝不仅仅是一种理财教育，在很大程度上还是一种人格、品德教育。犹太人对孩子的培养重视长线投资，他们不会担心，孩子今天去练摊了，就代表他要一辈子都会练摊。品尝了生活的真实味道，寻找到人生的坐标和榜样，更激发了孩子们树立人生理想的愿望，相比之下，锦衣玉食的孩子反而更不容易树立目标。

而且，家务劳动、有偿生活机制、财商能力从娃娃抓起，并不是说犹太人不尊重知识。相反，犹太家庭一贯以产生博士为荣耀。犹太人中产生的诺贝尔奖获得者、学科领域的代表人物，以及各类专业人才，其人数之多，占人口比例之高，是其他民族望尘莫及的。

对犹太父母来说，他们愿意支持孩子读博士、博士后，目的不是为了让孩子拿到一纸文凭，而是帮助孩子拥有实现美好人生的能力和素质。反观我们这几代中国父母，把学习成绩视为教子成功的终极体现，根本不把孩子的生存能力放在心上，或者认为生存能力等有了高学历之后再培养也来得及，反正有自己这个“老奴才”在嘛！结果呢，当惯“孩奴”，最后培养出“啃老族”。

让孩子远离“满足陷阱”

很多家长在家庭教育中都处于一种被动的局面，对孩子付出一片爱心却收效甚微。为什么家长越理解孩子，越体恤孩子，越满足孩子，孩子反而不理解家长，不体恤家长，甚至是折磨家长呢？

在犹太家长看来，这是家长只知道爱，而不知道教造成的。犹太家庭教育之所以成功率很高，就在于他们很重视从小给孩子建立家范。为了让孩子更好地理解家范、尊重家长，他们还独具匠心地设计了很多小技巧，比如说家长们就特别建议学校组织一些“了解家情”的活动，配合自己的家庭教育帮助孩子体谅父母持家的不易，从而学会珍惜和责任。

我儿子所在的中学就曾经组织过“爸爸妈妈的一天”的社会调查，调查爸爸、妈妈从早晨起床到晚上就寝所做的事情，这让儿子和他们的同学感触颇深。儿子回来跟我说，在调查总结课上，好多同学都哭了，他们没想到，爸爸、妈妈挣钱原来这么不容易。一个曾经跟妈妈要名牌溜冰鞋的同学，在他亲眼看到妈妈在嘈杂的机器声中忙碌的背影后惭愧地说：“调查那天，我看着妈妈的胳膊都累得抬不起来了。”他为自己平时不珍惜妈妈的劳动果实而惭愧。

犹太家长认为，大人适当地向孩子通报家情并非坏事。这样，孩子们会更加懂得珍惜生活，珍视父母日出而作、日落而息的艰辛劳动，不再把父母当成是银行的提款机。对家情知之甚少的孩子，则会对父母日出而作、日落而息的辛苦劳作感到习以为常。

我非常喜欢参加以色列学校的家长恳谈会，每次都感到受益匪浅。跟国内的家长会不同的是，在家长会上，老师鼓励家长们多说多问，并邀请一些家教专家给各位父母现场答疑解惑。我很多教育理念的转变都是来自这些恳谈会，比如“在爱的名义下做好家范”。以色列的教育学家认为：锦衣玉食的孩子被“超前满足”、“超量满足”、“即时满足”久了，更容易形成一种错误的认知，觉得深爱自己的父母做这些是天经地义的，从而产生理所当然的唯我独尊心理，你再给他定什么家范，都无济于事。

以色列家长有一个教子谋略特别有趣，翻译成中文大意就是：没有条件创造条件也要上。他们要创造什么条件呢？原来，不论富人家庭还是普通家庭，父母们都会有意识地“创造”一些艰苦的环境，磨炼孩子的意志和智商。唯恐孩子缺乏家范走上“伪贵族化”的歧途，很多犹太富爸爸们还经常安排自己的孩子去参加“饥饿体验”。比如带孩子一起去非洲的贫穷地区参观做义工，让孩子了解这个世界。

通过和以色列朋友交往，我发现，犹太家长苦心孤诣地模拟家庭情境或者送孩子去一些特别的贵族学校吃苦，目的都是为了让孩子不陷入“超量满足”、“超前满足”的甜蜜陷阱中，因此，犹太孩子们常常是人才辈出，成为遍布全世界的精英，这都是在犹太人的家教传统中受益的结果。

有些爱，欲速则不达

以色列孩子读到小学高年级后，家长绝对不会盘旋在孩子头顶，虽然他们总是在关键时刻出现。他们更多是在暗中守卫孩子，但不会越过自己的职能范围。在以色列学校里，专门设有家长项目主管，他的职责是定期召集一定区域的父母和教师见面。我儿子所在学校的家长项目主管给出的建议是：参观（但不要太频繁）、交流（也不要太频繁）、别（过于）担心、期待变化、相信他们。即从孩子身边向后退一步，做孩子的军师，负责参谋、观察、提醒，而不是越俎代庖地包办他们的一切。

犹太的富裕阶层更高瞻远瞩地点明了这一点：未来后工业化社会的一切竞争都是全球性的。要想保证下一代犹太孩子在世界范围内都占有优势地位，只从事高度技术性的工作是不够的，还必须具备CEO管理能力、创造力、想象力、人文价值等综合性素质。而这些素质的培养需要孩子尽早树立价值观、判断力、人生坐标、独立思想，家长根本不可能为孩子作出所有的选择。尽管家长们富有宝贵的人生经验，但是，后工业化社会的价值变动光怪陆离，聪明的家长不是越俎代庖用他们的价值观为孩子作决定，而是应该给孩子提供原动力，启发孩子去思考：孩子，你的兴趣在哪里，你的天分在哪里？你想成为什么样的人，你是否准备好了终生学习的态度？

在我订阅的以色列教育刊物上，我拜读过以色列人力资源培训专家、团队发展国际公司顾问苏俊维的一篇文章，他说：“只有让孩子学会‘我要学习’，‘我有这个兴趣’，孩子才有能力去学习、去思考！”

我在以色列的特拉维夫有一位做医院院长的好朋友。有一天，我和他聊起了孩子职业选择的话题，他对我说：“我不会跟孩子说，医生收入高，所以你报医学院吧。因为，他如果只是为收入而做医生，迟早会后悔的。医生行业极其辛苦，没有治病救人的理想，只是受金钱力量的驱使，他将来也不会成为一位好医生。所以，我想让他考虑清楚自己的兴趣后再作出选择。”

这种后退一步让孩子挺身而出作选择的爸爸在以色列很普遍。犹太父母正是因为爱孩子，为孩子人生大计着想才选择退居二线，以此锻炼孩子的自我思考能力、自我选择能力，让他们建立坐标、寻找自己的价值。他们说，如果孩子没有自主性，就算家长这边吹响了冲锋号，孩子们那边却可能鸣金收兵了。与其如此，还不如分析孩子们的特质，做他们的参谋和军师，帮他们尽快找到兴趣和愿景。然后，自己退居二线，让兴趣和愿景代替自己焦灼的身影，引导孩子走向更广阔、更富有理想的世界。

如出一辙的爱子之道

犹太家长爱孩子的理念和方式真的是独辟蹊径吗？

其实，犹太家长爱的教育和中国传统的爱的教育有很多相似之处。“不患慈，患知爱而不知教也”，“溺子如杀子”，“一畦萝卜一畦菜，自己的孩子自己爱”，“黄鼠狼养的孩子是香的，刺猬养的孩子是光的”，“严是爱，娇是害”，“惯子不孝，肥田收瘪稻”，“严是爱，宽是害，不打不管要变坏”，“自古雄才多磨炼，从来纨绔少伟男”等等，都是中国自古流传的家教传统。

中国古代家训中最有名的那句“父母之爱子，则为之计深远”，更是和犹太人爱子秘籍惊人的相似，犹太人认为爱孩子虽然没有固定模式，但爱孩子都要有长远眼光，要为孩子的将来考虑，父母不能在爱的名义下感情用事。

可是，这些和犹太家教精神如出一辙的中国古训，搁在现代中国父母身上，就知易行难了。

也难怪，独生子女政策给中国家长养孩子增添了时代课题，许多家庭都患有“421、621综合征”，即四到六个老人，一对父母共爱一个孩子，总想竭尽全力将孩子保护得更多更久。中国家长明知这样对孩子不好，可心里却总是放不下。就像在肯德基餐厅，无数次地看到这样的情景：孩子拿着汉堡，大吃二喝嚼着鸡翅，老爸老妈，有时候还要加上爷爷奶奶，大眼瞪小眼地在一边看着，或者吃点从家里带来的东西。

由于从小就受到太多的溺爱，有些孩子从不动脑筋，从吃穿用到上什么学校、报考什么专业、选择什么工作都有家长的格外关照。遇到不顺心的事、受一点点挫折时，他们就眼泪汪汪，满脸委屈，表现出“草莓族”外表鲜美、不禁挤压的特征。

可以说，这代中国新生父母延续了上一辈中国父母的牺牲精神、奉献精神，并在特定的时代环境下将它愈演愈烈，甚至发展出“孩奴”、“草莓族”、“啃老族”等一系列标签，甚至做“直升机”的中国妈妈都上了美国词典。

初到以色列时，我也是中国式妈妈中的一员。耳濡目染了犹太人爱子女的方式后我开始思考：父母对孩子的爱和保护到底要小心翼翼到什么时候呢？特别是比较了儿子以华、辉辉与同龄犹太孩子在生存能力上的差距后，我便开始反思，作为母亲，在爱孩子的方式上，是不是不要那么腻、那么占有、那么霸道、那么全权？

我还曾经向一个专门搞儿童教育的犹太朋友请教过这个问题，他的一些话启发了我。他说：“沙拉，你的母爱本身没有罪，可如果超过分寸而越俎代庖，让你的孩子被过分的爱养懒、养散、养跨了斗志，那则是你母爱的罪了。”

父母如果从小对孩子一手包办，一种可能是让孩子产生依赖心理，形成一种虚假的“安全感”；另一种可能是勉强孩子违背意愿，结果造成了和孩子的矛盾，这种矛盾往往到了青春期后会加剧、激化。

最近，中央电视台心理访谈节目常常关注青少年心理问题，更多孩子心理疾病的原因已不再是以高考压力为主了，而是变得和父母的教育态度紧密相联。

十年的跨国教育经历，至今都让我脑海里不断闪现着两幅跳跃着的鲜活画面：一些中国父母爱孩子的画面像一幅子宫图，而犹太父母爱孩子的画面却像一幅篝火图。

最美的子宫图就像在文艺复兴时期的大师达·芬奇的手稿中展现的，剖开的子宫里有一个足月的婴儿。因此，有人说："子宫的意义就是孩子的宫殿。"

中国父母总有要对孩子的人生负起责任的想法，这种感情除了用"子宫"这个画面来形容外，再也找不到其他更恰当的表达方式了。

但是，当孩子走过幼年，父母在内心深处还设立"虚拟子宫"，这样最大的可能是让孩子产生依赖心理，形成一种虚假的"子宫安全感"，久而久之就被培养成了平庸无能的人。

犹太父母爱孩子的画面则像一幅篝火图。没有固定的模式，也算不上锦囊妙计。画面中，父母用篝火点燃孩子的人生和前程，遥遥望见他们就像一轮新的太阳从地平线升起。

子宫图中的父母之爱与篝火图中的父母之爱矛盾吗？不！没有子宫般的爱，就没有温度、没有奉献、没有牺牲；但是，不用篝火点燃这种爱，你再多的温度都是没有理智的感情用事，都是没有功劳只有苦劳的牺牲，都是缺乏智慧和艺术的爱！

健康的亲子之爱，应以子宫为出发点，在旅程上点燃篝火，点燃孩子生命深处的生存技能和生命素质。儿女是来源于子宫的作品，即使是作品，一旦发表，也会获得独立于作者的生命，不是作者可以支配的。对儿女的成长竭尽全力、有所为的施爱才能称得上是真正有价值的高质量之爱。而这种篝火之爱正是当前很多中国父母欠缺的，因此中国父母对孩子的溺爱就成了影响孩子成长质量的雷区。

走出爱孩子的四大误区

有一句话这样评价中国的家长们：他们太爱孩子了，但又太不会爱孩子了。

中国父母大多知道溺爱孩子有害，但却分不清什么是溺爱，更不了解自己家里有没有溺爱。“溺”，词典上解释为“淹没”的意思。人被水淹没了叫“溺毙”，如果父母的爱流横溢，那也会“淹没”孩子，这就是溺爱。溺爱是一种后患无穷的爱，它没有使孩子输在起跑线，却输在了终点线！

新加坡《联合早报》曾刊出署名文章说：中国有65%以上的家庭存在“老养小”的现象，三成的成年人基本靠父母供养。难怪不少人都在高喊：谨防“养儿啃老”颠覆中国人多年来的“养儿防老”现象。

文章总结说：“一直无业，二老啃光，三餐饱食，四肢无力，五官端正，六亲不认，七分任性，八方逍遥，九（久）坐不动，十分无用。”

没有不幸的人，只有不幸的教育。没有不好的孩子，只有不幸的孩子，不幸的孩子是因为他们受到了不幸的教育。我遇到过许多家长对孩子付出一片爱心却收效甚微：孩子不听话，不理解父母，偶尔还是小昏君，并且出现啃老苗头。可是当我们透过这种表象就会发现，导致这个问题的并不是子女，而是父母。是父母在伟大的爱子光环中走进了误区，才不小心送给孩子最可怕的礼物。如何走出这个误区，是中国新一代父母养儿育女面对的新课题、新挑战。

误区之一：素质教育≠艺术教育

症状：国内近年来流行“素质教育”，可惜的是，没有主心骨的家长把音乐、美术、武术、舞蹈、书法、外语错当成素质教育的主要内容。他们完全忽视了，孩子的为人处世，价值坐标的建立，孩子的品格，孩子对知识与职业关系的理解，孩子的人生理想以及付诸实践的能力，才是“素质教育”的明确内涵，是一个孩子走向社会舞台最必要的素质。这种素质，名牌学校、高级辅导班都没有精力和义务去培养，只有那双推动摇篮的父母之手才能给孩子这份价值连城的礼物。

缺陷：好分数=好学校，好学校=好文凭，好文凭=好工作，但是，好工作 ≠ 事业成功。在孩子小的时候，好成绩确实能说明他是个好学生，可当孩子长大成人，需要离开学校走入全球化竞争，问题就出来了。未来后工业化社会需要人才具备财商、管理能力、“逆商”等多种生存技能，光会读书没有这些技能的孩子就会很吃亏，包括很多名校硕士、博士毕业生，出了校门还懵懵懂懂，不知道怎么谋生处事，甚至前途堪忧，更别说成家立业了。结果，养儿“啃”老颠覆了中国人多年来的养儿“防”老。

误区之二：习惯性满足各种要求

症状：主要表现为长辈们对孩子的物质娇宠和情感娇宠。父母是孩子的提款机。你喜欢什么，给你什么；爱吃什么，给你吃什么；爱穿什么，给你穿什么。要钱给钱，要物给物。给得越多，表明父母爱得越深。这直接导致幼儿和青少年消费日益攀高。一个四岁的幼儿园的小孩，身着米奇的外套、巴布豆的T恤、丽婴房的裤子和阿迪达斯的休闲鞋，整套装备下来要上千元。父母成了“孩奴”，孩子成了“啃老族”。

缺陷：“钱是从爸爸兜里掏出来的”、“钱是银行给的”，如此想法不是孩子的悲哀，而是中国父母教育的悲哀。不知道钱是怎么来的，

坐享儿子办公室宝座

不知道劳动的价值，养成好逸恶劳的习惯，这将对孩子未来的生活产生严重影响，甚至影响他们今后的婚姻生活。

很多中国家长觉得教育孩子不看重钱是一种美德，这没错！不过，教育孩子不看重钱的根本目的是减少他们在金钱上的虚荣心和攀比风，而不是让他们不在乎钱、大手大脚、坐享其成，当下的“啃老族”就是鲜活的例子。

而且，**即时满足、超前满足、超量满足**容易养成孩子我行我素、任性、情绪不稳定、安全感差、抗挫折能力差、缺乏感恩的个性。

误区之三：知爱而不知教

症状：爱子对家长来说发自人伦天性。动物尚且舐犊情深，人类爱子的例子更是俯拾即是。但是，爱子不是家教的终点，爱而不知教更耽误孩子。我们现代中国父母，把“爱而知教”的家训演绎得怎么样呢？

应该说，我们更重视了教育，但却没有领略“爱而知教”的内涵。“爱而知教”是家范教育，是素质教育，是慎始教育，而不仅仅是音乐、美术、书法、跆拳道、智能、英语、奥数教育。

在我们的现实生活中也常常可以看见这样的镜头：爷爷奶奶或爸爸妈妈端着饭碗追着已经半大的孩子喂饭，被追的孩子往往手里还拿着什么玩具，吃一口，玩几下，跑一圈，再吃一口，直到饭凉了，还有一大半没吃。而家长会感觉特别心疼，因为宝贝没吃饱。

缺陷：对孩子的行为缺乏明确规范的家庭，家中的长辈都争着对孩子施爱，唯恐孩子不快乐、受委屈，但是却忽略了给孩子从小“慎于始”教育的家庭，往往就是这样的家庭，令他们百思不得其解的是，他们用情感和全部的心血培养起来的孩子，有一天突然让他们觉得那么陌生，那么放肆，那么不理解父母。你越是给孩子无原则的宽容和无原则的耐心，他越会巧妙地借用你的爱心，最后擒拿了你。

误区之四：过度抚养（Over-arranged），关怀强迫、过度热心（overzealous）

症状：妈妈们过度介入孩子的生活，在孩子上空盘旋、转悠，不肯撤退，而孩子的想法经常成了泡影。“关怀强迫”的妈妈们反对其他人对孩子的生活和教育提供任何意见，她们觉得她们和孩子最近，所以最了解孩子、最关心孩子的人，无疑也是她这个母亲。从酸奶的牌子、衣服的挑选、零食的口味到食谱的搭配，从学习音乐、绘画、运动量的安排，到玩具、小伙伴、游戏的内容、活动的限制，甚至连人生目标、道路选择都要一手包办。

另外，他们经常会因孩子的失败，而过度地忧伤、哭泣，较多负面的想法，较少愉悦与生活满意度。他们还不敢减速，甚至愈管愈多，生怕一减速，就摧毁了自己与孩子的人生。

缺陷：这个误区是对孩子的一种心灵侵犯，也是对孩子成长需求的一种忽略，会降低孩子自身的免疫力、自理能力和适应能力。孩子越不适应，家长越去过度保护，这样长期恶性循环，孩子就会缺乏独立性、坚韧性、耐苦性和艰难意识。等孩子稍大后，毛病就日趋明显，做家长的还时不时地指责道："你看看你，这么大了，还是不懂事，还要我操心，唉，真把我给急死了！"然后，还要去尽力而为地过度保护孩子。在爱的名义下，家长们付出了辛苦的代价，却收获了对孩子的唠叨与担忧。

过度抚养是一种把握不好情绪的母爱，它导致的结果往往危害无穷。许多研究结果都表明：过度抚养教育风格会造成孩子心理的畸形，自私、反叛、低能，自理能力弱，易于形成依赖性，自主精神和自立能力都差，也缺乏劳动自觉性，交往能力差，既缺少合作精神又缺少竞争能力，甚至在学习和生活中遇到不顺心的事或者遇到困难的时候，自己不知所措，不会自己想办法解决，而是向父母求援或是自叹自怜。

以上的实例不是每个家庭全部都有的，但是一般家庭或多或少都涉足了这些误区，即使是轻度表现也是值得警惕的。

乍看起来，满足、关怀、热心、爱，都仿佛有伟大的牺牲奉献的味道，因为从症状上看，陷入爱的误区的父母正是通过牺牲自己来满足孩子的需要的。但实际上，父母们爱的误区让孩子的未来毁于一旦，也让自己的牺牲付诸东流。

为人父母总是艰难与伟大同行，辛苦与幸福同在，世上歌颂这种亲情的文字俯拾皆是。但是，就如高尔基所说的，生孩子是连母鸡都会做的事，爱孩子就是另外一回事情了。爱孩子一旦被人类赋予了教育的因素，就变得不那么简单了，只凭父母对孩子的满腔热爱是远远不够的，还要掌握科学的理念，掌握爱孩子的艺术与学问，如果教育观念和方法不得当就会适得其反。

家庭教育的重要性已波及全球，世界上数万种工作中，养儿育女是最重要、最具有挑战性的工作。现代教育学对家庭教育更给予了特别关注。前文提到过，犹太人的家教传统与中国人的家教传统有很多相似的地方，而犹太中产阶级家庭，更针对怎么把母爱变成篝火，充分利用优越的经济条件，发挥有利的教育因素，演绎出一套行之有效的爱子秘籍，并将它传授给后代。这套爱子秘籍是什么呢？我把它总结起来，就是七个字：特别狠心特别爱！

特别狠心特别爱

总结了犹太家长爱孩子的理念和方法，我把“特别狠心特别爱”归纳出三个内涵，与天下父母分享。我不想因为自己培育出亿万富翁的儿女，就炫耀自己的教子方法。因为，我也曾是位找不到方向的母亲，我也曾被别的母亲批评过母爱质量低，所以，我更能理解今日做父母的心情。

也正因如此，我才更想跟大家分享我的经验、我的奋斗。做母亲还需要奋斗吗？如果说有一个岗位可以不用凭证上岗，那就是做母亲。但这个岗位的学问太深，进门容易，毕业难。就像高尔基说过的一句话：生孩子是母鸡都懂的事，养孩子就是另外一回事了！

中国人为什么有句老话“富不过三代”？因为我们一富，就想富孩子。而在我的教育实践地以色列，很多家族的财富都是世代传承的，其实传承的并不仅仅是金钱，更是一种生存的技能和素质，一种对自我人生负责、对社会负责的精神。所以，富可以富三代，关键看怎么爱。

“特别狠心特别爱”的三大内涵和对应技巧，记录的是我在以色列改造三个孩子的经验、努力和思考，它不仅仅是传授给不太富裕家庭的家教参考书，相反，它更是给富裕家庭的爱子攻略。我衷心期盼它能够给爸爸妈妈们一些启发性的帮助和领悟：

（一）在有偿生活机制中爱孩子

“有偿生活机制”是犹太生存教育的一个精华，它取得了很好的实际效果，不仅使犹太子孙精明富有，而且还使得他们无论漂泊于世界的任何一个角落，都能如鱼得水地开展他们的事业。在犹太家长看来，学校里开展的各种各样技能教育，包括音乐、舞蹈、美术、网球等运动，都是孩子必需的成长养分，但是，这些教育并不能提供给孩子一个生活经验训练场。在教育问题上，犹太家长抛弃了很多浮华的东西，把生存教育列在教育的首位，直捣教育的初衷——让每个孩子长大后生活得更好。

这种做法对于任何孩子都有很好的效果，特别是对于十几岁的孩子效果更加明显。在有偿生活机制的运行下，每个孩子都比父母想象得更能干，更有时间意识、财富意识、自我管理意识、责任意识。

犹太家教恳谈会常常讨论如何实施有偿生活机制的问题，他们认为仅仅学业优异的孩子，人生未必成功，也就是说并不意味着他能在未来的生活中顺畅地实现个人价值和社会价值。以色列的《家庭教育》，曾作过一个调查报道：爱干家务的孩子与不爱干家务的孩子相比，长大后的失业率为1∶15，前者比后者的平均收入要高出20%左右。从小懂得劳动伦理学的孩子，在对生活不断体验的基础上，找到自己一生的方向，日后更容易事业有成。

（二）延迟满足，适当不满足

“延迟满足”是以色列亲子教育的重要方法之一。

人类欲望的满足，可以分为几种：延迟满足、适当不满足、超前满足、即时满足、超量满足。好的教育总是提倡“延迟满足”和“适当不满足”。“超前满足”是愚蠢的行为，“超量满足”则是浪费之举动。

以色列家长常跟孩子沟通对话，听孩子谈谈他们对延迟享受的理

相亲相爱的一家三代人

解。他们告诉孩子：如果你喜欢玩，就必须去赚取自由时间，但这需要你获得良好的学校教育和优秀的学业成绩。此后，你可以找到很好的工作，赚到钱。等赚到钱以后，你就可以玩更长的时间，玩更昂贵的玩具了。但是，如果你搞错了顺序，整个系统就不会正常工作，那你就只能玩很短的时间，最后只能拥有一些最终会坏掉的便宜玩具，然后一辈子就得更努力地工作，没有玩具、没有快乐。

以色列学校的家长恳谈会，每次都能让我受益匪浅，家长们常常对“学会拒绝”的家教观念提出自己的见解。著名犹太教育家弥塞亚早就鲜明地指出：“在家教方面，教育孩子什么事是不能做的，非常重要。”

“延迟满足”让孩子学会忍耐，让他知道这个世界不是为他一个人准备的，他所要的东西并不能唾手可得。“延迟满足”增强了孩子被拒绝的心理承受能力，培养了对成功至关重要的逆商。不仅如此，“延迟满足”还训练孩子在延后享受中磨炼意志，磨炼对人生的期许，从而变得更有弹性，在学习方面也会变得更有耐心。

（三）撤退一步，学会放手(leave alone)

犹太思想家朱特比有一句名言，被犹太家长珍藏在爱子教科书中。他说：“让孩子自己的事自己解决，如果父母过分呵护孩子，反而使孩子失去自信心。这样的孩子长大以后绝对没有独立的人格，更不可能有出色的成就。”犹太名人马克思也曾说：“人要学会走路，也要学会摔跤，而且只有经过摔跤，他才能学会走路。”

家长为什么放手难？当新生儿呱呱落地的时候，他与母亲脐带相连、血脉相连，这就使放手成为剪不断、理还乱的难题。犹太家教法则告诫父母：这个世界上所有的爱都以聚合为最终目的，只有一种爱是以分离为目的的，那就是父母对孩子的爱。父母真正成功的爱，就是让孩子尽早作为一个独立的个体从你的生命中分离出去，以他独立的人格，面对他的世界。撤退越早、放手越早，孩子就越容易适应他们的未来。

在犹太父母看来，不肯撤退、不肯放手，把孩子培养成“超龄婴儿”，“播下的是龙种，收获的是跳蚤”，是父母对一个美好生命的辜负，是父母教育的失败。真正为子女幸福着想的父母，要有超越世俗成见的慧眼，自己要向后退一步，为孩子多创造挺身而出、探索外界信息的机会。而不是冲锋在前，一手包办，挡住了孩子展望未来的视线。

犹太父母认为，如果做父母这份工作可以用绩效来考评，一手包办、越俎代庖的100分父母不见得是成功的标准，换个思路，撤退得当、放手不放任的80分的父母可能会取得更好的业绩。

不做包办的管家，做一个参谋、观察、提醒的军师是犹太家长对自己父母角色的定位。父母退居二线，鼓励孩子挺身而出，寻找兴趣和愿景，寻找自己的人生坐标并付诸实践。以自己的速度朝着或许平凡却不平庸的理想人生前行，尽管一开始飞得慢，却能续航到终点。

犹太父母对儿女的爱，就是这样以终生受益为目标，他们常常比喻自己的家教方法说：我们不做短线，要做长线投资。

犹太民族并不见得比别的民族更聪明，不过，以仅占世界人口0.2%—0.3%的比例，诞生出那么多不胜枚举的天才：马克思、达尔文、弗洛伊德、爱因斯坦、伯格森、卡夫卡、海涅、肖邦、门德尔松、梅纽因、夏卡尔、卓别林等。1982年开始设立的诺贝尔奖，可以说是由犹太人所独占，因为有32%的得奖人是犹太人，其比例是其他民族的100倍。为什么犹太人培养出这么多世界顶级人才呢？在人才培养的成功率上，家庭教育帮助犹太人“千里之行，始于足下”。

如果父母还没有懂得爱的艺术，可能会说：“特别狠心特别爱”对孩子是不是太狠心，太残酷，太没有人情了？

其实并非如此，“特别狠心特别爱”是以让孩子长大后生活得更好为出发点，点燃孩子生命深处的技能和素质，它是藏起一半爱，不是丢失一半爱，它是爱得更理性、更科学、更艺术，而不是爱得越来越沉重、越来越迷茫。

有的家长担心：“特别狠心特别爱”会不会破坏我和孩子之间的感情？

其实，这种想法是没理解犹太家教“特别狠心特别爱”的精髓，没悟到它隐藏在狠心后面特别爱的那部分。实施“特别狠心特别爱”的犹太家教，强调爱与教结合，但爱和教都要有度。只强调教，孩子就成了教育的靶子，他感受不到爱，他和父母之间的爱也就不会流动。**通过对犹太孩子的观察，我发现“特别狠心特别爱”并没有隔离开犹太父母与儿女之间的血脉情缘，反而更增添了家庭的凝聚力，增强了孩子的安全感。**犹太父母和孩子之间的感情也黏糊着呢！就拿我的教育实践来说吧！

1. 我在家里实施有偿生活机制，锻炼他们的家务能力，培养他们的财商和生存能力、管理能力、责任意识，但同时，我也要用爱经营好家庭，让全家人心心相印。我会跟女儿相约公主茶室，共度温馨美妙的母女时光；我会跟孩子一起做“时间旅行”，享受黏黏糊糊的亲子之乐。当他们留着最甜的橘子给我吃，当他们抢着把鸡翅放在我碗里，当他们郑重地许愿，要交给妈妈一个灿烂的明天，要给我三把钥匙时，我真是百般滋味涌上心头。

“有偿生活机制”是一丛篝火，激发了孩子们的生存潜质，在他们脱胎换骨的改变中，我们的亲子之情不仅没稀释，反而随着孩子年龄的增长而更感激母亲的良苦用心，更钦佩母亲的智慧。

2. 同样，爱也是“延迟满足”最重要的课题。当孩子提出这样那样的要求时，作为父母，你是接受还是拒绝？你怎样能让孩子懂得感激而不一味要求？怎样让他们了解最值得珍惜的不是五光十色的礼物，而是亲人，是快乐，是爱？

我也曾经拒绝满足孩子们的超额要求，但是，我会花费很多心血，让孩子明白什么东西是真正值得拥有的，从爸爸妈妈为他们做的点点滴滴，让他们体会到爱的浑厚与深沉，爱的绵长与体贴。

3. 越爱孩子，越要后退一步的“特别狠心特别爱”，不是对孩子放手不管、不负责任、放任自流。相反，保持爱的距离，并不代表马放南山。我就是远隔千山万水也要跟他们分享心事。不越俎代庖，不是撒手不管。相反，我们每个周末都召开家庭会议，一起晒晒太阳，聊聊烦恼，持家比做生意更需要用心经营。我退居二线，鼓励他们寻找自己的兴趣和愿景，并不代表我就可以当甩手掌柜了，相反，我更注重跟孩子之间的思想与感情交流，办事更要从孩子的前途和长远发展着想。我经常与孩子对话和探讨，并常常对孩子加以引导，诱发孩子进行思考。因此，三个孩子也拥有了好口才和判断能力，在脑海中形成“我也要成为这样的人”，“我以后要做……”，一步步实践下去，成功随之而来。

是否要根据“特别狠心特别爱”的爱子秘籍改变自己的爱子方式、爱子质量？改变与不改变是家长的选择，这个选择可以作为一面镜子反映出家长的价值观念。

不过，21世纪，孩子将面临更加激烈的未来竞争，从小具备自信心、健全的思维模式，具备解决问题、管理自己、管理事务的能力，将为今后的成长、学习和工作做好充分的准备和积累，就能够更从容地面对未来。而这些能力的大敌就是溺爱的育儿方式。溺爱是种毁灭性的育儿方式，相信这一点天下父母都有共识。然而，令人忧心的是，很多深陷在溺爱误区中的父母，丝毫也没有意识到自己就是其中的一员干将，自己正在送给孩子最可怕的礼物。

但是，**“特别狠心特别爱”的爱子方式，放在经济宽裕的家庭，执行起来就需要更高的境界。**

我的两个儿子成长的过程中，家里的经济条件不是很好，他们很能体会妈妈的艰辛。在我对孩子们的生存教育和理财教育中，更让他们很早就懂得通过自己的智慧和劳动，帮助妈妈分担家庭责任。

在小女儿妹妹的成长过程中，家里已经过上了比较富裕的生活，但是对她的生存教育却让我感到纠结、矛盾。

充满了童趣的小孙女

妹妹十六岁生日时，我请她在上海的味千拉面吃生日面，因为她喜欢吃那里的骨汤拉面。我们点了两碗骨汤拉面，服务员给我们倒好了免费供应的大麦茶。然后，女儿伸出小手一招，叫过来服务员说：“再给我来杯鲜榨橙汁。”我劝女儿说：“妹妹，这里有免费的大麦茶，很好喝，妈妈认为不需要橙汁了。”

那时候，女儿也正处于青春期，她马上就生气了，站起来转身就要走。我喊住她，说：“妹妹，如果你要走，你把妈妈给你准备的生日礼物一起带走。”女儿想了想，又回来了，我把送给她的生日礼物和生日红包一起给她，礼物是一件她向往已久的东西，红包里另外装了一千六百块钱，寄托着我这个做妈妈的祝福：一帆风顺。

等女儿的气消了，我慢慢跟她讲道理：“妹妹，一杯橙汁十八元，妈妈不是买不起。但是如果你要的任何东西，妈妈都满足你，你会当成是一种习惯，习惯于想要什么就要什么。可是，社会上的每个人并不都是你妈妈，他们能给你所想要的一切吗？今天你十六岁的生日，妈妈专门挑了这一天，拒绝你，让你扫兴了，妈妈跟你说声对不起。但是，妈妈这样狠心，就是想要你记住，如果我无限宽容你，你走向社会就会吃大亏。妈妈今天如果帮你擦了这次眼泪，将来就要帮你擦一辈子的眼泪。”

拒绝女儿喝橙汁这件事，我在中央电视台《心理访谈》节目里讲述过。当时，参加那期《心理访谈》的嘉宾、心理学专家杨凤池先生也提到了他拒绝女儿的一件事，他说：“我给我女儿做饭，她那时候很小，刚刚上小学吧，我太太出差，我这人做点饭本身就费劲，又是大热的天，做好饭摆上来，我女儿撅着嘴不吃，我说：怎么不饿呢？女儿说：‘我要吃麦当劳。’爸爸给你做饭了。‘我不想吃爸爸做的饭，就想吃麦当劳。’我说不可以。她说：‘为什么？难道爸爸没钱吗？’我说爸爸有钱，爸爸不缺钱，但那是爸爸赚的，你要愿意吃麦当劳，将来你赚了钱你买一麻袋麦当劳天天吃爸爸都没意见。”

父母爱孩子的心意是永恒的，但是，这种爱的质量有没有考核标准？犹太父母对这个纠结的心理问题给出了一个明确的答案。高质量的父母之爱就是“特别狠心特别爱”，是让孩子终生受益的爱。

“特别狠心特别爱”是绿色地、科学地爱孩子

孩子不同年龄阶段享受的父母之爱应该有所不同，这是父母要把握的分寸。孩子从嗷嗷待哺到咿呀学语，再到蹒跚学步，处在弱小渐长的过程之中，缺乏基本认知能力、抗御疾病和外来伤害的能力，犹如一棵小草非常脆弱，经不住任何风霜雪雨的吹打。这个时期的孩子特别需要父母亲的精心呵护，一丝亲子之爱就如一泓清泉，会无声地滋润着孩子的成长，母亲也会从孩子的快乐成长中获得精神的愉悦和满足。但当孩子进入童年、少年以后，就应该尽量把父母之爱的剂量科学化。否则，补药就成了毒药，毁掉孩子前程的罪魁祸首就是父母了！

“特别狠心特别爱”是有温度、有理智地爱孩子

爱是一门艺术，这里面最难把握的就是情绪。

爱孩子是正常的，但是现在的父母恨不得天天把孩子捧在手里，含在嘴里，在不知不觉中，对孩子的爱就变成了感情用事、失去理智的爱。这是以爱的名义，行自私之实，是在精神上和肉体上对孩子的摧残。“特别狠心特别爱”，以理智的胸襟包容孩子犯错误，以温暖的笑容鼓励孩子改正错误，使孩子的生命之树奋力向下自己扎根，直到长为参天大树。

“特别狠心特别爱”是有牺牲，更有智慧地爱孩子

自己做了父母，才知道受苦的同时也是享乐，奉献的同时也是收获，牺牲的同时也是满足。所以，愈有爱心的父母，愈会感到所得到的远远大于所给予的。这些爱犹如涓涓溪流汇集心间。但是，生命的本能是不断破茧而出，过多牵连，过分束缚，以爱为名的牺牲与奉献最终却成了孩子的监牢。

其实，父母爱孩子的牺牲也是要讲智慧的，美国科罗拉多大峡谷有种雕，雌雕每天要飞行二百英里寻找一种坚硬、带刺的铁树树枝筑巢，上面铺以树叶、羽毛、杂草，防止幼雕被刺扎伤。随着幼雕渐渐长大，雌雕故意将安乐窝打破，幼雕就拼命扑打着翅膀，接下来的事情是：它们终于会飞翔了。带刺的巢穴，是一种深沉的母爱，更是一种博大的智慧。

为了孩子，让我们学会如何去爱

“母爱”是个古老话题，回顾历史，“孟母三迁”、“岳母刺字”成为千古美谈。母爱又是一个崭新的话题。因为母爱虽然是母子之间的亲情，但人们都生活在现实社会，母爱又不可能不受社会生活的影响。因此，母爱虽然具有天性、本能的方面，但它又不仅仅是一种天性。社会的变迁，时代的进步，影响母爱的“变数”越来越多，使母爱具有许多崭新的时代特征。

我的孩子在十多岁之前已经习惯了我百分之百的厚而腻的母爱，我

童心荡漾的小孙女

通过仔细观察、学习、实践身边犹太父母的家教方法，对我的家庭教育实施了理念改革，中途更换教育理念和方法，孩子肯定会有一个阶段的不适应，毕竟是重打鼓另开张，不是从出生开始而循序渐进的。

很感恩生活，中国化了的犹太家教让孩子们发生了脱胎换骨的改变，在孩子们的性格中发酵，帮助他们在年轻时就取得工作上的成就。这同时也证明了犹太中产阶级发展的家教办法确实很有价值，即使被我这样一个土生土长的上海母亲中国化，却仍然可以发挥功效。

接下来，我会在书中细致地讲述我的经历、经验和观察，之所以值得和读者们一起分享，就是因为今天的中国家教环境面临着崭新的时代问题。

有的父母会说：说得容易，想得容易，做起来就不容易。所以，还是想爱就爱吧！别掖着藏着的！

家长们，听我一句劝。你溺爱孩子一时，可能就会害孩子一世。等他迟迟不能自立，等他啃老啃成习惯，等他生存能力荒废，等你离开他的世界，等他再也啃不到白给的食物，他就会哭泣着说：“妈妈，我恨你！”那时候，你再也够不着他，你会爱莫能助。

二

在有偿生活机制中爱孩子

“孩奴”VS“啃老族”

最近在中国出现了一个流行词：孩奴。

今天，在这个激烈竞争的年代，年轻的父母可能更会感到一种无形的压力。教育的担子，使精神、心理无不超负荷运行，不管父母承受得了与否，一切都只得担着。孩子还很小的时候，父母担心孩子的身体发育与健康，担心太多的意外，等孩子长大了又要关注孩子的学习问题。八小时之内，职业父母要跟得上时代的步伐，自己还需要不断地学习新知识，掌握新技术来充实、提高自己。八小时之外，父母则把自己的全部都给了孩子，勒紧荷包给孩子买国外进口奶粉，省吃俭用给孩子交纳名牌幼儿园的赞助费，扫地洗衣全都不让孩子沾一点小手，对孩子的物质要求没有抵御能力，就像孩子的“提款机”。孩子有一点风吹草动，马上兴师动众，是孩子头顶的“直升机”，不让孩子受一点儿的委屈，这就是名副其实的孩奴。孩奴的初衷是为了爱孩子，实际上剥夺了孩子获取生活知识、生存技能的权利和机会，结果是害了孩子。

“孩奴”虽然是新兴名词，可它的苗头崭露已久。首先由于传统亲子观念的影响，中国父母无怨无悔地为子女倾尽毕生财力、精力，直到子女成年，都无法从这种无条件全方位奉献的惯性中解脱出来。再加上独生子女政策产生的“421”、“621”家庭结构更进一步促成了孩奴现象。越是万众瞩目，越希望成龙成凤。于是，变本加厉地对孩子负责。

为孩子操劳、牺牲，结果发展成孩奴，造成了非常态的教育陷阱，本想把一个美好的小生命培育成参天大树，最后却事与愿违地养出寄生在父母羽翼下的“啃老族”。

越是把自己当成孩奴，越有可能养出“啃老族”，这是一种恶性循环。很多父母说，怎么爱孩子都不够，觉得自己把孩子送进最好的学校，提供最好的教育，给予最好的营养，搭建最安全的堡垒，就会塑造出精英和栋梁。这是近几代中国父母们的误区。

我也曾陷入过这种误区，刚到以色列时，我就是个如假包换的孩奴型中国妈妈。除了不能代替孩子们学习，我是他们的全权代理，是二十四小时不打烊的“电饭煲”、“洗衣机”、“洗碗机”、“清障机”、“直升机”。按照我的教育方式，也许，我现在和很多同龄的中国父母一样，正用一辈子省吃俭用的钱帮孩子们买房、买车、娶妻生子。是犹太邻居们不留情面的批评给我敲响了警钟，是以色列的家庭教育理念让我醍醐灌顶。以色列家长把学会独立生存作为最好的礼物送给孩子，决不让“啃老族”流向社会，他们觉得那会让孩子摔得更狠。爱孩子就要为他深谋远虑。

在犹太孩子中，很少有那种我们称之为“高分低能”的人。犹太人有一个算式：

好分数=好学校

好学校=好文凭

好文凭=好工作

好工作≠事业成功

这个算式并不是说犹太人不尊重知识，相反，对每个犹太家庭来说，没有比家庭中有一个或几个博士更为荣耀的了。在犹太人中产生的诺贝尔奖获得者、学科领域的代表人物以及各类专业人才很多，占人口的比例很高，这是其他民族望尘莫及的。但是，犹太人更看重对知识的运用——智慧和能力。他们把有知识而没有智慧和能力的人视为“驮书的毛驴”。对犹太父母来说，他们爱孩子，愿意支持孩子读博士、博士

我的财智人生

后，但目的不是为了让孩子拿到一纸文凭，而是帮助孩子拥有实现美好人生的能力和素质。在犹太人最尊敬的《塔木德》上，曾记载说："没有比既能做事又能做学问更好的了。没有劳动的学问结不出果实，相反可能导致罪恶。"

正因如此，犹太人非常重视从小培养孩子的生存能力，从小给孩子灌输"不劳无获"的法则。以色列家庭教育有句口号：要花钱，自己挣！当孩子想要父母满足他们的愿望时，犹太父母会告诉他的孩子，你必须通过自己的努力，才能换得你想要的东西。初到以色列时，我以为这种情况一般发生在经济条件不是特别好的家庭，后来我在一个很富有的家庭做工时才发现，富有的犹太父母更重视孩子的生存教育。我做工的那个家庭有一个读小学的男孩子，虽然家里有很多名车，但是基本不用来送这个孩子上下学。无论刮风下雨，男孩子都是自己坐公交车回家。如果他想要一双向往已久的球鞋，他的父母会建议他每天晚上洗一次碗筷，用自己的劳动来换取。他的父母说，这样才能让孩子感受生活的酸甜苦辣。

不劳无获的“有偿生活机制”在犹太家庭教育中由来已久。犹太人数量少，为什么能人才辈出呢？这一直是人们渴望知道的问题。有偿生活机制就是其中的一个小秘诀。世界富豪洛克菲勒，从小就给父亲做“雇工”挣零花钱。他清晨便到田里干农活，有时候帮母亲挤牛奶。他有一个专用于记账的小本子，把自己的工作量化后，按每小时0.37美元记入账本，而后与父亲结算。这件事他做得很认真，并感到神圣且趣味无穷。

更有意味的是，洛克菲勒的第二代、第三代乃至第四代，都严格照此办理。洛克菲勒共有五个儿女，家庭财力远非普通人家可比，但他对儿女的日常零用钱却十分“吝啬”，规定儿女们的零用钱按照年龄发放：七八岁时每周3角，十一二岁时每周1元，十二岁以上者每周2元，每周发放一次。他还给每个孩子发一个小账本，要他们记清每笔支出的用途，领钱时交给他审查。钱账清楚、用途正当的，下周还可递增5分，反之则递减。同时，孩子们能做家务事还可得到报酬，补贴各自的零用。例如，捉到100只苍蝇能得1角，逮住1只耗子得5分，背菜、垛柴、拔草又能得到若干奖励。后来当副总统的二儿子纳尔逊和兴办新工业的三儿子劳伦斯，还主动要求合伙承包全家人擦鞋的工作，皮鞋每双5分，长筒靴1角。当他们十一二岁的时候还合伙养兔子卖给医学研究所来赚取零用钱。

中国现在还没有进入经济强国，很多家庭还徘徊在中产阶级的门槛外，但对于养孩子，却表现出未富先娇、未贵先奢的教育理念。国内有个贵族幼儿园的广告词说，没含着银匙出生，就使用银匙生活。这样的理念是对贵族教育的误读。**孩奴养不出真正的贵族，养出的是“啃老族”**。论富，犹太富人最多，论贵，欧洲贵族最多。可是，这些富贵的家族在教育子女上，最重视点燃孩子们的生存技能和素质。

反观我们这几代中国父母，把学习成绩视为教子成功的终极体现，根本不把孩子的生存能力放在心上，或者认为生存能力要等有了高学历之后再培养，反正有自己这个“老奴才”在嘛！

结果呢，当惯“孩奴”，最后培养出“啃老族”。当孩奴愿望毫无理性地往上蹿，你就是历史上最伟大、最无私、最具有牺牲品质的父母，同时，也是最没有成效、最可怜的父母。年前有个调查显示，中国有65%以上的家庭存在“老养小”的现象，三成的成年人基本靠父母供养。难怪不少人都在高喊：谨防养儿“啃”老的现象颠覆中国人多年来养儿“防”老的观念！

看到很多名校硕士、博士毕业生，高分低能找不到合适的工作，看到很多年轻人三十好几了，还要靠父母积攒了一辈子的工资买房、供房、结婚，我真的有一番话要说，但却如鲠在喉。孩子在社会上扎根难，不能全怪社会竞争环境的激烈，竞争环境只会越来越残酷。中国现在不缺少高学历、高分数的孩子，但这些孩子之所以在社会上找不到理想的位置，常常就输在他们的生存能力上。每一个小生命都是带着殷殷希望呱呱坠地的，他们能否拥有美好、充实的人生，跟我们这双推动摇篮的手密不可分。别因为我们落后的教育理念，辜负了那美好生命的信任和寄托。

下面有一些测试题，父母们不妨测一测，看看自己的教育方法中有多少不合理因素。

选择“是”越多，说明你的教育方法中的不合理因素越多，你的孩子将来变成“啃老族”的危险也就越大，及早地改变你的教育方法对于你的家庭和你的孩子都是一个好消息。

我从来不让孩子做家务	是（ ） 否（ ）
看到孩子受委屈我就受不了	是（ ） 否（ ）
我对孩子从来都是百依百顺	是（ ） 否（ ）
我从来不责怪孩子	是（ ） 否（ ）
我的孩子是完美的	是（ ） 否（ ）
孩子小的时候常用哭闹逼我给他买东西，我也无可奈何	是（ ） 否（ ）

我不会让孩子去参加野外训练之类的活动　　是（ ）否（ ）

我反对磨难教育　　是（ ）否（ ）

我的孩子只要成绩好就行了　　是（ ）否（ ）

我的孩子是最棒的，我们都知道这一点　　是（ ）否（ ）

孩子遇到困难，我们做家长的是一定要帮的　　是（ ）否（ ）

避免孩子成为“啃老族”小贴士：

孩子应该做些力所能及的家务。

适当让孩子受点委屈没什么不好。

对孩子的要求应该一分为二，合理的采纳，不合理的修改甚至拒绝。

孩子有错的时候，放弃责怪孩子是放弃教育的机会。

没有孩子是完美的，完美的孩子是在完美的教养方式下产生的。

从孩子第一次用哭闹的行为作为要挟的时候就不能迁就他，否则他会变本加厉。

磨难教育是一种值得认同的教育理念。

只是成绩好的孩子未必将来成就高。

孩子是最棒的，这一点你要深埋心里，不要让孩子产生任何不可一世的想法。

孩子遇到困难时，家长不妨让他自己解决。

理财术从娃娃抓起

邻居太太经常来跟我聊天，告诉我正规的犹太家庭应该如何运作，应该如何爱孩子——犹太人认为有偿生活机制会锻炼孩子的生存能力，尤其是财商，他们从来不认为赚钱是一个需要到达一定年龄才能开展的活动，与中国的“教育从娃娃抓起”一样，他们始终觉得“财商从娃娃抓起”才是最好的教育方式。因为财商不仅是财富能力教育，更是一种品格教育和责任教育。

十年的以色列生活，让我发现很多家族的财富都是世代相传的。再仔细一看，这世代相传的不仅是财富，更是创造财富的技能和素质。而这些东西比金钱更有价值。这种有价值的东西，不是来自遗传，而是来自教育，来自犹太人的财商能力从娃娃抓起。

犹太人对子女的理财教育有一套独特的方法，他们从孩子三四岁开始就开设家庭理财课，这也是犹太民族的惯例。

三岁：辨认钱币，认识币值、纸币和硬币。

四岁：知道无法把商品买光，因此必须作出选择。

五岁：明白钱是劳动得到的报酬，并正确进行钱货交换活动。

六岁：能数较大数目的钱，开始学习攒钱，培养理财意识。

七岁：能观看商品价格标签，并和自己的钱比较，确认自己有无购买能力。

父女俩的快活游戏

八岁：懂得在银行开户存钱，并想办法自己挣零花钱。

九岁：可制订自己的用钱计划，能和商店讨价还价，学会买卖交易。

十岁：懂得平时节约一点钱，以便自己有较大开销时使用，如买溜冰鞋、滑板车等。

十一岁：学习辨识商业广告，并有打折、优惠的观念。

十二岁：懂得珍惜钱，知道其来之不易，有节约观念。

十二岁以后：完全可以参与成人社会的商业活动和理财活动。

犹太孩子刚刚有“数”的概念并初步懂得加减法，就开始学习理财并贯穿整个少年时代。家长们教育孩子从小明白金钱与购买之间的有机关系，他们让孩子从小就拥有属于自己的私房钱，和中国父母不同，他们并不主张孩子们把账面上所有的钱都储蓄起来，反而是鼓励他们合理地消费掉，如：购买喜爱的零食、玩具或者衣服。在消费之后，家长会跟孩子交流一下购物的“感受”，如是否合算、满意，然后再帮助他们分析一下这次的消费是否合理、必要，从中可以获取什么经验、汲取什么教训等。他们认为，与其让孩子每次没有经济地位地向家长苦苦“乞讨”，还不如定期给孩子一笔零用钱并作出某些消费限制方面的规定。

等孩子升入小学高年级时，犹太家长还会给孩子设立一个个人的独立银行账户，划入一笔钱，数目可能是父母一个月的工资。犹太家长这么热衷于给孩子开账户，不是他们钱多得没地方放，也不是他们溺爱孩子太大方，或者自己图省事一次性发放，而是他们有更宏大的教育目标：培养孩子的财商，让孩子从小学会明智、科学，而不是机械、盲目地“理财”。而一旦孩子因使用不当犯错时，家长不会轻易帮助他们渡过难关。他们会向孩子解释，如果将来想拥有更有价值的东西,他们就不得不在现在放弃一些价值不大的东西。因为只有如此，孩子才能懂得过度消费所带来的严重后果，从而学会对自己的消费行为负责。

很多中国家长担心孩子乱花钱，会“剥夺”孩子们掌控钱的机会。比如要买什么东西，通通向父母伸手要，孩子们得到的压岁钱，家长们也会说“压岁钱由父母来帮你保管”，全数地将压岁钱收回去。犹太家长认为这样做的弊端是，孩子们就会因此养成要花钱就伸手，一有钱就赶快花光的习惯，而缺乏对消费的规划意识。

更高明的是，为了帮助孩子为未来生活作好准备，犹太家庭还让青少年模拟父母管账。孩子十二岁前后，家长常会翻开账本，告诉他家中的钱是怎么花的，以帮助孩子了解该如何掌管家庭的“财政”。

除了从小教孩子科学使用钱外，从孩子八九岁开始，犹太家长就鼓励孩子通过劳动来挣零花钱。有一天，我儿子带回了一张萨克斯演唱会的门票，一看门票价格只有两谢克尔，原来是儿子同学自己举办的。听儿子说，这个孩子家里算得上当地很殷实的中产阶级，他开个演唱会，除了他有分享音乐的渴望外，还因为他正在积累自己的账户。账户是他爸爸帮他开的，里面已经叠加了他为家人清洗汽车、打扫卫生间、在家门口摆地摊、在面包房帮忙做促销等一系列用汗水换回的报酬。

难道他爸爸是个守财奴？难道他爸爸不爱孩子？

在学校后来的家长恳谈会上，我见到他父亲并向他请教，他父亲说：“在我看来，这个账户可以让孩子从小明白一个原则：不能不劳而获。这个世界上没有白来的粮食，你必须通过对社会作出贡献得到报偿，通过努力获得成功。另外，账户还让我的孩子看到他劳动赚到的钱是如何升值的。如果他愿意把钱做一些小型的投资，比如买一些小商品，再批发出去，我很乐意给他指导一些生意经。”

别觉得这不可思议，孩子的财商就来自父母的理财启蒙教育。犹太家长把培养孩子的财商作为一种生存能力随时随地加以培养，尤其是财富创意。看看麦考尔公司董事长从小学会的财商：

> 小时候，我父亲曾问我：“一磅铜的价格是多少？”我回答：“三十五美分。”父亲说：“对，整个得克萨斯州都知道每磅铜的价格是三十五美分，但作为犹太人的儿子，应该说三十五美元。你试着把一磅铜做成门把看看。”二十年后，父亲去世了，我独自经营铜器店。1974年，美国政府为清理给自由女神像翻新扔下的废料，向社会广泛招标，但没人应标。看到自由女神像下堆积如山的铜块、螺丝和木料后，我未提任何条件，当即签了字。很多人为我购买一堆垃圾的愚蠢举动而发笑。可是，当我把废铜熔化，铸成小自由女神像，把水泥块和木头加工成底座，把废铅、废铝做成纽约广场的钥匙，把从自由女神像身上扫下的灰包装起来，出售给花店，让这堆废料变成了三百五十万美元现金，让每磅铜的价格整整翻了一万倍后，笑话我的人都惊诧了。纽约州的垃圾让我扬名，而这都要感谢我父亲从小对我灌输的财商——财富是一种创意。

我不是富豪，我的财商也不够高，但是，耳濡目染了以色列家庭的财商教育后，我有种恍然大悟、醍醐灌顶的感觉。犹太《家庭教育》杂志上的一个数据调查表明：财商能力培养越早的人，日后的年收入越高。因为财商能力起步早，事业意识萌生早，投资概念醒悟早，日后正式加入就业大军越容易先声夺人。犹太人在经济金融界实力首屈一指，包括许多金融巨头公司老板、前美国联邦储备委员会主席格林斯潘、

“金融大鳄”索罗斯、全球富豪榜第二的“股神”巴菲特等。不是犹太人财商天生就比其他民族优秀，而是他们的财商从娃娃就抓起了。

作为传统的中国母亲，我曾经觉得应该让孩子从小少碰钱，花钱、挣钱都是工作以后的事。没错，教育孩子不看重钱是一种美德，但是，培养财商和这种美德之间并不矛盾。最懂得经营钱的犹太人反而最反对做钱奴。孩子们刚到以色列时，学校老师就问过他们这样一个问题：“当遭到歹徒的袭击，必须逃命的时候，你会带着什么逃走？”对于这个问题，回答“钱”或“宝石”是不对的。这是因为，无论是钱还是宝石，一旦被夺走就完全失去了。正确的答案是“智慧”。

理念是一种革命。有偿生活机制、财商教育颠覆了我既往的家教模式，三个孩子也明显感受到他们和同龄以色列孩子的差距，他们跃跃欲试地想成为有勇气、有独立生存能力的孩子。作为母亲，我能承担起家庭改革的重任吗？我能许给他们一份可持续发展的人生吗？

犹太孩子财商栽培法

犹太人是世界上最富有的民族，对孩子的理财教育，堪称全世界范本。

第一阶段：认识钱

当孩子还在牙牙学语时，父母就会教他们辨认硬币和纸钞，让他们体会“金钱可以购买任何他们想要的东西”，更重要的是告诉孩子“钱是怎么赚来的”。

有了对金钱的初步概念和兴趣后，犹太父母便加深“钱能换物”的理财观念。

第二阶段：掌钱能力

目前，中国的少儿面临的最大问题是如何花零用钱，有些家长不给孩子零用钱，而犹太家长认为，剥夺孩子们掌控钱的机会，反而养成要花钱就伸手，一有钱就赶快花光的习惯，缺乏对消费的规划意识。

洛克菲勒对孙子约翰零用钱的处理有几条细则：

1. 约翰的零用钱起始标准为每周1美元50美分；

2. 每周末核对账目，如果当周约翰的财政记录让家长满意，下周的零用钱上浮10美分；

3. 至少20%的零用钱将用于储蓄；

4. 每项支出都必须清楚、准确地记录；

5. 未经爸爸、妈妈同意，约翰不可以购买较贵的商品。

犹太家长在孩子十岁左右时，就给他们设立一个独立银行账户，并划入一笔钱，目的是让孩子从小就学会明智、科学，而不是机械、盲目地“理财”。

对第一次拥有这么多金钱的孩子，家长会及时地做出指导。如果家长发现自家孩子胡乱购买不需要或不合算的物品，会与孩子商议其独立账户必须保留的金额底线，然后一起制定短期的储蓄和消费目标。要是在这段时期，孩子因受到其他东西的诱惑而没能“挺住”，那么他就必须为自己不太合理的花销负责。这样做的好处是让孩子们从小就培养起量入为出的理财意识，在进行消费的同时，会考虑到自己未来的花销和长期的规划。

第三阶段：赚钱能力

都说开源节流，节流重要，开源的意义更大，这更确切地说是培养孩子的赚钱意识，让孩子了解赚钱的规则，了解到财富流转的规则，在工作中还能体味到回报与付出成比例，这看上去很简单的道理。小时候的这项功课，将会给他们的一生带来巨大的精神和物质财富。

第四阶段：财富知识

除了教会孩子合理地花钱、有效地赚钱，家长们也可以试着告诉孩子一些基本的财富常识，带领他们做一些简单的投资。现在中国也有银行推出了一些针对青少年的“儿童账户”。家长们不妨带上自己的孩子亲自办理一些基础的银行业务，告诉他们为什么要把钱存在银行里，存款利率为什么会不同，如何填写存单和取款单，怎样汇款等。

第五阶段：财商箴言

犹太人从小培养孩子财商的目的，不是让孩子沦为赚钱的机器、守财的奴隶。相反，他们把“理财教育”视为“道德教育”或“人性教育”，从小懂得劳动伦理学，从小学会投资和理财，目的不在于单纯地灌输知识和锻炼生存能力，更长远的意义是要帮助孩子养成人生所需要的智慧和正确的价值观。

有偿生活机制基础课

以色列家长认为要培养孩子的独立生存能力，首先要培养孩子的家务能力。这样，把孩子放之四海，也不用担心他们的生活问题。而我们很多培养出“啃老族”的中国家长，输就输在家务问题上。我们总觉得自己爱孩子，舍不得让他们的嫩葱小手沾上阳春水，舍不得占用他们宝贵的学习时间，影响他们的考试成绩。殊不知，家务教育是一个孩子生存能力的起步教育。犹太教育学家总结说：缺乏家务教育的孩子长大后会有以下几种不良的行为表现：

动手能力弱，眼高手低
依赖性强，缺少自主性
不懂得劳动成果的不易，不理解父母的辛苦
没有同情心

我订阅过以色列的《家庭教育》，至今还记得那上面有过一个调查报道：爱干家务的孩子与不爱干家务的孩子相比，长大后的失业率为1∶15，犯罪率为1∶10，前者比后者的平均收入要高出20%左右。

按照一般犹太家庭的规划，我画了一张值日表，挂在家里的墙壁上。值日表规定了谁哪天洗衣服、做饭、打扫房间。经过全家“家庭会议”一致决定，我们还设立了“值班家长”，规定了“值班家长”的三项任务：一是搞好家里的卫生，比如拖地板、洗碗等；二是安排一日三餐吃什么，具体操作可由我来做；三是安排家人一天的“外事”活动，可外出游玩、可走亲访友等。

老大以华担任“值班家长”第一天，他就早早起来拖好了地板，并就近买来了面包当早餐，还宣布晚上吃“炒圆白菜”和“煲一个汤”。至于“外事”活动，就是晚饭后一家四口去附近公园玩。这位“值班家长”在睡觉前，还郑重其事地写下了一篇值班日记，记录了他的值班心得。“值班家长”看到大家在洗漱，故意提醒说“水不能放得太多啊，要节约用水”，逗得全家人哈哈大笑。

实行“值班家长”制度后，我发现孩子们其实都很能干，他们一点儿也不笨。遇到问题不仅不会手足无措，还会理性地开动脑筋，解决难题。

回想在上海时，我还是个事事都对孩子照顾的保姆妈妈。每天晚上睡觉前，我会对儿子们说：“赶紧上床睡觉，书包我来给你收拾好。”“儿子，你脱下来的袜子放哪了，妈妈给你洗洗。”经过以色列家教理念的洗礼，我就这样顺水推舟般地转变了。

为了帮助我减轻家务劳动负担，以华和辉辉都是自己洗自己的衣服，有时学习太累了，实在没时间洗，他们也会把衣服浸在水里面，先把领子用肥皂打好，揉搓得差不多干净了，再放在那里。等我再洗时，感觉他们的衣服都很干净，后来才知道他们把最脏最难洗的部分都事先洗好了。他们浸衣服也有艺术，想方设法帮妈妈尽可能减轻劳动强度，他们把肥皂粉倒好后，把衣服的前襟泡在下面，让肥皂粉浸透得更充分些。

当然，我规定的值日表在执行之初也并非一帆风顺。孩子们常常会发生争执。比如老二辉辉上完体育课回来，踢球摔破了手掌，不能洗碗了，他就跟哥哥以华说：“哥哥，今天你替我洗吧。”以华说：“行，没问题，今天我暂时替你，但是你明天要连续洗两天。”

辉辉就贫嘴说：“不行，一寸光阴一寸金。今天你已经替我洗了，这个已经过去了。”以华说：“你这不是谬论吗？”

这时，我这个做妈妈的就得出来摆平，我说："这样好吗？辉辉你的手掌破了，你今天可以不洗碗。但哥哥洗完的碗，帮着擦干没问题吧，擦碗总不影响你的手吧？"

我又对以华说："要是你哪天不舒服，也由妈妈或者弟弟来帮你完成。"

我并不对他们的唇枪舌剑大惊小怪，小孩子就是这样。

自从以华、辉辉、妹妹三个孩子轮流值日后，他们跟我之间达成了一个小小的约定。

每周日的早晨，我会小睡个懒觉。于是，孩子们起早，自己来解决早饭。负责值日的人会自己到冰箱里拿酸奶和面包，再煎个鸡蛋。把早餐摆好后，他们自己先吃完，还会留一份给我。

有个星期天，是我的生日，本来计划好全家外出吃饭，可三个孩子却一脸神秘地告诉我，今天要给我做生日大餐，而且居然要做煎牛排。

孩子们系上我的围裙，还真像模像样的。他们命令我不许插手，只要在旁边观看就行。于是，我也乐得饶有兴致地看着他们怎么做。当然对孩子们的劳动，父母一定要有心理准备。譬如，孩子自己吃饭，开始会撒得到处都是，我就得多洗衣、擦桌、拖地板；孩子自己洗澡肯定会搞得"水漫金山"，我就得"大禹治水"……

第一次做这么复杂的饭，他们难免手忙脚乱。煎牛排时，也没掌握好火候，油还没热，就把牛排下锅了。有了第一块牛排的经验教训，第二块就顺手多了，火候很均匀，看见四块牛排整齐地码在盘子里，浓郁的香气沁入我的心里。

"妈妈，快尝尝，味道如何？"孩子们不由分说，夹起一块塞进我嘴里。然后，一脸自豪地笑着看我吃。我竖起大拇指说："味道好极了！"

实行值班家长制度也好，做个懒父母也好，都是为了更有智慧地爱孩子。

过去，我是个标准的"满分"家长，升级了自己爱子的方法后，我的分数从100分变成了80分。少的这20分哪里去了？不是被狠心的妈妈顺手扔了，是被聪明的妈悄悄藏起来了。有时候做父母的"懒一点"，孩子的成长反而更结实、更有后劲。

孩子们在家庭经济情况不是很好的环境下长大，如果说他们的勤劳是生活赋予的，那么到我的孙女贝贝这一代，就是主动施加给她的了。

“贝贝，看阿婆做什么，你就跟着做什么好不好？”

“好！”贝贝答应得很痛快。

孩子小时候，跟她讲爱劳动的道理，她是理解不了的。“身教”往往更有效。

我洗碗时，就给贝贝拿一个塑料的小碗，让她看着我怎么洗，然后跟着我一起洗。

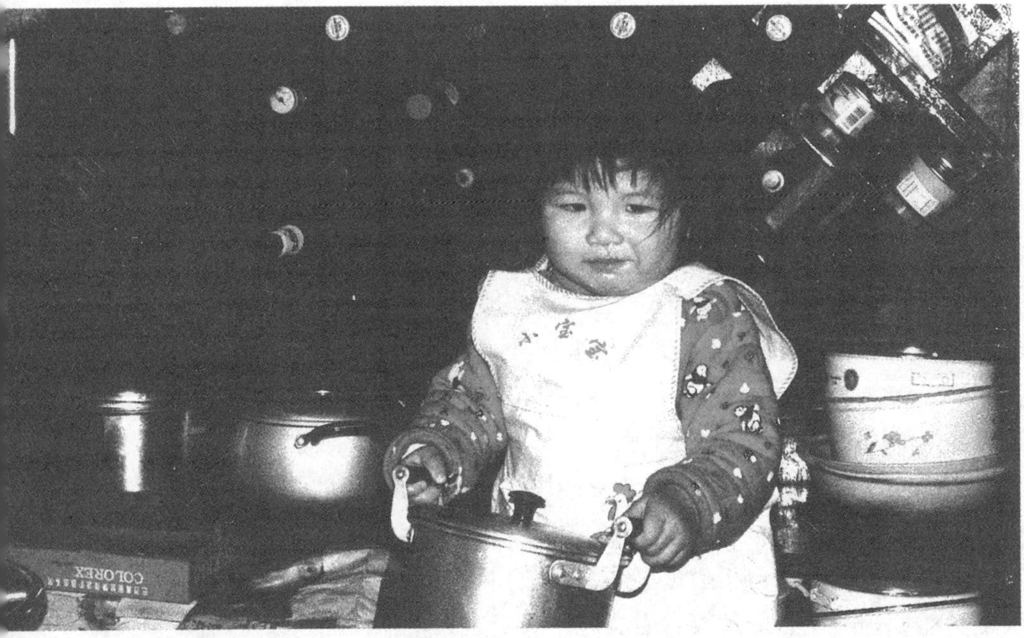

慢慢地，贝贝潜移默化地就养成了爱劳动的好习惯。她一看见我进厨房，就会嘟嘟嘟地跟着跑进来，要给我帮忙。

我有时也会让她端下锅碗啦，板凳啦什么的，当然如果让她端锅，都是让她端空锅，练练架势，不然锅里的东西溢出来会烫了孩子的手脚。

"阿婆，我端，我端！"贝贝卖力地摆出端锅的架势。

贝贝把锅从厨房端到客厅里，她穿着我给她缝制的小围裙，很可爱。贝贝爱劳动，她特别喜欢唱《劳动最光荣》：

太阳光金亮亮
雄鸡唱三唱
花儿醒来了
鸟儿忙梳妆
小喜鹊造新房
小蜜蜂采蜜糖
幸福的生活从哪里来
要靠劳动来创造
青青的叶儿红红的花
小蝴蝶贪玩耍
不爱劳动不学习
我们大家不学它
要学蜜蜂采蜜糖
要学喜鹊造新房
劳动的快乐说不尽
劳动的创造最光荣……

因为懂得劳动的辛苦，贝贝也学会了体谅人。贝贝看见我在客厅或者厨房做事，就会嘟嘟嘟地跑过来拿纸巾给我："阿婆，阿婆，给你擦汗。"

厨房，在许多家长眼里是孩子的"禁区"。"别进来，危险。""这里油烟重，快出去。"当好奇的孩子想走进厨房看看、摸摸的时候，经常被爸爸妈妈拒之门外。有年轻的妈妈跟我说："别说孩子了，我自己都不怎么进厨房的，从小到大都是妈妈做饭的，女儿生下来之后我们就一直和老人住在一起，或者时不时地就吃饭店喽，感觉也没什么。等女儿以后长大了，估计都是吃快餐了，谁还有空进厨房啊？现在社会分工越来越细，做饭并不是一定要会的。”

相比中国妈妈带着孩子远离厨房，犹太母亲更鼓励孩子走进厨房，他们认为：人要生存必须要有物质基础，而吃饭则是基础的基础。在保障安全的情况下，让孩子在厨房里择菜、洗菜，可以让他们更加感到自己是可以被信赖、被依靠的，对培养他们的安全感、自信心、独立性都有帮助。不仅是犹太妈妈，听说日本还开设了很多家“亲子料理教室”。一次大约可以容纳六户人家一起学习。小孩子们在父母的指导下拿起菜刀，按照大人的指导学习烹调。比如让孩子学会怎样打鸡蛋才能避免蛋壳不掉进碗里、不能用肥皂清洗小海贝等。淘米、洗菜、切菜……孩子们穿着小围裙、戴着小袖套，在家长的亲手把持下，一点点把胡萝卜切成丝。

其实，我们中国有个古代小故事说的也是这个道理：一个妈妈特别爱孩子，每天都把饭菜端到孩子嘴边。有一天，妈妈要出远门，孩子不会做饭怎么办？这个聪明又勤劳的妈妈就连夜做了一张大大的饼，饼中间抠了个孔，正好让孩子套在脖子上。“儿啊，妈妈出门以后，你饿了每天就咬一口饼就行了。”饼做得足够大，吃到妈妈回来也吃不完，于是乎这个妈妈就很放心地出门了。

等妈妈回来时，发现宝贝儿子竟然在家里饿死了！

“饼不够吃吗？”妈妈含着泪水端详孩子，儿子把挂在脸前面的饼吃掉了，脖子后面的饼却一口也没吃上。原来他竟然不知道饼可以转过来再吃。

做家务是最基本的生存能力锻炼。犹太家长鼓励孩子多参加家务劳动，比如整理个人的床、倒掉废纸篓里的垃圾、打扫房间的卫生、洗衣服、给草坪除草等。犹太父母认为孩子有这个能力，也有这个责任让家中保持清洁。同时犹太父母还认为，让孩子承揽一部分家务，有助于培养他们的家庭观念和家庭责任感，可以增强爱的凝聚力。

孩子家务能力栽培法

随着孩子年龄的逐渐增长，家长可以把每个种类的事情列成一张清单，孩子所要完成的劳动也要随之增加，并通过建立责任感策略，帮助孩子懂得为自己的行为举止负责任。

三至四岁的孩子可以胜任的工作：

☐ 刷牙

☐ 协助父母把干净的衣物放好

☐ 帮着收拾房间和整理玩具

☐ 把脏衣服拿到洗衣机里

四至五岁孩子胜任的工作有：

☐ 给家里的植物浇水

☐ 帮助擦桌子

☐ 帮大人拿一些报纸

六至八岁的孩子胜任的工作有：

☐ 会料理大部分的个人卫生

☐ 给自己的房间扫地、拖地

☐ 把垃圾带到楼下垃圾箱

☐ 会摆放饭桌

☐ 把杂物放到相应的地方去

☐　整理自己的床铺

九至十二岁的孩子胜任的工作有：

☐　料理全部个人卫生

☐　擦亮家具

☐　洗一些衣服

☐　拖客厅地板

☐　帮助妈妈在厨房择菜、洗菜

十三至十五岁的孩子胜任的工作有：

☐　为家人准备几餐饭

☐　清洗自己全部的衣物

☐　协助父母完成一些比较繁重的工作

☐　为自己的钱做好预算

☐　选择购买自己的衣服

☐　在附近地区做一些工作

☐　熨烫衣服

十六岁以上的孩子胜任的工作有：

☐　在外面打工赚钱

☐　在大人的监管下出门旅行

☐　做好高等教育的目标计划

☐　负责个人的全部穿着

☐　计划并准备一家人的饭菜

生存教育VS技能教育

有偿生活机制是犹太生存教育的一个精华，它取得了很好的实际效果，不仅使犹太子孙精明富有，而且还使得他们无论漂泊于世界的任何一个角落，都能如鱼得水地开展他们的事业。在犹太家长看来，学校里开展的各种各样的技能教育，包括音乐、舞蹈、美术、网球等运动，都是孩子必需的成长养分。但是，这些教育并不能提供给孩子一个生活经验训练场。在教育问题上，犹太家长抛弃了很多浮华的东西，把生存教育列在教育的首位，直捣教育的初衷——让每个孩子长大后生活得更好。

数千年来，犹太人一直把生存教育作为教育的宗旨，这不仅是由于犹太民族特殊的成长经历，更来自于人生五种主要活动的排序。根据这五种主要活动的主次关系，犹太人把生存教育列在第一位，他们认为顺其自然是最完备最严密的。这五种主要活动排序如下：

① 维持与自己生存有直接关系的活动。

② 为获得生活的必需，维持与自己生存有间接关系的活动。

③ 以教育后代为目的的活动。

④ 维持正常社会和政治关系的活动。

⑤ 以满足爱好和情感的一切活动。

在以色列，学校教育体制很完备，但是，以色列家长不会把生存教育的职责推给学校。他们会通过反复的练习，在家庭中让孩子得到有偿生活机制教育。父母们会为孩子列一个家庭杂务和日常事务的工作清单，每件工作价值一定数额的金钱，孩子可以根据自己的能力和时间选择完成，完成后会获得相应的报酬。这种做法对于任何孩子都有很好的效果，特别是对于十几岁的孩子效果更加明显。在这个机制的运行下，每个孩子都比父母想象得更能干，更有时间意识、财富意识、责任意识。以色列有的家庭也是独生子女，如果孩子不愿意承担他可以承担的家务，父母们不会姑息纵容他，会跟他斗智斗勇，比如邀请邻居家、朋友家的孩子或者他的同学来做这件事，把这份劳动所得让其他小朋友光荣地赚取。

犹太教育让我看到了事物的另一面，在和身边以色列朋友的交往中，我逐渐明白了犹太人为什么那么聪明，为什么以仅占世界人口0.3%的比例却把握了世界的经济脉搏，他们靠的不是所谓的高智商，而是从小跟生活接地气儿的家庭教育。对比我们当代中国家庭，只要孩子按照父母的旨意好好学习，就会得到家长给予的任何东西，孩子们缺乏切身体会，感受不到学习跟家庭、生活之间到底有什么重要联系。甚至有很多孩子大学毕业后，还是懵懵懂懂，不知道怎样谋生处事，怎样成家立业。

很多事，提前一步就成功。

当我感觉孩子们已经开始接受小剂量家务劳动后，我决定入乡随俗，在我家开展“有偿生活机制”。不过，家庭教育改革说得容易，做起来难。首先，我就得过自己这个慈母关。我当惯了孩子们心安理得的“提款机”，此时此刻，我能转换思维，让他们在一定程度上不劳无获吗？万一他们不理解我的良苦用心，把我当成残忍、冷酷、不可爱的周扒皮妈妈怎么办？有偿生活机制会不会影响他们的学习时间，让他们成为不爱读书只爱赚钱的钱奴？放弃的念头就像啤酒沫时不时往上蹿，咽进去又冒上来，冒上来又咽下去。看到孩子们与同龄以色列孩子之间的差距，我劝说自己，要做一个有智慧的母亲，不能因为自己的小不忍而误了孩子们的长远发展。如果继续在原来的轨道上运转，没准儿孩子们真会成为邻居大婶说的那种“啃老族”。

孩子们能接受我的有偿生活机制改革吗？一个有智慧的母亲应该了解孩子的个性，善于开发他们的潜能和优势，帮助他们走上良性发展的轨道，保持可持续发展。比如说我的两个儿子，大儿子以华和小儿子辉辉。两个儿子都是从我的肚子里生出来的，但就像是一个巴掌上的手指也有长短一样，两个儿子的个性、优势不同。大儿子比较内秀，但是他有一点点惰性，我想用有偿生活机制激发他的生存积极性。小儿子辉辉比较外向，相对擅长与人沟通，我想用有偿生活机制引导他把交际能力放在正轨上。作为母亲，我得不动声色地掌握他们的动向，帮助他们找到适合自己的人生方向和位置。

调动孩子们的热情其实并没有那么难，关键看我们做家长的是否在理念上和行动上作好准备。而且，孩子通常比我们想象的更敏感，更富有智慧、观察力和学习精神。不然，为什么有教育学家会说：没有不当的孩子，只有不当的教育呢？我的三个孩子跟以色列当地孩子接触多了，看到同龄的犹太孩子常常可以自己承担一些小消费，他们没说出口，但是心里也很佩服很羡慕。

当我宣布我们家也要实施有偿生活机制时，孩子们竟然摩拳擦掌、跃跃欲试。不过，后来证明，很多事并没他们想象的那么简单，而他们也正是在克服这些困难的过程中，真切感受到了什么是生活，生活的目标是什么，分数和学历可以帮助他们实现什么样的生活梦想。

经全家家庭会议决定，有偿生活机制就从帮我卖春卷开始。当时，我还不太敢马放南山，让孩子们在离我视线太远的地方打工，既然要从事有偿劳动，就先从帮我打工开始吧。

我每天能做一两百个春卷，我以每个春卷售价0.3谢克尔（1谢克尔兑换2元人民币）批发给孩子们，他们可以自行加价出售，利润部分自由分配。如果他们不愿意承担销售，也可以在家帮助我做一些春卷，但提成的比例会少一些。比如说，做一个春卷提成10%，而卖一个春卷可以提成20%。卖春卷比做春卷更锻炼孩子们的生存能力，它需要和陌生人打交道，提出的考验更多，对我们家春卷生意的贡献也更大。所以，我按照正规的生意经，给孩子们制定了规则。

规则制定之后，以华和辉辉自己协议好分工。以华比较内向，他觉

中国心，异乡情

得卖春卷需要出头露面，对他来说是特别痛苦的事，他就主动要求说，愿意在家帮助我做春卷。

我负责定家规，但是，我并不干涉孩子的自我选择。我告诉以华，做春卷需要每天早起一个小时，而且提成比例小一点，赚到的零花钱少一点。但是，既然以华愿意承揽这项任务，我相信他会做得很好。

辉辉则比较外向，他对我说："妈妈，我去卖春卷！卖春卷比做春卷每天多睡一个小时，赚得还多一倍呢。"

以华一看弟弟挑战了更有难度的工作，他也有点动心了，不过他比较保守，给自己留了条退路，他跟我商量说：妈妈，我能不能一边做春卷，一边尝试着卖春卷？"

"当然可以啦！"做母亲的对于孩子的合理建议一定要给予大力支持。

小女儿妹妹还不到四岁，一看两个哥哥都加入了家庭的新计划，也欢天喜地地跑过来要参加。

“你就每天负责拨春卷皮好了！”以华直接给妹妹下达了任务。拨春卷皮的工作就是，把粘在一起的春卷皮打开。妹妹本来就喜欢跟在我屁股后头动来动去，这个工作让她非常满意。

有偿生活规则制定好了，孩子们就开始分头行动了。

以华没做过春卷，他不知道怎么打糊摊皮，刚开始，他就是在拿面粉做实验。不过，以华的性格很内秀，他观察我做春卷的细节，然后，自己闷在厨房里，消耗掉三公斤面粉后，出来拿着一盘春卷喜极而泣地跟我说：“妈妈，一共是十个，我可以赚到0.3谢克尔了。”后来，当以华事业有成后，回忆起春卷岁月，他感慨地说：“打糊可是一门技术，不能太稠，也不能太稀，最高的境界是柔软得就像是一匹缎子面。”

小儿子辉辉承揽了春卷销售，他是否能如愿以偿地完成任务呢？

刚开始，我跟在辉辉的后边，我倒不是担心他的安全，我更担心万一销售受挫，会在他心里产生小阴影。作为妈妈，我得未雨绸缪，在把孩子推出家门前，先握紧孩子的手再慢慢松开。

果然不出所料，辉辉提着春卷篮子发憷了。辉辉平时算是个外向的孩子，他活泼爱笑，遇见陌生人也能应付自如。可是，第一次搞销售，他望着来来往往的车辆和行人，一直张不开口。

这其实正是中国孩子和犹太孩子之间的差距。一对一地与顾客打交道对犹太孩子来说是家常便饭。在住宅小区门口，我经常看见很多犹太小孩摆出自己的二手书和二手玩具来卖，他们总是能很愉快地与人沟通，显示出富有魅力的说服能力。

万事开头难。辉辉拎着春卷篮子有点想打退堂鼓，他回头求助地看着站在街角给他鼓劲的我。我走过去，用眼神给了辉辉一个最大的鼓励，就像在告诉他：没关系，这都是开始。

辉辉的眼前是一家儿童用品商店，他就鼓足勇气走进这家店。店主一直很忙，辉辉很有礼貌，他耐心地等在旁边，等店主忙完再上前推销自己的春卷。但是，这家店主对春卷没什么兴趣，轻轻地摆摆手表示不需要。虽然他拒绝得挺委婉的，但这种事儿在我们大人看起来都有点尴尬，更何况孩子。

可是，辉辉没有气馁，我在家已经给他打过了预防针。我跟他说：

销售春卷不是容易事，连妈妈有时都搞不定，所以，你不要有压力，尽力就好。而且，我还传授了他一些常规的沟通法则。

辉辉后来跟我说，这些准备工作很派得上用场。当他看到店主拒绝他后，他先是很失望，觉得出师不利，但马上他就想到妈妈跟他说的话。他就非常有礼貌地对店主说：“您现在不买没有关系，看您什么时候有需要或者您周末有聚会的话，我可以帮您送，您也可以订，我们家不光有春卷，还提供很多中国小吃呢。”

辉辉继续往前走，他进的第二家是杂货店。杂货店里贩卖各种零食、饮品、腌制类零食以及少量文具。店主看见拎着篮子走进来的辉辉说：“中国孩子，你想要点什么呀？”当时，住在以色列谢莫纳镇的中国人仅我们一家，大家对我们都比较新奇。

辉辉按照我之前在家演练的，非常有礼貌地对店主说：“您好！您想品尝下好吃的中国春卷吗？这里有我妈妈做的中国春卷，非常好吃，您一定会喜欢的。”杂货店店主是个四十多岁的犹太女人，很和气很善良，她夸奖辉辉很能干，还买了他篮子里的两个春卷。

这是辉辉长到十三岁做成的第一单生意，他曾经站在店门外犹犹豫豫，曾经舌头打不开转。过完这一关，他好像整个人都焕然一新了。

挖掘每个孩子的富翁潜质

有偿生活机制让两个孩子发生了脱胎换骨的改变。在不耽误学习的前提下，孩子们每天早晨6点半离家，沿着上学的路，一边走一边卖。有时卖得顺利，很快卖光了，他们就跑回家再取一些；有时上课时间到了，春卷还没有卖完，他们就扣上盒子，准备放学再拿回家。有时下午放学早，他们也会去餐馆销售一些春卷。我给他们提了一条要求：卖春卷不要忘记学习，平常身上要带一个小本，把老师教过的、没有学懂的希伯来语，多问问那些年纪大一些的长者，然后记下来。

虽然孩子们卖的春卷只是一两块钱的东西，但我却发现，两个性格很不相同的孩子，在卖春卷的过程中，都有了极大的变化。

以华本来很内向，他不太擅长放低身段跟人打交道，让他去一对一地销售春卷，是难为他，他也不会感到欣喜和快乐。虽然少数几次，他也把春卷拿到学校去销售，可总是偷偷摸摸地很低调地去完成任务，找不到价值感。这其实悖离了有偿生活机制的初衷。因为，有偿生活机制的目的不是催促孩子赚钱，而是让他们懂得劳动伦理学，调动他们的生存积极性，帮他们树立生活的理想，培养他们的责任感。

我鼓励以华多跟犹太同学交流，哪怕跟犹太同学多聊聊上海的生活也好，因为犹太孩子的营销意识真是太灵活了。说到这里，我劝今天的中国大学生别抱怨社会没提供给你们更多的工作机会和更好的职位，职业素养训练和投资理财观念不是一朝一夕锻炼出来的。很多事情的成功来自于多年正面能量的积累，犹太人之所以掌控了全世界这么多财富，跟他们从小进行的营销训练密不可分。

机会果然在生活细节中，就在以华和同学们聊上海生活的过程中，以华发现，犹太同学们对中国文化非常感兴趣。有一天，他参加同学山姆的个人演唱会回来，忽然兴奋地跟我说："妈妈，妈妈！我能不能模仿山姆开一个'走进中国'的讲座呢？我比他还优惠，买讲座票的同学，可以免费品尝我们家的中国春卷！"

以华这个一举两得的营销主意，让我又惊讶又感动。马上，我们家紧急集合，全力以赴帮助以华开好这个推广中国春卷的文化讲座。

"走进中国"讲座在学校取得了巨大成功，一下子，犹太同学们对以华也刮目相看了，这就是劳动的尊严和价值。当天晚上，花10个雅戈洛买票来听讲座的人，都可以免费品尝我们家地道的中国春卷。考虑到春卷的成本，以华求助辉辉，精心地把每个春卷都分割成10份，整整齐齐地码放在小点心盘里。这场讲座，以华一共接待了200个观众，入场券则收到了2000个雅戈洛。除了上缴给学校500个雅戈洛作为场地租借费，以华还净剩1500个雅戈洛。这1500个雅戈洛怎么分配呢？以华处理得井然有序，他拿出300个雅戈洛作为劳务费，支付给帮助他切春卷并负责讲座接待的辉辉。剩下的1200个雅戈洛，他留下600个，其余的买了可爱的小点心给全家人品尝。

辉辉的改变也让我刮目相看。相比哥哥以华，他更擅长动脑筋去分析别人的需求。谢莫纳镇地处以色列北方，那里的居民口味一般比较重，辉辉就会提醒我说："妈妈，我感觉那边餐馆吃饭的人，可能会需要一点辣的，你可不可以给我做二十个辣的。如果味道花样多，我估计会卖得更多一点。"

做了多少年的春卷，我从来没想过在口味上根据市场需求做细分改良。我非常尊重辉辉的建议。我把地道的上海春卷进行了以色列版本的改良，分为辣味春卷、咖喱春卷、巧克力春卷、奶酪春卷等好几款。果然，这种改进明显地提高了春卷的销量。而这些基于市场需求的思考和分析，也是辉辉的商业头脑小荷才露尖尖角的开端。

同时，辉辉也慢慢领会了犹太人财商的精髓。犹太人共同的特点是从事那些不用投入本钱的行业，从事其他人不做的、无须花钱和投资的工作。

辉辉从小就有个梦想，他想成为作家，从小，他的文笔就非常好，小学时，他的作文经常成为范文。来到以色列后，他的作家梦没有因为文化隔阂而终止，因为以色列的阅读氛围可以说在全世界名列前茅。以色列人爱读书、爱写书的氛围到什么程度呢?

以色列在休息日，所有的饭店、商店和娱乐场所都停止营业，大家都在家中做祈祷，甚至连走亲访友都是违规的。但有一点是允许的，那就是读书和买书。倘若你从家里的阳台上俯瞰大街，你会发现海滩上空空荡荡，大街上寥无人迹，商店前门可罗雀。只有书店还在营业，而且书店中挤满了人。不仅是书店，以色列出版社和图书馆的数量也居全球之首，这个仅有五百万人口的国家竟然有九百多种刊物。而且，每种刊物的定价还很昂贵。可即使是最节俭的犹太家庭也会订阅好几种期刊或者报纸，购买书籍、报刊是犹太家庭的一项决不吝啬的重要支出。

我在以色列也入乡随俗地订阅了很多报纸，省吃省穿不省文化和教育。而这些报纸果然也发挥了功效，小小地满足了辉辉的作家梦。辉辉非常有心，他瞒着大家悄悄动笔写文章，介绍上海的风土人情和童年生活，写好后，他就投稿给相应的报刊编辑。他的文笔真诚质朴，大受专栏编辑的青睐，跟他约稿开了一个专栏，每周交稿两篇，每篇一千字，每月有八千雅戈洛的稿酬。

女儿妹妹刚到以色列时年纪还小，比较矜持，她的劳动范围就是在家里帮着我和她哥哥做点力所能及的小家务活，比如拨春卷皮、数春卷、给房间扫地等。后来等她稍微大了，她就学会了煮红茶和烤面包片，每天晚上她会精心煮一壶红茶，配上她自创的口味不同的面包片，一家人围坐下来边吃边聊天。女儿的点心有点中西合璧的味道，两个哥哥都很喜欢，如果付给她茶水点心费的话，妹妹会很高兴地存在自己的储蓄罐里，到了哥哥过生日的时候，再拿出积蓄买贺卡送给哥哥。

“不要将应付的报酬留到第二天早上”，这是犹太家长有偿生活机制的基本法则之一。我每天都把以华和辉辉应得的那份分给他们。手里有了妈妈按劳付酬支付的零花钱后，孩子们并没有拿着钱去胡乱消费。以华和辉辉抢着给家人买点心和小礼物。电费单子、水费单子、电话费单子，一上来就没了。有时好几个月我也没看见电话费单子，我还打电话问过电话局怎么没有邮寄单子给我们。

“已经付掉了！”对方惊讶地回答。

经过几年的锤炼，以华和辉辉不再是初到以色列时那两个衣来伸手、饭来张口的男孩子了。过去，我老是把他们关在笼子里，他们老是觉得自己是笼子里的鸟，就应该被喂养。现在，他们见家里什么东西用完了就会悄悄地买回来补上，家里的油盐酱醋、牙膏、洗衣粉，还有冰箱里的食物几乎都是他们自己买的。

兄弟两个，这次你买，下次他买，谁抢赢了谁付。以华和辉辉说，每当在缴纳水电费或者购买日常用品时，就想到自己能为母亲分担、能为家庭作贡献，不再是邻居所说的废物了，心里就产生一种成就感与满足感。

我遇到过许多家长，提到子女时总爱无奈地说，孩子缺乏生存能力，缺乏社会竞争力，不懂得理财，自己的退休金交给孩子付首付款，还得帮孩子还月供。啃老族的出现，除了房价高涨、金融危机原因外，导致这个问题的不是子女，而是父母。从小就不让孩子干家务，养懒了孩子的斗志，从小就不教孩子理财，让孩子到了三十岁才明白什么是投资，就只能坐坐末班车疲于奔命。从小就告诉孩子只有分数最重要，结果孩子的生存技能通通退化。

父母因为疼惜子女，因为落后的教育观念，为子女人为屏蔽掉对他们来说最重要的劳动伦理课，这并没有带给孩子更美好的明天、更灿烂的前程，这其实是用子女的成就来交换父母眼前的好意。在犹太父母看来，每个孩子都有做富翁的潜质，每个孩子都有如鱼得水遨游这个世界的潜力，关键就看父母的家庭教育能不能挖掘出来。

仅仅知道干活是不够的

犹太人的生存教育、有偿生活机制是培养孩子劳才有获的勤勉习惯。但是，犹太父母还同时给孩子这样的教诲：“仅仅知道不停地干活显然是不够的。”

以色列家长尤其重视培养孩子的沟通能力、交际能力。在家长们的呼吁和建议下，小学二年级开始就设立公共演讲课，培养孩子的表达能力，让他们长大后习惯于勇敢地表达自己。我女儿读高中的时候，学校邀请了一家跨国公司的总裁做讲座，他的话让我女儿一直记忆犹新：“从我的经历来讲，关于你到什么大学去念书并不重要，关键看你自己的实战能力和交流能力。即使你毕业于哈佛，但是你连基本的交流能力都没有，毕业以后怎么能成功呢？”

女儿学校还鼓励他们去附近的商场做募捐，他们要克服羞怯，跟大家介绍说自己叫什么名字，来自于哪个学校，为什么来募捐，需要多少钱，希望获得帮助等等，每个学生都要设计出一套说服别人的方案，方案要能够打动人心。最后，学校会对这个活动做总结，并评出分数，通过这个过程，锻炼孩子们的沟通能力。相比犹太人的社交能力教育，我们往往把全部精力都放在分数上，而忽视培养孩子人际关系方面的实战能力。

我刚到以色列时，感觉很多成功的犹太人，对成功要素的理解和我们普通人是不同的。我们不妨探讨一下他们的解释，他们常常认为是人际关系奇迹般地发挥杠杆效应，由此，取得了超越个人能力多倍的成就。犹太人相信，成功人士不是因为他们比平常人更加勤奋，才有今天的成就。虽然勤奋也曾经是他们努力的一部分，但并不是他们能够成功的根本原因，因为一个人即使再勤奋，也担当不了多少工作量。

犹太父母把孩子社交能力的培养视为生存质量的重要评估指标，不仅因为社交能力关乎一个人理想的实现，更在于它关乎孩子个性的发展和幸福程度。人际关系状况影响着一个人的生活质量，一个人如果拥有融洽和谐的人际氛围，他就会是幸福的，他的个性也会得到健康发展；而如果一个人生活在紧张的人际关系中，他的幸福感会下降许多，伴随他更多的将是孤独、寂寞、自卑和疑虑。以色列教育专家通过研究发现，不会处理人际关系的孩子，有相当一部分学习成绩不理想，而且还存在着一定的心理障碍。很多情形下，不会处理人际关系的孩子尽管已经拥有相当的能力，并且也愿意付出最大的努力，却未必能够找到用武之地，因此，这些人常常有怀才不遇之感。

儿童心理学家马·劳迪斯·卡兰丹认为：“一个社交能力低下的孩子比没有进过大学的孩子具有更大的缺陷。” 一个被溺爱被宠坏的孩子无法融入社会。他会面临很多社会问题，不会与人合作，不会与人交流，就连找工作也不会把自己推销出去，因为他只学会了一小部分人的处事方式，而没有学会大部分的为人之道。

培养孩子的社交能力，并非把他推给社会就行了；不干涉孩子之间的冲突，也并非意味着我们袖手旁观，毫无作为。孩子的社会交往活动是从他降生第一天开始的，他的第一任社交对象，就是作为他父母的我们。他与别人的交往模式，都首先在我们这里得到练习，所以，我们怎样跟孩子打交道，孩子就怎样跟别人打交道。我们怎样处理我们与孩子之间的冲突，孩子就怎样处理他与别人之间的冲突。从这个角度看，我们是孩子社交能力的训练师，是他们社交行为的模板。

犹太人教育孩子建立人际关系的方式也值得参考。他们认为培养孩子的社交能力一定要有“超前意识”，如果父母的想法只停留在“孩子太小，不必对他有这方面的要求”，这就是父母的大意或者说是失职。

如果孩子家里蹲的性格一旦形成，再想要改变时，已经是积重难返了。身为父母应尽早地为孩子设计出良好的、行之有效的计划，对孩子加以培养。

以色列父母常跟孩子讲“狐狸妈妈”的故事：母狐狸为了让小狐狸懂得丛林法则，会故意“抛弃”小狐狸跑得无影无踪。而离开母亲的小狐狸必须学会如何坚强地生存下去。以色列孩子的社交能力高过一般的中国孩子，是因为父母绝对不会“圈养”他们，更不会越俎代庖地替他们出头。在孩子们意识到自己应该离开父母之前，他们先一步想到离开孩子，鼓励孩子走出家门，拿掉腼腆，学会跟人打交道，走向外面更精彩的世界。

以色列家长在培养孩子的社交能力方面有两个基本原则。他们从小教育孩子：“一是要以两倍于自己说话的时间倾听对方的话。二是要多提问，求得知识是人际关系的开始。”

刚到以色列时，孩子们因为依赖性强，也由于语言不通，很怕和陌生人打交道，整天家里蹲。我就有意带孩子们出去散步，在路上，我总爱让他们问警察、路人、摆摊的“现在几点了”。刚开始，一听到我的吩咐，孩子们就有点发憷。“妈妈为什么总是忘带表？”慢慢地，他们的沟通技术有了进步，舌头不再打结，遇见不懂的，会很有礼貌地跟人家打听、询问。

辉辉上中学时，我带他去市场买鱼，他见到什么都要问：

“您好，请问尼罗河的鱼多少钱一条？”

“这些鱼运到国外会有保鲜期吗？”

“卫生防疫怎么过呀？”

来以色列前，辉辉也是个发憷跟别人交往的孩子，他虽然比哥哥以华外向些，但是，他待人接物、与人交往的能力远远不如以色列同龄孩子。我教育他，走出家门，与人相处，首先是不要把自己看得太重要。沟通首先要走向别人。走向别人的第一步是“爱人所爱”。

以色列的周四是购物日，辉辉会帮全家人到杂货店做采购。辉辉随身总带个小本子，每当杂货店老板娘饶有兴趣地告诉他这个东西产自哪里或者有什么更好的用途，他就会很认真地倾听，认真地记录在自己的小本子上。而杂货店的老板娘也会觉得这个小孩子怎么这么好学，只要有时间，就会耐心地讲解给他听：这个做鱼好吃，那个做肉好吃等等。辉辉会很尊重杂货店里销售的每一样东西，尊重人家的杂货店文化。辉辉的成长真是跟他小时候的历练分不开。我们全家一致公认，辉辉的脑子就像是一个电话本，录入了一张四通八达的信息图。给他一个信号，他马上就能知道相关的信息。

有的家长说：“我的孩子就是一只赖窝鸟，怎么也训练不好。”

其实，孩子个性都很独特，叛逆心也强。家长对撵不动的“赖窝鸟”不要一味责备，不如不动声色地训练他们。像在超市、商场、公园、游乐场等公共场所，适当地要点小花招，让孩子多开口和陌生人交流，潜移默化地帮助孩子克服害羞的心理。比如，陪孩子去商场买玩具时，让孩子自己对营业员说：“我想买这个玩具，请问多少钱？”如果孩子不愿开口，玩具就跟他失之交臂。

一开始，也许孩子不好意思说话，家长可以先说一遍，让孩子学着再说一遍。不管孩子说得好不好，声音够不够大，父母都应该鼓励他：“你今天做得比以前好！”说得多了，孩子会习惯的。家长在鼓励孩子开口说话的同时，也可以教孩子正确使用礼貌用语，这样，人们会更喜欢您的孩子。对孩子来说，也增加了开口说话的自信心，而且，孩子会用这种被家长鼓舞起来的信心把每天的事情做得更好。

女儿读幼儿园时，我带女儿去特拉维夫的商场买芭比娃娃。女儿指着货架上的芭比娃娃说：“妈妈，我想要那个娃娃。”

我说：“这里的东西都是这里的阿姨管的，你跟妈妈说了不算。”

女儿说：“那怎么办呢？”

我说：“你如果想要，你必须去跟那个阿姨商量，看阿姨同不同意给你啊！”

还有一次，女儿要跟我去海法看朋友，需要跟幼儿园的老师请假。我就故意锻炼她说：“妹妹，你给老师打个电话，跟老师说说看老师同不同意。”

女儿为难地说：“可是，妈妈，我不会打呀！”

“妈妈可以教给你呀！”我鼓励女儿自己打电话，女儿尝试着拨通电话，讲清楚事情，最后还很有礼貌地跟老师说再见。挂上电话，女儿特别自豪地跟我说：“妈妈，老师夸奖我啦！”

我常听有的妈妈抱怨说：我的孩子在家真贫，有的时候烦得我直说“你住嘴”。可是到了外面，真正要说话的时候，什么也说不出来，这是什么原因呢？

这不奇怪，孩子已经具有了良好的语言表达能力，但是却没有形成社会沟通能力。孩子迟早要跟社会接触，“圈养”容易使孩子失去个性。成天把孩子锁在家里，除了课本还是课本，除了学习还是学习，孩子没有自由发展的空间，孩子欠缺必要的人际交往，社会沟通能力得不到充分锻炼，极易形成孤僻、狭隘、内向的性格，缺乏责任心，缺少团队意识。而一旦形成习惯，就如同被圈养的动物，再想让他出去闯也不愿意了，宝贵的创造力和思想的火花也会随之消失殆尽。

衡量孩子交际能力的标准

以色列儿童教育家十分重视培养孩子的交际能力，因为一个人交际能力的好坏，常可影响其日后的学习、工作和生活的质量。专家们指出衡量孩子交际能力的标准是：

1. 不惧怕陌生环境，很快适应新环境。

2. 必要时，能克制自己的感情。

3. 有独立能力，不喜欢依赖别人。

4. 与小伙伴相处和谐，能在各项活动和游戏中合作成功。

5. 善于和乐于帮助他人，并能谦让。

6. 能理解成人的意图，并能按成人的意愿去办事。同时还能提出自己新的观点和建议。

7. 有组织能力，在游戏和学习中能起到“小领袖”的带头作用，并为伙伴们所喜爱。

8. 在公开场合中，能聪明、机智、不卑不亢地表示自己的想法和建议。

9. 热情开朗，与人交往中充满尊重和信任。

著名犹太教育家齐克罗宾把孩子的交友过程分为四个互相重叠的阶段，针对孩子以下的几个情感阶段，父母可以采取不同的措施帮助孩子建立友谊，培养孩子的团队精神。

三至四岁为自我中心阶段。 这个阶段的孩子经常把在一起玩或者住在附近的孩子当成朋友。最好的朋友就是住得最近的孩子。这时的孩子寻找朋友就是为了有用：对方有他喜欢的玩具或者他不具备的能力。这个阶段的孩子更善于交往，却拙于影响他人。

四至六岁为自我满足阶段。 交友，互惠不是目的，他们往往不能同时交较多的朋友。

六至九岁是互惠阶段。 这个阶段的孩子交友是互惠而平等的。因此，他们评判朋友就有了一个标准：谁为谁做了什么，并希望得到回报。正是因为这种互惠的关系，这时，有友谊也只限于一对、小团体或者小派别，而且一般为同性关系。

九至十二岁是亲密阶段。 这个阶段的孩子对朋友的表面行为不太注意，转而关心其内在素质和幸福与否。许多心理学家把这一阶段视为所有亲密接触的形成阶段，他们认为，如果一个孩子在这个时候不能找到亲密的朋友，那么到年少或者成人时代就永远得不到，也不会得到真正的亲密伙伴。

与人交往的心灵钥匙

凭个人能力取胜的人，往往只能昙花一现，不会维持得太久，原因是，他们总有江郎才尽，或者心衰力竭的一天。懂得和别人资源互换的人，才是干大事的人。尤其是那些企业家们，他们的事业之所以能够长久兴盛，甚至传给他们的后代，秘密就在这里面。

犹太著名教育家约瑟说：不同社交性格的孩子对未来机遇的把握能力是各不相同的。因为不同社交性格的孩子受其性格特征的影响，在社交行为上呈现出各自不同的特点。机遇是千变万化的，有的机遇容易被某种个性的孩子抓住，而有的机遇放在他面前也如同虚设。反之，让另外一种社交个性的孩子遇上，可能就如虎添翼。因此，父母在培养孩子社交能力的基础上，也非常有必要了解孩子的社交性格，这样才能更好地帮助孩子把握好机遇。

就我的经验来说，把孩子推出家门，需要父母的勇气和智慧。这当中一个是技巧，另外一个是性格的改造。性格这东西大抵是与生俱来的，改变一个人的性格不太容易，所谓江山易改，本性难移。但是，孩子性格中的某些技能可以通过后天培养而获得，社交能力便是如此。

为了锻炼两个孩子的沟通能力，我在家里先给他们彩排。以华和辉辉放学后，想去附近的市场练摊，可是，一想到要先跟市场管理员沟通，他们俩都窘于开口。

为了想好怎么跟市场管理员开口，以华和辉辉互相演对手戏。他们俩像两个话剧小演员，在家里模拟跟市场管理员打交道可能发生的情景，看对方会设置什么样的问题，猜测自己会遇上什么样的情景，探讨该怎么样随机应变。

我呢，就做以华和辉辉的裁判。判决结果通常是：我首先把两个人的应变对答分别加一点减一点，变成最后的版本，供他们选择。

以华先扮演管理员，他一本正经地对辉辉说："不行，我们这个市场没有地方给你。你还是到别的市场看看吧。"

辉辉就扮演自己，他非常有礼貌地说："嗯，我知道的，您说得对，但是阿姨，就这么一次，就一次，请您帮个忙！"

一番对手戏下来，两个人总结经验，接下来换角色。

这次，辉辉扮演市场管理员，他揣摩着市场管理员的身份说："你可以在这里卖东西，但是你必须交管理费。"

以华想了想，随机应变地回答："行啊，可是我还没赚钱呢。阿姨，请您相信我，等我把本钱赚出来，我一定缴纳百分之十给您！"

等到了市场进行实地演练，两个孩子还是有点腼腆、胆怯，甚至内心打鼓。但是，有了在家里的彩排经验，他们有勇气跟陌生人开口打交道了。这就迈出了他们与人沟通的第一步。

两个孩子与市场管理员沟通时，我其实就悄悄地跟在后边，站在远处注视他们。我担心他们没经验，受到伤害，或者产生心理落差。直到以华、辉辉跟市场管理员说再见，兴高采烈地往家走时，我才赶紧先一步回到家，装出一直在家等他们的样子。

练摊以后，孩子们越来越享受和人打交道的乐趣和规范，他们也会主动地询问周围的摊主需不需要他们的一些小商品，有些成本比较高的商品，他们会自己斟酌以成本价销售给周围的摊主。

沟通是一门艺术，孩子不会一天就能掌握它。多数孩子小时候都不喜欢和陌生人说话，但是孩子总有一天要自己出去打拼，要成家立业，要承担社会责任。他必须学会脚踏实地地在土地上生存。我的三个孩子，在我把他们推出去以前，他们也会说"妈妈，我不好意思说"，或者"妈妈，我不好意思去"。没关系，我一点点鼓励他们，我说："只

女儿长成花季少女了

要你迈出去一步，你努力了，你就会看到进步，你回来再和妈妈说，我们一起来分享你的收获。” 每个孩子具体情况不同，比如许多孩子先天就具备了做一个“外交家”所需的许多个人要素，而一些孩子可能在系统学习后并无多大变化，但可能在某个时候，在某一个点上，孩子的变化就显现出来了，而这个变化可能使他终身受益。

我看到很多孩子非常聪明、有才气，学习成绩很好，但他们往往恃才傲物、自私自利，人际关系很差，不被别人信赖和认可，也没有朋友。一个没有朋友的人，即使其他方面再优秀，也是可悲和孤独的，不会有大的作为。父母只是一味溺爱，却没有培养孩子的人生根本——做人，使孩子不知人生目的。这样的人，培养何用?

难怪犹太家长说，人际关系也是一种生产力，它和知识一样，都可以转化成实际的效益，可以改变人的命运。但这方面的能力往往被我们中国父母忽视。许多人往往会说， 这个人一点业务能力都没有，只知道搞人际关系。人们把业务能力和人际交往能力看成是两个敌对因素，这是错误的观念。一个真正有能力的人应该同时具备这两种能力。这就是为什么以色列的很多学校都把培养人际交往能力、领袖精神写进了他们的培养目标。

生活是复杂的，但如果我们给孩子的教育、给孩子提供的生活环境过于单调，孩子就会没有机会发展自己各方面的能力。有这种做法的家长应该反省自己的教育观，要按社会的需要来培养孩子的适应性，而不要按照自己的一相情愿培养孩子的单纯性。

孩子的交往技能，如分享、轮流、协商、合作等，需要家长在潜移默化中传授给孩子。犹太人的书本中流传着一个美丽的故事，我也常把它讲给儿女们听：

一个女孩看见一只蝴蝶被荆棘弄伤了，她小心翼翼地为蝴蝶拔掉刺，让它重新回到大自然。后来，蝴蝶为了向小女孩报恩，就化做一位仙女，向小女孩说："因为你很仁慈，请你许个愿，我将让它实现。"小女孩想了一会儿说："我希望永远快乐。"仙女弯下腰来在她耳边悄悄细语一番，然后消失无迹。小女孩果真很快乐地度过一生。她年老时，邻人央求她说出秘密。她笑着说："仙女告诉我，我身边的每个人，都需要我的关怀。"

培养孩子社交能力的一个重要因素是要换位思考。你跟人打交道，就要给人以方便，要体谅他的苦衷，为他人的利益着想，人家才会为你来着想。要做成事情，只有这样才行。这种能力的培养很重要。现在我们的教育制度，是着重培养学生的考试能力，像这方面的能力非常欠缺。另一方面， 现在的学生， 跟人的交往也少，在电脑上花的时间比和人交往的时间要多，这对提高人际关系的能力非常不利。 一个没有换位思考能力的人， 要建立好人际关系是极其困难的。

孩子一出生，首先面对的关系是和父母的关系。所以，家庭氛围是孩子今后人际关系的底色。只有孩子和父母的关系好，和其他人的关系才会好。父母要在家庭中努力营造一个信赖、坦诚、互相尊重的氛围。一个连父母都不信赖的孩子，怎么可能信赖别人和被别人所信赖呢?

孩子们跟朋友打电话聊天时，总能从他们的口中听到：“我妈妈对人特别好！”

“做人留一线，哪怕自己有十分道理是对的，也要把三分留给人家。”这话是我父亲从小教给我的。我父亲一直跟我说，犹太人没有自己的国家，在别人的土地上生活，做任何事都要给别人留有三分余地。父亲给我讲过一个“恶语伤人六月寒”的故事，教我做人要留一线，我至今记忆犹新。故事是这样的：

一头熊在与同伴的搏斗中受了重伤，它来到一位守林人的小木屋外乞求得到援助。

守林人看它可怜，便决定收留它。晚上，守林人耐心地、小心翼翼地为熊擦去血迹、包扎好伤口，并准备了丰盛的晚餐供熊享用，这一切令熊无比感动。

临睡时，由于只有一张床，守林人便邀请熊与他共眠。就在熊进入被窝时，它身上那难闻的气味钻进了守林人的鼻孔。

“天哪！我从来没闻过这么难闻的味道，你简直是天底下第一大臭虫！”

熊没有任何语言，当然也无法入眠，勉强地挨到天亮后向守林人致谢上路。

多年后一次偶然相遇时，守林人问熊：

“你那次伤得好重，现在伤口愈合了吗？”

熊回答道：“皮肉上的伤痛我已经忘记，心灵上的伤口却永远难以痊愈！”

记得我十岁时，楼下的一个大厨经常做卷饼给大家吃，每次分给我的那一份，不是边边角角，就是带碎渣的。我总是有点不开心。父亲看出我的不开心，他语重心长地跟我说：“孩子，要知道，这是别人给你的，不是你自己做的，你没有选择，不要去要求别人。”

在我的成长中，父亲把人格教育放在首位，他曾经在送给我的一个笔记本上写下这几个词——博爱、感恩、诚信、忍耐、乐观，而在几个词之后才写着“知识”，其意义不言自明。

父母的某句话、某个举动，父母自己没有意识到，却在孩子心里留下了痕迹。“言传身教”这四个字很有道理，我甚至觉得，父母的这种言传身教和家庭的氛围，在孩子的成长过程中，起着比学校教育更加重要的作用。

我也建议家长，有时也可以把自己在沟通上受挫的经历，转化一下告诉孩子们，就当是提醒教育。

当年，我刚到以色列特拉维夫机场，就被上了一堂课。我本来想得挺好，把手里的一百五十美元兑换成以色列的谢克尔，谁知道兑换处兑给我的是五十谢克尔，而我当时还以为是英镑，蒙在鼓里。一百五十美元，一下子就变成了二十美元，我再想返回机场，已经不可能了。但是也感谢这个偶然，给我上了一课。

不过，对于这样的经历，我没有拿出来跟孩子们去抱怨，我只是把它作为一个小课程，跟孩子们做介绍。比如，每次去外地时，我会让三个孩子一起去买票，他们先在纸上算好，四张票多少钱，找零是多少，然后在离开柜台前把钱点清，如果人家少找了，要客气地提醒：“对不起，你们少找我了。”

在以色列，我自己也以身作则，更多地参与到社会工作中，特别是与中国人相关的事务中。我积极地为以色列政府多个部门无偿做翻译，希望可以帮助更多在以色列的华人。后来，在以色列的中国同胞遇到什么困难都要找我，而且以色列司法部和移民局也时常找我当翻译。这给了我的儿女们很多无形的激励。

在我所参与的社会工作中，最让我引以为豪的事件，要算2002年协助以色列警方二十一天侦破特大杀人碎尸案了。当时，五个中国人被列为嫌疑人，我负责协助以色列警方来做他们的思想工作。我帮他们买香烟、牙刷、电话卡，帮他们与以色列警方沟通，经过二十一天的审讯，终于有人说出了实情。

就在我长嘘一口气，终于要回家休息时，忽然，我听到犯罪嫌疑人说：“我的朋友帮我把事情给瞒了。”这句话被以色列的翻译给译成：“我的朋友帮我把尸体给埋了。”救人如救火，我赶紧冲进审讯室去澄清事实。否则，其余四个无辜的人就会将错就错被冤枉了。最后，真凶获刑，无辜的人被释放，他们跟我说谢谢，谢谢我帮助他们洗清了冤枉。因为这个案件，我受到了以色列司法部的嘉奖，这件事在以色列也引起很大的轰动。

回到上海后，我还是把社会工作当成一种责任和义务。我是洋泾地区公立医院的义工。我愿意成为解决医患纠纷的好帮手。一接到电话，说碰上了问题，我就尽快赶到医院。

儿女们都已经走上正轨，我希望自己还能发挥余热，虽然有时口里叫着“忙，忙，忙”，却像陀螺一样旋转着停不下来，这大概也是我的性格吧。真的让我静下来，反而会不习惯。

忙完一天后，我会坐在书桌旁，把一天的感受写在笔记本上，这是我三十多年来的习惯。看着本子上那些或浓或淡的墨迹，回想这一生走过的起起伏伏的道路，真是无限唏嘘。我写过一首《我选择》的诗，那是我内心的写照，也是我想跟我的孩子们共同分享的：其实，我可以选择阿尔卑斯，仰望峰峦的白雪，缅怀我的生父；或者，我也能选择耶路撒冷，跟随朝圣者的祈祷，祭奠我的祖父；但，我选择中国，选择在中国大地上……

当好孩子社交训练师秘诀

1. 要为孩子创造一个开放式的家庭环境，如果家长能在孩子社会交际处于萌芽阶段时，不失时机地提供各种各样的社会生活和人际交往体验，就可以预防孩子出现社交性退缩。父母本身缺乏社交接触，在一定程度上限制了儿童的交往机会，也会造成儿童社交退缩的形成发展。

2. 让一名善于交际的孩子充当模特，向那些性格内向、不善于交际的孩子演示各种社会技能，如对别人微笑、分享行为、发起积极的身体接触、给予口头赞许等。榜样与自己孩子越相似，效果就越好。

3. 经常性的训练非常必要。有些社会交往技能是必须“教给”的，如怎样参与到别的游戏活动中去，怎样对同伴的友善行为做出回报，怎样与同伴分享食物、玩具，怎样给予同伴关心、帮助和同情，在这些时候应该说什么话，做出什么样的表情和动作，经常向孩子讲述这些，比单纯让孩子模仿别人效果要好得多。

4. 应该注意多表扬那些符合社会期望的“好行为”，如合作与分享行为，而不鼓励孩子那些“不好的行为”，如攻击性和独自游戏、目中无人等。我国古代著名的“孔融让梨”故事，就是一个很好的实例。当家里吃好吃的东西时，可以让孩子充当分东西的角色，当孩子有机会与别的孩子一起玩时，鼓励孩子想到别人，把玩具分给别人，等等。

有意识培养孩子的管理能力

在现代社会，管理能力已成为国际化人才的一种必备素养，美国《财富》杂志多年前就曾断言：到2010年，项目管理将成为美国政府和企业界的主流管理模式；管理的能力和水平将构成新经济时代个人和组织的核心竞争力。这个预言无疑获得了验证。而更早去引导这个预言的是犹太人。

犹太人在管理能力上技高一筹。盘点全球知名企业CEO，犹太人是座上宾。难道说，犹太孩子都上过管理学院吗？管理能力不是管理学院培养出来的，不然管理学院就人满为患了！家庭是培养孩子CEO管理能力的最有效基地。“有偿生活机制”从多方面锻炼了孩子的信息管理能力、成本管理能力、时间管理能力。经过这种管理能力培训的孩子，更符合未来国际化人才的素养。

就拿我家现身说法吧，自从家里实行有偿生活机制后，我发现孩子们日益锻炼出一种项目管理能力。比如，共同做家务、参与家庭规划已经成为三个孩子的责任。家中事无巨细，大家都会一起商量。大事情包括读什么学校，选什么专业，家中的分工安排，全家的未来计划；小事情具体到这个星期我们吃些什么，大家列出心中的菜谱。别小看孩子们在家中的管理权，他们会发挥得淋漓尽致。具体来说：

（一）锻炼孩子的信息管理能力

以前，我的三个孩子都是家中的小皇帝，他们只关心自己的一亩三分地，从不关心家庭的脚步和规划。而我也把家中大计都揽在自己身上，我是大人嘛！但是，犹太妈妈可不这么想，他们认为孩子也是名副其实的小主人，有责任参与家庭管理，他们鼓励孩子开动脑筋搜集信息，为家庭发展献计献策，跟着家庭的脚步一二三齐步走。

比如，犹太父母会把每年的度假项目全权交给孩子们来打理。由孩子负责制订全家的度假计划，让孩子自己在网络上收集度假地的相关信息和攻略。在收集信息的过程中，孩子们要对各地的旅游特点、报价、季节等信息进行整理、分析、归纳，最后形成一个小报告，声情并茂

儿子辉辉在以色列菜市场练摊

地对全家人进行汇报。还有，犹太家长还特别喜欢拜托孩子做“Family Tree”或者家庭相册。为了搜集信息，孩子要去采访爷爷奶奶讲述当年故事，然后，用自己的话加以总结，做成图文结合的家庭相册，分发给亲人与朋友。制作“Family Tree”的过程锻炼了孩子们的信息归纳能力。

另外，熟悉股票操作的家长，还主动引导孩子一起注意所投资公司的相关信息，让他们知道，哪些信息会使其股票涨或跌，以及对所投资的钱会有何影响等。这种小方法看似平常，却蕴涵着犹太家教的良苦用心，潜移默化中极大地锻炼了孩子们的信息管理能力。

我的大儿子以华原本是个信息意识很含糊的孩子，没想到，“有偿生活机制”的锻炼让他脱胎换骨，成为“信息达人”。而他贡献的信息，竟然直接增加了我们家的GDP。

知识也是一种信息，学好眼前的知识，它们会大有用处的。当学校课程讲到以色列移民法时，以华脑子里一下子就联想到自己的家，他马上举手问老师，咨询相关的法律流程。结果，他发现有一笔移民安置费我没有去领取。以华放学后赶紧跑回家，我刚开始还不大相信：犹太人做事向来丁是丁，卯是卯，怎么会忘了给我移民安置费呢？可是，听以华把相关知识说得头头是道、有理有据，我只好半信半疑地跑去咨询。没想到，真的被以华讲对了，我从移民局领回了一万两千谢克尔安置费。这对当时我们家来说，不是一笔小数目。我一直想在以色列开一家中餐馆，边经营中国餐，边外卖春卷。我还以为这个梦想需要一两年的时间才能实现，没想到，儿子这么快就用他的知识和智慧帮我圆了这个梦。尽管是一家小得不能再小的餐厅，但它直接增加了我们家的GDP，更代表着我们家的家教革命初见成效。

小儿子辉辉不到三十岁就成为世界富豪，首先要感谢他的信息管理能力。辉辉的以色列同学给他起了个绰号——号码百事通。要知道，以色列小朋友的信息管理能力可是独步天下，受到他们认可一定要货真价实才行。辉辉无论走到哪里，都会多听、多看、多观察、多提问。这些有规有矩的小细节，帮辉辉养成把各种信息随手归档的习惯。他就像是一台摄录机，会根据自己的需求，清晰地记录下来办事情的流程以及需要处理的各种事项。这些好习惯一直跟随辉辉到现在。

比如，当他和同学们一起去贸易市场练摊时，他会在蔬菜、水果、小商品等各个摊位前来回转转，看看哪些摊位商机更多。正是经过他的观察分析，他发现中国的风油精、檀香扇、丝巾在谢莫纳镇很受欢迎。辉辉兴奋极了，他把卖春卷赚的钱寄到上海，托亲朋好友帮忙采购风油精等商品寄到以色列。在中国花二十五元人民币买的丝巾，在谢莫纳可卖二百五十谢克尔，相当于五百元人民币，利润空间非常丰厚。

辉辉为什么总能挖掘到利润丰厚的空间呢？辉辉从小就把一句话当做座右铭：即使是风，你也要知道它的来历。辉辉能进入门槛极高的钻石行业，跟他小时候锻炼出来的信息应用能力息息相关。

我有位亲戚家的小孩，都已经读硕士了，老师让他去购买一些装修材料，列好清单后，就交给了他。

他拿到清单后的第一个反应就是问老师："这些东西到哪儿去买？"

老师告诉他："建材城。"

他又问老师："您说的建材城在哪里？"

老师又告诉他具体在什么方位。

到了下午，他回来了。

老师问他："买到没有？"

他告诉老师："我到了您说的那个建材城，他们那里没货了！"

老师又问："那你没问问这种材料在哪里可以买到吗？"

他当时很自然地就反应说："那我下次去的时候再问吧！"

老师感到很无语。

这是缺乏信息管理能力的表现。信息管理能力等到上管理学院再学就晚了，它是一种生存技能，来自于从小的家庭培养。

（二）锻炼孩子的成本管理能力

《红灯记》中李玉和有句唱词"穷人的孩子早当家"。因为寒门子弟从小就懂得了柴米油盐家务事，甚至参与了家庭决策。在以色列，更懂得柴米油盐酱醋茶的反而是富家子弟，家长们有意让他们深入生活。经营一个家庭就是最考验人的项目，是个最锻炼人的管理学院。

孩子的智慧常常让成年人惊叹。按理说，我做春卷也算行家了，想过很多节省成本的办法，可是，十几岁的以华刚一上场，就想出节省成本的小诀窍。诀窍就在春卷馅的调料上。以色列人喜欢吃西红柿、青椒等清淡的食物，而且不吃猪肉、虾等水生动物。我做春卷馅也是入乡随俗，把洋葱、胡萝卜丝、包心菜、豆芽剁碎，再放胡椒粉、鸡精等调料，然后，再用糖调好色，这样里面的馅料看起来活色生香。但是，鸡精就用得特别快，在以色列购买又不方便，在一定程度上增加了成本。

有偿生活机制激发以华琢磨了这个问题，他对我说："妈妈，不能把三样作料一起放进去。鸡精在以色列买不到，我们从上海带来又很麻烦，要省着用。如果三样东西一起放进炒菜中，出了水，鸡精很快就蒸发掉了，等于是浪费了我们的鸡精。如果包成卷之前最后放，不仅味道好，还可以节省成本。"

以华手里有个小本子，上面做着各种清晰的记录。比如今天家里买的面粉好，出了五十五张春卷皮，包了五十五个春卷。撕皮时，不小心撕掉了几张，就变成五十个。然后他拿出去多少个，卖掉多少个，还剩下多少个，在他的小本子上都有清晰的记录。

真没想到，原来饭来张口的孩子一旦有了责任感，竟然会发生这样脱胎换骨的改变。从这一刻起，我对犹太生存教育的方法更由衷佩服。

辉辉非常有责任心，遇到卖不完的春卷，他从来不自己吃掉，或者随便送人，他一定要拿回家，在大家的面前清点完，然后再决定吃不吃。如果卖丢一个春卷，辉辉会很自觉地掏出一谢克尔作为赔偿。

有人跟辉辉订了春卷，他总要趁热给人家送去，怕凉了会影响顾客的口感。

我担心辉辉送春卷的路上饿，就叮嘱他说："辉辉，路上你一定要吃几个。"

可是，辉辉摇摇头说："不行。妈妈，我跟哥哥都已经分好工了，做多少个，卖多少个，都是有数的，我如果在路上饿了吃了，回来就对不上了。”辉辉觉得这是他和哥哥、妹妹已经定好的事情，是不能随意违反的。当他把所有的春卷都送出去后，如果有剩的，他再拿回来，当着大家的面，把凉了的春卷过油重炸一遍，他再吃。

我在以色列的洗手间里曾看到过这样一幕，让我非常感慨：

在一个洗手间里，我听到隔壁小间里一直发出一种奇怪的声音，由于这响动时间过长，也过于奇特，不由得引起了我的好奇心。

于是，我透过小门的缝隙向里面看了一眼。这一看，让我很感慨。

原来，一个只有七八岁的小女孩正在修理马桶的冲刷设备。一问才知道，这个小女孩上完厕所以后，因为冲刷设备出了问题，水一直往外流。因此她就一个人蹲在那里，千方百计想修复它，阻止水再白白地流出去造成浪费。她的父母、老师当时并不在身边。

看到这一幕时，我很受触动，一个只有七八岁的小女孩，竟然有如此强烈的节约物质的意识。

也许，有的家长会说：“孩子还小，长大了他们知道该做什么就行了，不要对孩子要求太高。”然而，我们不要小看孩子小的时候，你跟他的任何一个小小的互动，都可能对他往后的人生影响甚大。所以教育有三个字很重要，叫“慎于始”，开始的始。一开始你对待孩子的方法不对，可能一生就拉不回来了。成本管理是一种责任感，孩子的责任感是在生活中一点一点地培养，慢慢地形成的。平时油瓶倒了都不扶起来的孩子，你很难指望他有一天突然变得有责任感。“家庭有偿生活机制”的精华就是，通过让孩子感到自己很有能力，让他们懂得成本，懂得责任。

（三）锻炼孩子的时间管理能力

“孩子们，请问，如果每天都有86400元进入你的银行户头，而你必须当天用光，你会如何运用这笔钱？”

天下真有这样的好事吗？

是的，你真的有这样一个户头，那就是“时间”。每一个人每天都会有新的86400秒进账。那么面对这样一笔财富，你打算怎样利用它们呢？

在锻炼孩子们的财商前，犹太家长首先会给孩子们上第一堂投资课，投资时间！

他们会告诉孩子，如果你想获得财富，就必须投资于比金钱更有价值的东西，那就是时间。世界上大多数人都想变得富有，但很多人不愿意首先投资时间。他们会说，我没有时间，我太忙了，我要做这样那样的事情。这些常见的观点和借口，就是为什么只有少数人能抵达充满财富的世界的原因。

时间管理是犹太孩子从父母那里学会的第一项投资本领。很多中国家长抱怨说孩子的自我管理能力差，总是输在自己的惰性上。其实，孩子的自我管理能力本质上是一种时间管理能力，它关系到一个孩子做事情的效率乃至事业的成败。

辉辉原本也不是一个懂得管理时间、投资时间的孩子，我越是把大把的时间给他，他越是不知道珍惜。家里推行有偿生活机制后，他发现，原来每天的时间是需要统筹安排的。比如他要在放学后的五个小时之内，完成值日表上规定的家务，还要做一些必需的课堂复习，还要和楼下小朋友一起踢一会儿足球。这三件事情，如何统筹安排呢？谁最优先？鱼和熊掌要兼得，效率怎么实现？

辉辉跑来问我：“妈妈，有什么好办法吗？”

看到以往把时间当免费午餐的儿子突然对时间产生了价值感，我心头一喜。为了让他学会时间管理，我没有帮他包揽下家务，继续像从前那样给他当电饭煲和洗衣机，我说：“儿子，时间不够用，往往是普遍的现象，既然谁也无法获得比别人更多的时间，那么，唯一的办法是如何计划好充分利用你的时间。”我还给他讲了一个我们中国的大学者欧阳修的故事：欧阳修公务那么繁忙，看起来根本没时间写文章了，可是他偏偏会管理时间，他的文章写在“三上”。知道是哪“三上”吗？马上、枕上、厕上！

自从有意识培养孩子的时间管理能力后，我发现，提高孩子的时间管理能力，需要让孩子明白三个常识：第一，时间是个消耗品；第二，事情是有轻重缓急的；第三，时间是有类别的。父母有责任教会孩子根据事情的性质安排不同类别的时间，让孩子懂得把重要的事情第一时间做，把长期做的事情每天设定固定时间。

有父母可能会问，既然安排孩子分担一些家庭计划这么耽误孩子时间，甚至还要孩子为管理时间费脑筋，那为什么要自找麻烦呢？犹太家教传统偏要找这样的麻烦，他们的家教理念是培养一个和社会接轨的人才，而不是一个只会读书的职业学生。职业学生很可怕，他们有着高学历高期待。

辉辉上大学时没读过管理专业，但他却成为一个很称职的管理者，他经营企业井井有条，而且，他还能做到劳逸有度，工作休闲两不误。多数人做不到这个境界，就是因为他们没有从小培养好时间管理能力。研究表明：一个效率糟糕的人与一个高效的人工作效率相差可达十倍以上，成功人士的共同点之一就是善于高效地运用时间，实际上，人人都需要掌握Time Management的方法和理念。

走进我们在以色列的家，辉辉的房间别具特色。他把房间的床头上、窗帘上、衣架上、柜橱上、镜子上、墙上……到处贴满了各色各样的小纸条。这些小纸条上面写满各种各样的希伯来语、英语词汇和常用句型：辉辉从来都不愿让时间白白地从眼皮底下溜过去。睡觉前，他默念着贴在床头的小纸条；第二天早晨一觉醒来，他一边穿衣，一边读着墙上的小纸条；洗脸时，镜子上的小纸条为他提供了方便。不仅在家里是这样，外出的时候，辉辉也不轻易放过闲暇的一分一秒。出门时他早已把小纸条装在衣袋里，随时都可以掏出来看看，想一想。即使每周末去面包店打工，他也会把小纸条贴在面包架上，边干活边读书。而且，只要有机会，他就虚心地跟老板学习口语。有时他跟我说着说着话，一转身就睡着了，手里还拿着单词卡片。

时间管理是件有趣的事情，它对孩子的个人发展有奇妙的作用。正确地组织和管理自己的时间可以使你的孩子学会井井有条地做事情，而做事情井井有条的最终结果是，孩子能够将他的精力、才干和时间高效率地分配在他所遇到的问题上。

别羡慕别人家的孩子长大后成为统领企业发展的CEO，CEO的专业启蒙是从家庭开始的，并不是上了管理学院再学的。我常听父母抱怨说，家里的水龙头开了，孩子走过去也不知道关闭；玩着玩着玩具，转而看电视，任凭玩具扔得满地都是也不收拾，差点让家人摔跤；孩子因为贪玩或者学习效率低，做不完作业，早上起不了床，家长要替他们整理书包甚至代写作业。孩子生活得这么没有章法，做家长的是不是该反思一下？试想：一个连自己衣食住行都管不好的孩子，你怎么能指望他长大后有能力管理好自己和企业员工的命运呢？

21世纪，孩子将面临竞争更加激烈的未来与不可预知的局势，从小具备管理能力，能够有成本管理意识、信息管理意识、时间管理意识，具备管理自己、管理事务的能力，可以为今后的成长、学习和工作做十足的准备和积累，能够从容地应对未来。

孩子管理能力栽培法

1. 每天列出计划

确定每天的目标，养成把每天要做的事情排列出来的习惯。每天早晨头一件事是考虑第一项工作，先做起来，直至完毕。再做第二项，如此下去，如果没有全部完成，不要太在意，因为照此办法完成不了，那么用其他办法也是做不了的。

2. 区别紧迫性和重要性

紧急的事不一定重要，重要的不一定紧急。当你面前摆着一堆问题时，应问问自己，哪一些真正重要，把它们作为最优先处理的问题。如果你听任自己让紧急的事情左右，你的生活中就会充满危机。

3. 充分地利用你最有效率的时间

如果你把最重要的任务安排在一天里你干事最有效率的时间去做，你就能花较少的力气，做完较多的工作。何时做事最有效率？各人不同，需要自己摸索。

4. 全力以赴地完成最重要的任务

重要的不是做一件事花多少时间，而是有多少不受干扰的时间。全力猛攻，任何困难都可迎刃而解，零打碎敲，往往解决不了问题。一次只能考虑一件事，一次只能做一件事。

5. 用好放学前的十分钟

许多孩子快到放学时间就心不在焉了。其实，放学前的十分钟是“黄金时间”。用好了，可以起到“承前启后”的作用。

（1）整理课堂笔记。笔记上记载了一天的课堂摘要，包括当天的一些重点提示，由于时间仓促，内容可能会有点杂乱，所以，更要在一天学习结束前将它整理一下。

（2）检查作业。已完成的做上记号，对未完成的作业也做到心中有数。

6. 孩子自己想要做一件事情时，虽然做的过程中不见得很完美，父母也要鼓励他继续努力，千万不要说：别弄了，都把东西弄坏了。

7. 家长有意识地创造一个让孩子学会自理的机会，可以让他在家里找到一个熟悉的物品，或给他一个问题，让他自己去找答案。对孩子的自理能力要从易到难，让他从成功的体验中产生动力，主动前进。

8. “管”与“放”结合。培养孩子的自理能力，要做到“管”与“放”的结合。所谓“管”，就是在孩子办某件事时，要过问一下，预期有什么困难，预先做一些必要的指导；所谓“放”就是要放手让孩子去做。在做的过程中，孩子才会增长才干。

9. 养成习惯。俗话说：“习惯之始如蛛丝，习惯之后如绳索。”培养孩子的自理能力，最重要的是让孩子养成自理的习惯，并经常督促。

10. 不要在孩子情绪不好的时候要求他能够自理，或是勉强让他负起责任。

世界富豪这样起步

以色列的“积极行动”教育

我注意到，很多父母认为，学习成绩很好的孩子长大后根本不用担心能否在社会上生存，认为成绩好的孩子就意味着将来能过上体面的好日子。所以“取得好成绩”就是生存技能。当然，在孩子小的时候确实如此，可当孩子长大成人，需要离开学校去适应现实生活时，问题就出来了，现实生活需要各种各样的技能。这些技能有的不是学校教的，那没学过的孩子就会很吃亏。因为很多事提前一步就成功。比如说辉辉是典型的“70后”，他没有家财万贯的父母，也没有有权有势的亲戚，按他的年纪，他也买不起上海的房子。可是，他却如愿以偿为家人买下豪宅，在三十岁前，就成为有一流专业技能的世界富豪。

辉辉在跨国教育下长大，经历了从中国式教育到犹太教育的转变，他的本性没变，惰性和依赖性却慢慢从他身上一点点消逝，日月锤炼，我看见了一个敢想、敢闯、敢做、敢当的男孩子，看到他从一个普通的大学毕业生到成功的钻石商人的成长历程。辉辉常说，感谢以色列的生存教育，让他梦想成真。

“我求您，让我长大了有份好的事业，可以做一个成功的雅皮士。现在，先请您保佑我读好书。”

这是辉辉在1995年时写在一张纸条上的话，我在搬家时无意中发现了它。这张寄托着辉辉梦想的纸条被他藏放在家里的观音座底下。辉辉当时正在上学，他希望可以求得老天爷的保佑，帮助他实现梦想。他的愿望是那么单纯、那么纯粹。有梦最美，行动相随。不到三十岁，辉辉就实现了他许下的梦想，并跻身为世界富豪，这些成功并不是观音保佑他的，也不是偶然碰上的，而是以色列生存教育水到渠成的结果。

世界富豪从穷小子起步

在这种生存教育氛围中培养出的犹太子女，即使不聪明，也会不断地通过练习和复习来达到对某事物的理解，进而取得高人一筹的成绩，包括学习。大多数的犹太学生成绩都很好，很重要的一点就在于他们在生存教育锻炼中培养出的高度的责任感、自我管理能力和生存的积极性、行动的高效性。

以前在上海时，辉辉上课就不爱发问，会与不会的问题都得过且讨，不会刨根问底。来到以色列后，班上的同学都把跟老师沟通当成是一种享受，这让辉辉也有点坐不住了。他想问，但总是有点怯懦开不了口。我就和辉辉制定了一个可量化、很实际的目标：他每天上课一定要提问，一天能做到举两次手就行，如果坚持一个星期就有奖励。后来达到了这个目标，我又和辉辉制定了下一个目标，每堂课都举至少一次手。两个月后，他的老师跟我说，辉辉的课堂积极性提高了。而辉辉也跟我说："原来，把不懂的问题弄懂了是这么快乐的事情。"

等到辉辉回到上海读大学时，根本不用我再叮嘱，他已经把向老师提问当成是必修课，他读英语专业，他会事先把问题写在小本子上，每次只跟老师问一个问题。每天课后都问一个问题，这就是自己争取到的"小灶"，辉辉的外语基本功越来越扎实。很多同学害怕向老师提问，有怕让老师觉得自己笨的，有担心碰个软钉子的，而辉辉就没有这些思想包袱，以色列的"积极行动"教育，让他能够从容面对各种心理包袱。

人际关系网不是天上掉下来的馅饼，它需要长年累月的积累和维护。在这方面，辉辉确实学到了犹太社交法则的精髓。经过从小的待人接物和与人沟通的话剧演练，辉辉对人对事都非常主动。辉辉在走出家门的锻炼中，还学会了编织自己的社会关系网。在我们所居住的谢莫纳镇，辉辉是大家公认的"外交大使"。被犹太人称为"外交大使"，那是极不容易的。要知道，犹太人的社交能力是全世界公认的，他们因为散居世界各地，一向把人际关系视做成功的必要因素。

在交往中，好人缘帮助辉辉减少了很多忧愁。他总是能赶上好机会。就拿推销春卷来说吧，辉辉在学校的人缘很好，同学们常常主动提出帮他的忙。有一天，有个同学跟辉辉说，他家邻居要在花园里开大型的PARTY，他问辉辉要不要考虑把春卷提供给这家。辉辉说，当然好啊。于是，这个同学就带着辉辉去他邻居家直接拜访。那家的女主人尝了尝辉辉带去的各种口味的春卷，感觉作为晚上的甜品非常适合，再一听辉辉对中国小吃的介绍，印象非常好。当即，她就预订了一百个巧克力口味和奶酪口味的春卷。

PARTY结束后的几天，辉辉又专门拜访了这家女主人，问问那天的春卷感觉口味怎样，女主人说：“我正好要再联系你呢，那天的春卷给我的PARTY增添了中国风情，大受朋友们的好评。下个礼拜，我还有个朋友要办PARTY，她托我从你这里再订一百个春卷。”就这样，才十几岁的辉辉就可以独立开拓出自己的客户网，真的很厉害。

辉辉能取得今天的成功，和他认认真真不放过每个机会是分不开的，无论是拜托市场管理员给他留下小位置，还是他在以色列的报纸上开专栏。在上海读大学时，他虽然学的是外语专业，但是遇见上海服装展览会、装修展览会什么的，他有空也会去看，看看有没有自己能学的东西。他有时当当翻译，有时跑跑资料，或者问对方：“如果您要在上海待几天，也许我能帮上您。”

辉辉总是对我说：“妈妈，参加展会也是一种机会。”

辉辉不是一个好高骛远的孩子，他会把人际网络踏踏实实地铺好。

以色列前国防部长对他无比青睐

补充一个有意思的环节，犹太人把外语学习作为孩子人际关系能力培养的一门首要功课。犹太民族在历史进程中，早就发现语言的差异是文化交融的障碍，于是，每个人都要求自己要熟练掌握一两门外语，这也帮助了他们在跨国贸易中取得先机。犹太孩子积极学习外语的信念就是：“会说几门外语，你就具有几个人的价值。”

当人们掌握一门外语后，其收获远非只是增加了一门语言的表达能力。它无一例外地会影响人的思维方式，甚至改变人的气质。因为语言的不同绝非只是单词的不同，更重要的是表达方式不同。

以色列犹太人会讲外语的种类数可称世界之最。辉辉在上海时，只会一门外语：英语。当他来到以色列后，才发现自己会说的外语太少了。在他接触的犹太人中，他们一般都会讲三四种外语。例如，从瑞士移民来的犹太同学玛雅会讲德语、法语、英语和一种在瑞士当地流行的山地语言。另一个犹太同学爱斯特来自瑞典，会流利地讲瑞典语、德语、英语和依迪西语。辉辉的语言天赋本来就不错，再加上起早贪黑的勤奋学习，他的希伯来语、英语的水平都突飞猛进。

没想到，有一天，他娴熟的外语能力竟然给他带来意外的机遇，让他获得微服私访的以色列前国防部长的青睐。

那天晚上，在餐馆打工的辉辉用流利的希伯来语热情地跟几位刚进门的客人打招呼："晚上好，欢迎光临！请问需要我做点什么？"

刚进门的六位客人，三男三女，有一位身着军装。跟辉辉寒暄了一下后，一位女士抬起头观察辉辉，她问辉辉："你的希伯来语怎么说得这么好啊？"

"你是哪个国家的，为什么来以色列呢？"同行的另一位客人对辉辉很好奇。

以色列人对东方人充满好奇，但是，他们往往分不清中国人、日本人和韩国人。

"我是中国人，我要在以色列服兵役。"辉辉说。

"在以色列服兵役？"

听辉辉介绍完自己的情况后，那桌的一位客人当即就问他："你愿意参加国防军吗？"

"我想当空军，或去情报部。"去情报部一直是辉辉的一个愿望。

"把他的身份证号、姓名和入伍时间记下来。"这位客人吩咐了一下身边穿军装的人，等辉辉说完自己的身份证号，他转身拍拍辉辉的肩膀说，"小伙子，你会梦想成真的。"

辉辉并没有把这件事放在心上，因为这都是生活的巧遇。

想不到的是，数月后，辉辉接到入伍通知，他打开一看，居然真的是情报部。他回想起那天在餐馆遇见的几个客人。他跟哥哥以华描述了那位军人的肩章，以华的眼睛睁得大大的，惊讶地说，他是中将。以军的陆、海、空三军的指挥——总参谋长才是中将。辉辉又跟以华描述一下黑衣人，以华肯定地说："他就是国防部长啊！"

辉辉后来可以成功地开创事业生涯，这和他掌握的外语能力是分不开的。语言上的信心，让他拥有令人难以置信的优势，更帮他与以色列顶级钻石公司老板结上了缘分。此后，辉辉把握机会，一举开创了自己在中国的钻石零售业务，并创立了全新的品牌。随着中国国内钻石消费的异军突起，中国的钻石消费水平一跃超过美国，成为钻石消费的第一大国，辉辉再次证明了自己的卓越眼光，同时也证明了犹太人的语言教育信念的正确：“会说几门外语，你就具有几个人的价值。”

从平民少年到世界钻石商

服完兵役后，辉辉主动给之前他帮着做过翻译的以色列钻石公司的老总打了问候电话。犹太父母很少像中国父母这样帮孩子找工作，他们从小教育孩子，一切皆有可能。或许孩子们所选择的路荆棘密布，甚至会让他们失足落败，但是孩子们在路上一步一个脚印地达成目标的快乐与成就感，却是营建他们自我价值与信心的重要来源。而这种相信自我价值的能力，会让孩子们时时充满自信，坚定地走出自己的风景。

电话打通后，钻石公司的老板约辉辉第二天去钻石中心转一下。辉辉很兴奋，但是，他很镇定，他跟我说：“妈妈，这可能是一个机会，我会努力。如果不成，我就当是一次锻炼，开开眼界。”

以色列享有“世界钻石之都”的美誉。尽管没有钻石矿藏，但凭借其历史悠久、领先世界的钻石切割、抛光和加工技术，钻石业已成为以色列国家经济的支柱产业。目前以色列约占世界钻石贸易额的一半。拉马特甘钻石中心位于特拉维夫市城东，这里是以色列钻石交易所和以色列钻石工业研发技术中心所在地，与比利时安特卫普、美国纽约和印度孟买并称世界四大钻石交易中心。此间云集了两千五百家钻石厂商，是名副其实的以色列钻石之都，也是世界钻石业的中心。

犹太商人尊崇78：22之经商法则。在自然界，氮与氧的比例是78：22；在人体中，水分与其他物质的比例是78：22；正方形内切圆与其余部分的比例也是78：22。犹太人认为，78：22是不可抗拒的宇宙法则，他们将生意经建立在这个法则之上。他们认为，世界上22%的富翁占有78%的财富，犹太商人要赚的是那拥有78%财富占人口总数22%的人的钱。而钻石，就是那拥有78%财富的22%的人消费的最佳商品之一。钻石（jewel），就是犹太人(Jew)的石头。

辉辉先到街上买了一套像样的西装赶去拉马特甘的钻石城，老板正在和几个人在办公室商谈，见辉辉进来，老板就跟辉辉说：“你来得正好，给我们说的数字记个账。”

账不算复杂，而且，辉辉经过家里有偿生活机制的培育，自己又练过摊，老板们随口说的几个账，他一边听一边就明白了，非常清楚地把账目记录下来。

临走时，老板跟辉辉说，你明天有空的话，再过来一趟。

辉辉第二天如约赶到，老板还是让他记账，一连三天，辉辉都有条

小荷才露尖尖角

不紊地完成了老板交代的事。从小，辉辉的脑子就像是个电脑，他不仅数学成绩是班上的第一名，他的观察和记忆能力也非常强，只要他过目的东西，都会在他的脑子里备案。

“小伙子，你的账记得很好，很清楚，没有错。”老板一边说一边取出一张纸递给辉辉，“看看能不能解出来这道题。”辉辉心理素质很好，他花了一小会儿时间就做了出来。

“你有兴趣来我们这里工作吗？”老板笑着问辉辉。

钻石是一个入行门槛很高的行业，这就使得新人很难参与其中，辉辉对这个机会盼望已久：“我愿意，请您放心，我会勤奋地工作。”

说到做到，辉辉常常工作到深夜，下班后徒步走上很长一段路才能到住的地方。过不了几小时，又得起床搭车前往钻石中心。没过多久，辉辉的勤奋和人品获得了老板足够的信任，让他如愿以偿地坐到一堆散钻前学习分级归类，这是成为一个钻石商人的必经之路。

机会总是留给有准备的头脑，辉辉在大学里辅修的珠宝鉴定课程帮了他的大忙，他很快就上手了钻石分级归类的工作，描绘新饰件，并四处打电话寻找顾客。

分钻石是极其劳神的工作，需要非同常人的心境，需要分辨出哪些是价值极为昂贵的真正证书级钻石，哪些是假钻或是加工品，需要能看得出针尖般大小的钻石的细微缺口或瑕疵。更麻烦的是，许多微尘常会附着在这些钻石的表面甚至是显微镜本身，从而造成辨识上的困扰。

为了成为一个真正的专业人士，辉辉付出了常人难以想象的代价，他珍惜每一个机会，顶住每一次压力的考验。他先把一口袋钻石倒在类似教室课桌的长条桌子上，桌上摆放着高亮度台灯和磅秤。他戴上专用放大镜，用小镊子将钻石轻轻夹起，在台灯下仔细观看分辨好，按级别归好类，请老板来验收。然后，重新再打乱，再分类。不断地重复，来考核自己。所有白手起家的富豪在回想起自己挣得第一桶金的时候，心中总是充满了辛酸。辉辉也不例外。辉辉常说，找寻人生的意义，或许不在于站在哪个入口，而在于你一旦进入之后，能够为之付出努力，并且专注地达到最后的目标。

从一个普通大学生到上海滩有名的钻石小犹太，再到年轻的世界富豪，告诉大家辉辉成为富翁的秘密不是让父母们都刻意地把孩子培养成富翁，而是想让天下的父母们知道，爱孩子并不是看你能给他多少锦衣玉食，而是看你能不能发掘他的生存技能和素质。单单给了孩子房子、车子，这也许能让他少奋斗几年，但是，他们并没有获得真正意义上的自主能力，他们也感受不到创业是多么幸福的事情，自己积累是多么开心的事情，这样做，父母们实际上是剥夺了孩子的生存战斗力。

人们常说“穷人的孩子早当家”，还有人说现在的孩子之所以不求上进是因为条件太好。其实，来自贫困家庭的孩子未必都有出息，来自富裕家庭的孩子也未必都是孬种，关键在于家长如何引导，在于家长如何运用他们的智慧。

国内近年来流行“素质教育”，可惜的是，没有主心骨的家长把音乐、美术、武术、书法错当成素质教育的主要内容。他们完全忽视了孩子的为人处事、价值坐标的建立，孩子的品格，孩子对知识与职业关系的理解，孩子的人生理想以及付诸实践的能力，这些才是“素质教育”的内涵，才是一个孩子走向社会舞台的必要素质。这种素质名牌学校、高级辅导班都没有精力和义务去培养，只有那双推动摇篮的父母之手，才能给孩子这份成长的礼物。

学了英语、学了古筝、学了舞蹈、学了围棋就觉得孩子出息了？听着家长在一起骄傲地说着自己孩子的成绩时，我真的很无奈，他们完全忽略了，很多孩子大学毕业后没有练就足够的生存技能，缺乏财务管理的能力，心态像“草莓族”，生活做“啃老族”，其实并不是孩子的错。错在父母亲没有给这些孩子科学的、规范的、智慧的家庭素质教育，以至于这些孩子走出校门后失足在社会起跑线上。

中国父母是天底下最勤劳、最有奉献精神、最无私、最舍得的父母，但是，家庭教育的比拼，拼的不仅是家长的体力、劳力、财力，更重要的是观念！观念错了，满盘皆输。为了不辜负我们作为家长的这个光荣使命，就让我们从理念的变革开始。机会永远属于早作准备的人，孩子未来的人生也许就从我们改变家教理念的那天开始！

三

以爱的名义延迟满足

超量满足孩子给家长带来隐痛

有一句话这样点评中国的家长们：他们太爱孩子了，但又太不会爱孩子了。最典型的表现是，**很多家长在家庭教育中都处于一种被动的局面，对孩子付出一片爱心却收效甚微。为什么家长越理解孩子，越体恤孩子，越满足孩子，孩子反而更不理解家长，更不体恤家长，甚至是折磨家长呢？**

要想解决孩子的问题，就要找到问题存在的症结，然后我们再选择比较合适的方法去解决，创造出好的方法，这就是理论和方法之间的一个关系。因此，家长对孩子的问题不要只看表面，要分析孩子的某些错误行为背后的意义，这对于解决问题是非常重要的。

中国孩子为什么不理解家长呢？因为中国家长没有给孩子这样的机会。我国生活水平的提高，为父母满足、迁就孩子提供了保障和支撑。这种环境中培养出来的孩子虽然拥有高智力、高自尊、高自信等优点，但也有很多弱点。当代中国父母是最坚持“儿童本位”的父母，是最理解孩子意愿的父母，完全按照孩子的意愿去爱孩子。表现方式就是：你喜欢什么，给你什么；爱吃什么，给你吃什么；爱穿什么，给你穿什么。要钱给钱，要物给物。给得越多，表明我爱得越深。这就造成了孩子没有机会切身体会父母劳作的艰辛，没有机会感受父母提供的幸福来之不易，没有机会滋养出对父母和社会的感恩，缺乏责任感和义务感。

“儿童本位”本来是科学儿童观的产物，它表现了现代社会对儿童生命的尊重和理解。但是，家长尊重儿童并不等于掌握了教育儿童的方法。在儿童家庭教育理念上，家长们忽略了一个更重要的方法论——该怎样尊重儿童，这也是儿童心理教育的重要命题——延迟满足。

人类欲望的满足，可以分为几种：延迟满足、适当不满足、超前满足、即时满足、超量满足。**好的家庭教育总是提倡“延迟满足”和“适当不满足”。“超前满足”是愚蠢的行为，“超量满足”则是对孩子施加软暴力。**

通过对我国两千多位家长关于孩子社会化问题的调查，在当前我国幼儿家庭教育中，孩子不听话是最大的问题。而造成孩子成为“小昏君”的主要原因，和家长的超前满足、即时满足、超量满足有关。

超前满足：孩子在家庭中的地位高人一等，处处特殊照顾，这样的孩子自感特殊，习惯于高人一等，必然变得自私，没有同情心，不会关心他人。

即时满足：孩子要什么就给什么。这种孩子必然养成不珍惜物品、讲究物质享受、浪费金钱和不体贴他人的坏性格，并且毫无忍耐和吃苦精神。

超量满足：允许孩子在饮食起居、玩耍学习、待人接物方面的行为超越规范。结果，你越超量满足，他越忸怩作态。超量满足让孩子不能明辨是非，培养不出责任心和落落大方的性格。

愚蠢、浪费的超前满足、即时满足、超量满足是毁灭性的教育方式，它会压制而不是助长孩子的成长。对这一点的共识应该不成问题，只怕天下多数父母都知道这种满足是饮鸩止渴，但为什么就是遏制不住自己呢？

原因之一：独生子女的亲情俘虏

在过去的多子女家庭，父母的注意力难免会分散，会均分给每一个孩子。而现在的独生子女家庭，全家人把视线都集中在这根独苗身上。这个孩子是全家唯一的孩子，是唯一的希望，唯一的未来。从这个孩子诞生那天起，父母所有的情感一下子就被俘虏了，不可遏制地要把最好的东西都给这个孩子。

原因之二：无限制地满足孩子从而满足自己

今天的父母经历过贫困和富裕两重天。就在几十年前，中国的经济处于落后阶段，就是父母想溺爱孩子，也没有那个物质条件，吃喝玩乐都相对贫乏、枯燥，无法攀比。今天中国这个社会，经济突飞猛进，于是，我们竭尽所能地补偿孩子。尤其是有的父母把自己儿童时代本应得到而没能实现的享受和愿望，一股脑儿地以一种强烈的补偿心理倾注到唯一的孩子身上。且不说经济富裕的家庭，对孩子的要求百依百顺，即使经济条件一般，做父母的对自己节衣缩食，也要让孩子生活在优越的物质生活之中。这种做法潜意识是把孩子当成小时候的自己，给予补偿性过度满足。可以说，父母在这种补偿中获得了安慰，但这却害了孩子。

原因之三：教育理念不消化

如果说，有一门工作不需要执照就可以上岗，那就是父母亲。很多父母亲是以实战代替培训的，摸着石头过河，但是，往往是河过完了，遗憾都留在了河对岸。为人父母难免有遗憾，因为爱无止境。但是，这些遗憾能不能辐射面积小一些呢？

美国心理学家埃里克·弗罗姆说过这样一句话："爱"就同我们掌握其他艺术一样，它是需要学习才能掌握的。每个父母也必须通过学习并付出努力才会懂得"爱"。都说知识改变命运，如果我们掌握了家教理念的真正精华，是不是可以改变我们整个家庭的命运呢？

听到这里，很多年轻的中国家长会感到很委屈：自从怀了孩子，我阅书无数啊。可是，审视一下，你有没有理解那些教育理念的真正内涵呢？比如说"儿童本位"这个理念，它鼓励家长要走到孩子的内心世界，一定要和孩子交朋友，你要蹲下来和孩子说话，你要尊重孩子的个性等。但是，**"儿童本位"并没有怂恿家长把孩子的地位放在高人一等的龙椅上，那是对"儿童本位"的误读。**儿童本位强调父母与子女之间的心灵相通，但并没有授权父母对孩子无限满足或者是轻易满足、超量满足。

别小看超量满足、轻易满足、超前满足的危害，它就像是在儿童成长的泉水源头撒下一把毒药，日后，做父母的尝到了苦水的滋味，只能同孩子一起将它饮下，却又追悔莫及。

危害之一：绑架家长的爱，折磨父母

因为在你无限满足孩子的时候，你的孩子也在接受着这样的心理暗示，只要我发出要求的信号，就一定有人满足我。这种愚蠢的满足孩子的做法，容易让孩子变得自私自利，光想着自个儿，有可能对着老爸老妈发脾气、耍威风，也就是俗称的“窝里横”。

孩子得到的幸福来得太多太快了，就根本不会去想这幸福是怎么来的，更不晓得父母为了给他们幸福得付出多少的劳动和汗水，因此也不知道如何珍惜这幸福，不懂得父母的良苦用心。其实，以爱要挟爱，往往发生在最亲密的人之间，是以爱的名义进行的折磨。

危害之二：难容于社会

孩子是家庭的中心，大人总是围着孩子转。这就很自然地使孩子产生这样的想法：我要什么就该有什么，我想干什么都得依着我。结果是孩子的欲望不断发展，而得不到有效的控制，这种性格一旦形成，成人之后很难适应复杂的社会生活，因为他不懂得根本的为人处事之道，家长可以无限满足他，但是，社会不是他的家长，不会无限满足他。这时，他就像一辆汽车只有动力系统而没有灵敏的刹车系统，开到马路上去肯定会出事故。

危害之三：没有韧性，缺乏社会竞争力

中国民间有句俗语：“要想小儿安，三分饥和寒。”妈妈对孩子的不恰当满足，是一种不受控制的母爱的宣泄，最后导致的结果往往是危害无穷。被满足感填满的孩子，缺乏被拒绝的心理承受力，尤其是持有“孔雀心态”的孩子，在父母的羽翼下，走惯平坦路、听惯顺耳话、做惯顺心事，遭遇挫折时输不起，是典型的外表光鲜，却禁不住社会挤压

以色列家庭联谊会

的“草莓族”。

由此看来，爱孩子这个被高尔基称做“连母鸡也会做的事”，一旦被人类赋予了教育的因素，就变得不那么简单了，只凭父母对孩子的朴素的无限满足情感是远远不够的，还需要有对“满足”的理智的思考，掌握满足的技巧。

到底，爱孩子，该如何满足孩子？心理学家曾经做过一个著名的“延迟满足”的心理实验。

在一所小学，其中一个班级的十个小学生，早上上课前，每个人都被老师发给了一小块巧克力。老师告诉学生们：你们随时都可以吃掉它，但是，如果你们谁能坚持到今天放学回家后再吃，我会再发给你一块相同的巧克力作为奖励。

巧克力的诱惑很大，有几个同学还是忍不住吃掉了它，当然还是有一半同学千方百计地忍耐住，等着放学时拿到奖励。后来，这个实验一直跟踪这些孩子到大学毕业，实验结果发现，能够“延迟满足”的学生，学习成绩要比那些禁不住诱惑的学生平均高出20分。毕业后，找到更满意工作的概率也更高。

“延迟满足”也是以色列家长爱孩子的重要方法之一。

我非常喜欢参加以色列学校的家长恳谈会，每次都感到受益匪浅，家长们常常对培养孩子“延迟满足”的观念提出自己的见解。儿童所要求的东西，一旦决定延迟给予或者拒绝给予之后，无论孩子怎样哭泣恳求，也不可以再反悔，必须绝对遵守这个原则，除非你有意教他们变得没有耐性、讨厌，才可这样鼓励他们。犹太家长还讨论说，这里要求孩子的顺从，指的是对理性服从。也就是说，孩子必须服从的，是父母的明智决定。否则，父母的威信，就变成无耻的淫威。

今天，你是他最亲最爱的父母，你对他有求必应，你以超前满足、即时满足、超量满足孩子的能力，作为衡量自己是不是成功父母的标准。但是，当这个被满足感填满的孩子走进社会，社会能对其有求必应吗？如果不能，他的心理是否会有极度的落差和委屈？与其让孩子进入社会再交这笔巨额学费，不如先在家对他开展“适度不满足”训练，一方面让他们懂得延后享受，对人生有所期许，一方面也增强孩子被拒绝后的心理承受能力，为他走入社会前多买点“心理保险”。

如何让孩子理解父母

短短数十年间，犹太人迅速蹿升到世界顶尖的白金阶级地位，成为世界上众所皆知最懂得赚钱的民族。例如索罗斯、控制欧洲金融命脉的罗斯柴尔德、华尔街金融巨富J.P.摩根等，都是富可敌国、举世闻名的犹太富贾。犹太人这么有钱，一般人都认为犹太富二代必然衔着金汤匙出生，必定从小过着锦衣玉食的优越生活。

但事实上，这些有着脍炙人口发家史的犹太富豪，让下一代谨记“万丈高楼平地起”，坚决不让小孩过养尊处优的日子。他们为此想出很多办法，帮助孩子杜绝过早的享受，比如说非常有名的“参观爸爸妈妈的一天”活动，就是犹太父母对孩子进行的“延迟满足”教育。

在以色列，儿子的学校曾经组织过“参观爸爸妈妈的一天”的社会调查，调查爸爸妈妈从早晨起床到晚上就寝所做的事情，这让儿子和他们的同学感触颇深。儿子回来跟我说，在调查总结课上，好多同学都哭了，他们没想到，爸爸妈妈挣钱是这么不容易。一个曾经跟妈妈要名牌溜冰鞋的同学，参观了他妈妈所在的工厂，亲眼目睹了他妈妈在嘈杂的机器声中忙碌的背影。他惭愧地说：“调查那天，我看着妈妈的胳膊都累得抬不起来了。”他为自己平时不珍惜妈妈的劳动果实而惭愧。老师告诉我：学校组织这个调查活动是一些犹太父母建议的，在对孩子的教育过程中，他们希望学校给予积极配合。**犹太父母们跟老师沟通说：**

“让孩子理解‘延迟满足’不能光讲道理，还需要深入实践中去体验生活，两者结合才最有效果。”

“参观爸爸妈妈的一天”让孩子们适当地了解点儿家情，从而学会体谅大人们持家的不易，并非坏事。作为大人，可以通过向孩子通报家情，让孩子了解家境。家境富裕的人家可以让孩子知道持家的不易，家境较差的人家可以让孩子了解大人们谋生的辛苦。这样，孩子们会更加懂得珍惜生活、珍惜家人。

儿子班上的孩子们自从参加了“参观爸爸妈妈的一天”后，也主动用自己的方式来表达对父母亲的理解与爱：“妈妈今天下班很累，我放学回来帮她把菜先洗好了。”“今天是星期天，但爸爸还要在报社写东西，我就帮他打扫了书房……”

为了帮助孩子们理解“延迟满足”是一种社会责任，唯恐孩子走上“伪贵族化”的歧途，以色列家长十分重视对孩子们的延迟享受教育。很多犹太富爸爸们还经常安排自己的孩子去参加“饥饿体验”。比如带孩子一起去非洲的贫穷地区参观做义工，让孩子了解这个世界。体验饥饿以后，孩子们常常有脱胎换骨的改变。“原来，全世界至少还有两亿人靠要饭才能活下去——他们平时吃的饭菜竟然那么差！原来爸爸说非洲贫困地区的孩子一年的生活费只有一百美元的事是真的。”

我儿子有个关系很好的初中同学叫约翰，他爸爸是我们所在地特拉维夫的一个知名富商。这个爸爸很有趣，有好多辆名车，可是，他每个周末都坚持带着儿子去坐公交车，让儿子看看外面社会的艰辛。还有一次，约翰和我儿子一起背着大背囊，骑着自行车去送外卖。那一天正下着雨，他们远远地看见一辆车从他们前边驶过来。巧的是，正好是约翰爸爸的车，可是他还是照样去送外卖，他爸爸也照样去办自己的事。如果他想要一双向往已久的球鞋，他爸爸会建议他每天晚上洗一次碗筷或者同意其他的奖励机制，用自己的劳动一点儿一点儿来换取。他的父母说：如果想要的东西得到太容易，你就会被宠坏，因为这会让你认为自己得到的一切都是应该的。

我分析约翰爸爸的用意给儿子听，儿子对我说：“妈妈，我相信约翰今后一定会很好地继承他们家的财富，因为他爸爸对他的锻炼是鼓励他自己去奋斗，而不是坐享其成。”

我很高兴才上初中的儿子能悟出这个道理，而这也是他后来发自内心去奋斗的原因。连富小孩都从小了解社会、体验艰苦、学习坚强和成熟，平常人家的孩子是不是更应该知道怎样去奋斗呢？

在犹太父母看来，优越的家庭条件并不一定是好事，再富也不能富孩子。正像我们中国人的一句老话：“艰难困苦，玉汝于成。”

以色列家长常跟孩子沟通、对话，他们听孩子谈谈对延迟享受的理解，他们告诉孩子：如果你喜欢玩，就必须去赚取自由时间，但这需要你获得良好的学校教育和优秀的学业成绩。此后，你可以找到很好的工作，赚到钱。等赚到钱以后，你就可以玩更长的时间，玩更昂贵的玩具。但是，如果你搞错了顺序，整个系统就不会正常工作，那你就只能玩很短的时间，最后只能拥有一些最终会坏掉的便宜玩具，然后一辈子就得更努力地工作，没有玩具、没有快乐。

在上海的时候，辉辉没见识过滑雪场。来以色列后，我们家住在以色列和黎巴嫩的边境地带，那里有以色列唯一的滑雪场。

寒假到了，辉辉跟我说，他要去滑雪场玩。“妈妈，再不去的话，滑雪场的雪就要化了。”辉辉恨不得插上翅膀飞到雪山上去。

我心底里乐意让孩子们去滑雪场玩，因为那里有别致的景色，可以开拓孩子们的视野和胸怀。那时，我们的经济情况有所好转，完全有能力承担他们的这种小享受。不过，我还是故意“刁难”了他俩一下：“辉辉，你很想去？”

“是的！”

“那你俩愿意去那边打几天工顺便换来滑雪的钱吗？”

“没问题！”

我从家里开车送辉辉去滑雪场，大概开了半个多小时，天很冷，我有点犹豫：虽然已经给辉辉准备了厚厚的手套，但他俩能坚持住吗？

但是，辉辉表示他们没问题，还让我放心。几天后，我去看望他，还帮他们拍下向往已久的雪场风景。

“妈妈，我看到美丽的雪山啦！”辉辉的鼻头冻得红红的，他在滑雪场里负责的工作其实不是特别轻松。尽管有更轻松的像打扫房间之类的工作，但他还是拒绝了，因为如果在房间里工作，他就看不见迷恋的雪山了。

辉辉用自己的劳动换来了滑雪场的享受，他觉得特别值。而且，滑雪场里有很多成功人士来度假，这些人用勤奋和努力换取了片刻的人生享受，这无疑也激励了辉辉。一切靠自己的双手去获得的快乐才是真正的惬意。别怕自己的这双手小，但是，只要你用它努力耕耘，这双手将变得越来越有力量，会给你捎去梦想，总有一天，你可以享受到丰收的硕果。

新东方校长俞敏洪谈起他的孩子，也提到“延迟满足”教育的必要性：“不能让孩子吃住你。我在给孩子买东西前，会分析他要的东西是否合理，如果不合理就坚决不买，如果合理也不能轻而易举地给他买，我必须让孩子完成一项任务才给他买。我女儿班上的孩子，每人都有一台笔记本电脑，再不给她买也不对。我就告诉她，爸爸一定给你买，但是你要知道，这个世界上没有白白得来的东西，你现在已经是一个大孩子了，需要付出劳动获得想要的东西。如果你能背诵下来三十篇新东方的英文励志文章，就给你买。结果不到两个星期，她就背得滚瓜烂熟了，她如愿得到了笔记本电脑。这样的教育方式不仅让孩子学会了付出才能得到的道理，又把孩子欲得到的事物化做做一件事的动力了。”

“再穷不能穷教育，再苦不能苦孩子。”这一公益广告语如今已深入中国父母的心灵。然而，背离这句话的初衷的恰恰是父母自己。在中国一些比较富裕的家庭，父母们对孩子百依百顺，孩子要什么就给什么。孩子看上一个PSP或者一个iPad，家长不买他就不走，最后家长没办法只能给买，无疑是孩子“绑架”了家长。还有的家长自己舍不得买名牌，却毫不吝啬地满足孩子的名牌欲，还极尽讨好地对孩子说：“宝贝，这是限量版耐克鞋，一千五百块一双，看妈妈多爱你。”

更值得一提的是，中国富爸妈超量满足孩子欲望的同时，家境普通甚至拮据的父母也在超前满足、即时满足孩子的欲望。

前不久，我看到过这样一条新闻：山东有对夫妻从农村来到城市，靠捡破烂为生。他们自己省吃俭用，却花三千多块钱给儿子买了一台电脑，满足孩子的要求。这孩子有了电脑，天天玩游戏，反倒不想去上学了。

不少家长抱怨现在的孩子不理解父母，不知道可怜父母心，家长们是否想过，你在为孩子付出的时候，有没有教会孩子理解父母生活的艰辛？

和犹太家长带领孩子们“参观爸爸妈妈的一天”不同，中国家长总认为家情是大人们的隐私，是孩子们的禁区。自己是苦是累是委屈，不能让孩子知道，不能让孩子的思想有负担，影响学习成绩。但是，又不能让孩子衣食住行上比同学们差，怕孩子人前人后受歧视，产生自卑感。父母们承担下来一切，本是出自一种奉献和牺牲，可是，对家情知之甚少的孩子，对父母日出而作日落而息的辛苦劳作感到习以为常，被超量满足久了，更会形成一种错误的认知，觉得深爱自己的父母做这些是天经地义的，从而产生理所当然的依赖心理。

现在，中国为什么出来那么多孩奴父母？只要孩子提出来的，中国家长都会想尽办法给予满足。但是，孩子对金钱没有足够的认识。“钱是从爸爸兜里掏出来的”，“钱是银行给的”，如此想法不是孩子的悲哀，而是中国父母教育的悲哀。

一个朋友说起他的女儿，说：“虽然我们经济条件还不错，也一直想教育孩子节俭，但孩子对理财和节约没有概念。初一住校时，她一个星期居然可以用三百元，让我非常生气。有一年过年时，家里人来人往，我妈妈没有意识到要锁门，结果有小偷跑到家里把女儿的背包偷出去，把里面的压岁钱拿了，包丢在楼梯口。虽然好几百元被偷了，女儿却没感到伤心，反而很不在乎，不知道父母挣钱不容易。”

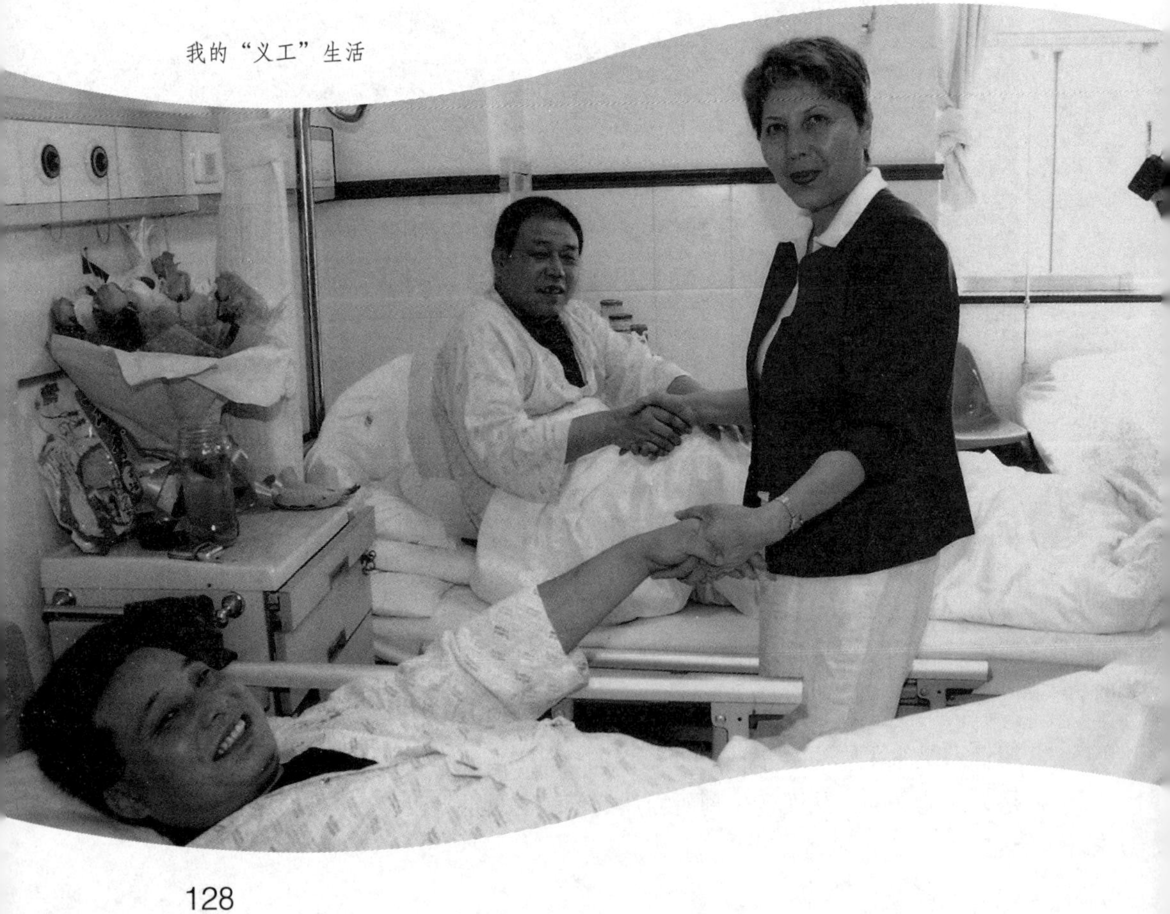

就拿饭店就餐这件小事来说吧，美食的确是一种享受，但家长应该让孩子切身感受到，要想享受美食，就需要付出劳动，这种劳动首先是要有钱去买来食材，然后自己亲手加工，流很多汗才能变成可以入口的食物。正所谓“吃苦在前，享受在后”。一贯的“饭来张口”，孩子就无法感受到“享受必须靠辛苦才能换来”，而是认为“只需要跟服务员点个菜名，美食就自动被送上来。任何享受都只需索要，不需要付出艰辛的努力”。这对于孩子的成长是十分有害的。

“成由勤俭败由奢，止奢当自年少始。”虽然现在我们完全有条件为孩子提供更富足的生活，更舒适的环境，但要清楚一点，过于富裕优越的生活不会给孩子以能力和成长，反而会消磨孩子的激情、理想和斗志，正如松树生长于瘠土，肥沃土壤反而长不出挺拔刚毅的风格一样。所以，为了实现我们“望子成龙”、“望女成凤”的心愿，适当的时候，我们可以“装穷”、“藏富”，做孩子的心理训练师，教孩子学会忍耐，让他明白这个世界不是为他一个人准备的，他所要的东西不是唾手可得的。

天下父母没有不爱孩子的，但是在爱孩子的过程中要有分寸、有原则、有方法。要能自觉地控制自己的感情，克制那些盲目无益的激情和冲动。然而，我们有些父母，尤其是相对年轻的父母，在对待孩子的问题上，往往缺乏应有的“分寸感”。他们对待孩子往往是无原则的“超前满足”、过分的“超量满足”、姑息迁就的“即时满足”，这样任其发展下去，势必把孩子惯坏、宠坏。 难道这就是家长期望的吗？我想，应该不是吧！

不过“延迟满足”训练是一种慢功，不能一蹴而就。家长们一定要给孩子留下适应“延迟满足”的空间。家长千万不能盲目爱起来什么都给，理智爱起来什么都拒绝。“延迟满足”是儿童心理学的科学教育法，它强调尊重孩子的生命发展规律、心理成长规律，它是对父母心智是否成熟的考验。

“延迟满足”的技巧

1. 根据不同的年龄合理掌握延迟满足的时间和方式

针对一至两岁的宝宝，父母要尽量满足他们的生理及心理需要。当宝宝实在无理，延迟满足要控制在以秒计算的时间内，最好不超过一分钟。两岁以上的宝宝，开始出现自我意识，他们也能听得懂大人讲的道理，“等”字的含义，也基本明白。这时，家长要有意识地带他多体验。延迟满足的时间也可以从几分钟延长至一两天。三岁的宝宝，更加知理了，这种延迟满足可以再增加时间。

2. 家长说明延迟满足的理由

对于可以延迟满足的需求，父母要向孩子讲明道理，让孩子明确知道父母不能立刻满足他们的理由。如孩子想玩秋千，父母可以告诉他：“秋千是公共玩具，需要排队等候，等轮到你了，你再玩。”

3. 延迟从一分钟开始

不要期望孩子一开始就能等待二十分钟，要遵循小步递进原则。最初的延迟时间不要过长，否则会让孩子灰心丧气，放弃追求目标的信心。

4. 等待时不要过分关注

延迟满足是一种自律行为，可是孩子还小，往往需要通过他律才能做到延迟满足。随着年龄的增长，也可以让孩子尝试自我监督，父母不要让孩子感觉自己正在“监视”他。

5. 采用代币法来延迟满足

代币法也是延迟满足的好方法之一。等孩子年龄稍大一点时，爸爸妈妈可以和孩子约定，如果买新玩具，要用平时积累起来的“五角星”来进行交换。“五角星”是平时孩子表现好的时候获得的“奖励”。一般在孩子积累到五次或十次后就可以满足自己的需要。孩子每次获得“奖励”的过程就是一种等待。

6. 冷静对待孩子的任性哭闹

有的孩子较任性，当父母不能即时满足他们的要求时，他们会通过哭闹来与父母抗争，这时父母一定要冷静对待，态度坚决。必须让孩子明白，生活中有些东西并不是想要就可以立即得到的。当孩子发现哭闹不能解决问题时，他就会试着按照父母的意图做，要么等待，要么通过付出努力得到想要的东西。

7. 不要吝啬表扬，尽量满足孩子的情感需求，让孩子感受到父母非常爱他

当孩子接受父母对他需要的延迟满足时，父母一定要及时表扬他，以强化孩子的良好行为的养成。当孩子通过帮助父母拖地、洗碗而获得自己心仪的玩具时，父母可以表扬孩子是个热爱劳动的好孩子；当孩子排队轮流和别的小朋友玩玩具时，父母可以表扬孩子是个懂礼貌的好孩子。通过父母的表扬，孩子觉得自己的努力得到了认可，精神上会感到满足。

“适当不满足”的艺术

有一回，我在特拉维夫市中心医院看牙，正赶上女儿同学的爸爸也带着六岁的女儿在外面的大厅里等候。过了一会儿，女孩闹着要喝饮料。可是，那位父亲在身旁的自动售货机上顺手扯了一个免费纸杯，接一杯自来水递到孩子手里。当然，那位父亲不是买不到饮料，自动售货机正出售一元一杯的可口可乐和橙汁。那是他很穷吗？恰恰不是，他在我们所住的特拉维夫市中心经营一家很好的体育用品公司。

这位爸爸到底是出于什么原因呢？我想，他的答案应该是普通的水就可以解渴，没必要花钱去买。不能从小就给小孩子过高的物质享受。这个爸爸的观念，代表着大多犹太父母的想法。

犹太人认为人的欲望也是无限的，但能满足的只有很少，许多欲望是永远无法满足的。因此，他们要孩子从小就懂得：每个人的享乐范围是有限的，花出一块钱，就要发挥百分之百的一块钱的功效。即使钱再多，也不买不必要、不适合自己的东西。而且，要想满足更加奢侈的愿望，获得更为优越的生活条件，必须依靠自己的努力，不能借由他人的手。

在犹太家长看来，对孩子一些不合理要求的“适当不满足”，才是真爱孩子的表现。一味地迁就孩子、满足孩子，这叫做溺爱。溺爱不是爱，是披着“爱”的外衣的“害”。当孩子们提出各种各样的要求时，

我家有女初长成

家长们要根据自己孩子的实际情况加以对待，如果要求不合理，家长要学会有效地拒绝。不假思索地满足孩子、不会拒绝孩子要求的家长，是不成功的家长。

女儿舞蹈班里有个小朋友叫莎莎，她家里很富裕，女儿应邀去她家里玩，回来之后很有感触，说："妈妈，莎莎家是大豪宅，家具非常高级。不过，莎莎的房间很小，而且，里面的家具看上去都很旧，也不时髦。"我问女儿为什么，女儿说，莎莎告诉她，她父母非常爱她，他们会竭尽所能为她提供最好的学习和拓展人生的条件，但是，正因为爱她，才不会为她提供最优越的生活条件。因为，她应该，也能够做到靠自己的努力去获得优越的生活条件。

莎莎父母对孩子的"适当不满足"，给了处于两种家教文化夹缝中的我深刻的启迪，更坚定了我向犹太家庭教育取经的念头。

那一阵子，我正为怎么培养女儿而纠结，为"穷养儿、富养女"的俗话矛盾，莎莎父母的教育理念坚定了我的想法，那就是：从小富养的女儿长大后，遇到了粗养的生活该怎么办呢？凡事都必须掌握一个度，该讲原则的时候还是要讲点原则。女孩子在成长的过程中同样面临着种种磨难。自小，在求知求学的道路上，不会因为你是女性录取分数线就比男性低，差一分都将面临名落孙山的遗憾。走上社会，激烈的竞争，无情的对手，绝对不会因为你是女性而同情你，对你网开一面。尤其是走进婚姻后，习惯被全盘满足、四体不勤、五谷不分、不谙世事的富女儿，将怎么面对真实人生呢？

在我和女儿之间，有过一些“适当不满足”，其中就包括红海度假事件。

2002年的一个学期末，女儿开始放假了，我想让她开阔一下眼界，带她一起参加了一个旅行团，去红海度假。

夏季的天很热，我有点走不动了，就和同团的一些“驴友”坐在露天的台阶上乘凉。

女儿独自一人去了酒店楼下的咖啡厅喝咖啡。

过了一会儿，一个同团的“驴友”过台阶这边和我一起乘凉，她认识妹妹，知道妹妹是我女儿。看见我，她忍不住跟我说：“哎呀，刚才我在咖啡厅里喝咖啡，看见你女儿给人家十块钱小费。”酒店的咖啡是十欧元一杯，女儿怎么会给跟咖啡钱一样多的小费呢？我真有点搞不清楚。但是，我先没说话。

第二天休息时，女儿说还要去咖啡厅喝杯咖啡。我悄悄地也跟着去了咖啡厅，这下我明白是怎么回事了。

女儿进了咖啡厅刚一落座，一个非常帅的waiter就走到她旁边，非常热情、非常殷勤地跟女儿打招呼，还跟她攀谈了一会儿。我不动声色地观察女儿，发现她临走时又给了这个waiter十欧元小费。

女儿回到酒店房间后，我没有板起脸教训她，女儿已经是青春期了，她在咖啡店的waiter面前，想树立一个女孩子的修养和尊严，我可以理解。

我问女儿：“妹妹，我听说，你给了咖啡店waiter很多小费呀？”

女儿不吭气。我拉着女儿的小手，说：“妹妹，按照惯例，小费是消费价格的百分之十。如果你觉得他们的服务非常周到、热情，拿出百分之十有点拿不出手，你可以再添个一两块。我们的生活并不特别富裕，不能这么浪费啊。一个人的修养和派头，不是靠小费换来的。妈妈希望你做真正聪明的事情。”

尽管费了这么多口舌，但是，我坚持不生气不发火，我只是单纯地让女儿理解：这件事为什么行不通。我知道，处于弱势的孩子此时很容易情绪激动，我说话如果重了，就会激化她的叛逆心，那会让孩子感到委屈、不满意。下次再遇到这种事还会一触即发。所以，我看着女儿的眼色行事，既尊重她的情绪，又把拒绝她的道理讲述清楚，尽量以后不再老调重弹。

拉锯了一个晚上。第二天的旅行中，我们去参观一个有名的“七公主”酒店。看着酒店奢侈豪华的布置，女儿伏在我的肩头，悄悄地告诉我：“妈妈，等我长大了，自食其力，我邀请妈妈来这样的酒店。”

“好！妈妈相信会有这么一天的！”女儿的话像一抹清凉的风吹进我的心田。对于一个正值青春期的女孩来说，能这么理解妈妈，我真的很欣慰。果然，女儿后来不再提此事，和我也没结下疙瘩，而且以后很少提类似的要求。

不过，拒绝孩子的要求有时也需要做父母的委曲求全，甚至以退为进，尤其是对待正处在青春期的孩子。

一个周末，我跟女儿说：“妹妹，我们去书店怎么样，我们去挑几本字典。”

我满心希望女儿能跟我一起去逛趟特拉维夫的书店。但是，女儿说：“不，我想先去逛街买衣服。”女儿读中学了，正是喜欢打扮的年龄。

这时候，我先退一步，跟她先去逛街挑衣服，把做母亲的权威和要求先放在一边。

我们去了特拉维夫的购物中心，一家挨着一家店面试衣服，女儿挑了几件款式很火辣的吊带衫试穿。我虽然不赞成她买这种衣服穿，但我选择了坐在沙发上欣赏。女儿一边试穿衣服，一边偷偷地看我的表情。逛了一天街，去书店已经来不及了，但是，我按捺住无奈，从头到尾，一直都很耐心地陪她试衣服。我猜得出来，青春期的女儿在试探老妈的忍耐度。这也是做母亲的第六感智慧吧！

第二天早上，妹妹刚起床，就走到我面前说："妈妈，我们今天去书店吧，或者你还有什么别的想去的地方，我陪你一起去。"女儿在"适当不满足"的家教环境下成长，我"以退为进"峰回路转了一下，促使女儿对自己的要求进行了反思，就在那一刻，她又长大了一些。

也有朋友说，依你们家当时的GDP，在特拉维夫已经拥有了效益非常好的中餐馆，何必和孩子这么过不去？这样不会伤害母子感情吗？

而我却认为，正因为家庭GDP增长了，如果家教理念跟不上去的话，一不留神反而会害了孩子。如果我做一个对孩子的欲望全盘满足的妈妈，养成她只会索取、不懂感恩、珍惜的毛病，那即使孩子认为我是天底下最爱她的妈妈，那也是我教育的失败，是"拿爱买错"，是事与愿违。

一些朋友在一起时总会聊到自己的孩子。我一个老同学的儿子才十五岁，一身都是名牌运动装，父母衣着却相当朴素。有一次，我跟他们母子一起逛街。在"耐克"专卖店里，他儿子撒娇说 ："我只有穿'耐克'的鞋，脚才不会疼。"他妈妈马上对售货员说："给我们拿双最好的。"亲戚的女儿参加一个同学的生日聚会，竟然要父母帮忙准备价值不菲的礼物。因为别的同学们送去的礼物都很昂贵：名牌运动包、进口护肤品、健身卡……有些孩子竟然把过生日时来祝贺的同学之多寡、收取礼物之轻重作为衡量自己有没有"面子"的标准。

父母渴望满足孩子的一片拳拳之心无可厚非。但很多教育失败的例子，都是因为家长太过满足孩子。他们以为只有满足孩子的一切愿望才是爱孩子。在这种错误意识的引导下，他们步入了一个怪圈。他们满足孩子的愿望使孩子高兴，但孩子的欲望在增强、在膨胀，他们需要更多地投入才能满足孩子的需求。可事实上，过多地追求物质的享受反而使孩子身受其害，因为父母从小就给孩子灌输了错误的思想，使他们以为可以一直这样被无限满足、超量满足、超前满足。这会影响孩子一生对他人、对社会和对世界的看法。

古语云："慈母多败儿。"面对孩子的各种要求，父母应该懂得判断，并对那些无理要求坚决拒绝。学会做好父母难，学会做“狠心”的好父母更是难上加难。人来人往的超市里，孩子赖在糖果柜台前哭闹个不停；亲朋好友来家做客，孩子却倒地撒起泼来……遇到这些情况该怎么办？对孩子说“不”是必需的。现在的孩子大多是独生子女。父母的纵容和溺爱造就了孩子任性、以自我为中心。面对孩子越来越多的要求和日渐叛逆的性格，舍不得对孩子说“不”成了困扰每个父母的难题。可是为了孩子能茁壮成长，父母舍得说“不”，狠下心说“不”已刻不容缓。

偶尔一次不能满足被拒绝的话，孩子就很容易闹情绪，拒绝吃饭、哭闹都是孩子常用的手段。而这时候，有些心软的父母就会向孩子妥协，答应了孩子的要求，其实这样做是非常不可取的，以后要拒绝孩子的难度会更大，久而久之根本就拒绝不了。因此做父母的在适当的时候必须硬起心肠不予理睬，对于孩子的不合理要求，必须学会拒绝。

当然，用错误的方式说“不”或在错误的情境下说“不”，就跟没说一样糟糕。重要的是要知道，该在什么时候以什么样的方式对孩子说“不”。

现在的孩子都有点早熟，很早就学会了察言观色，他们非常清楚自己最主要的依靠就是父母。如果父母直接很简单地断然拒绝孩子，孩子可能会觉得很难接受，觉得父母是不是不爱自己了，这样会对孩子的心灵产生不好的影响。我们要想办法转移他的注意力，给他讲道理。让他明白我们不给他买并不是不爱他，而是要教会他向父母提出要求的方式。要使他们知道，唯有用请求、商量的方式提出要求才能得到满足。倘若孩子以耍赖、威吓、哭闹等来要求父母，父母不仅不可轻易答应，而且要对他进行耐心的批评教育。

在我的三个孩子中，我始终以“延迟满足”作为主旋律，孩子们也以这样的标准相互检视对方。

有阵子，儿子以华在学校举办了一个“走进中国”的文化讲座，只要是来听讲座的人，就可以免费品尝来自中国上海的美味春卷，但是每个人需要购买10雅戈洛入场券。考虑到春卷的成本，以华精心地把每个春卷分割成10份。那一场讲座，以华一共接待了200个观众，入场券收到了2000雅戈洛。在上缴学校500雅戈洛的场地费后，他净赚了1500雅戈洛。后来，以华又用他的创意陆陆续续地获得了不少收入，给弟弟妹妹们买了各种礼物后，他开始肆无忌惮地追求名牌，买LEVIS牛仔裤等。

看见以华开始浑身名牌了，我就给他讲了“皇帝的故事”：有一个很富有的皇帝，过着很奢靡的生活，宫殿里淘米的水，经常混合着大量的大米留下来。在淘米水流过的下方，住着一个穷和尚，他每天都会用一个小碗，把滴下来的米小心翼翼地保存下来。

后来经过了荒年，皇帝的粮仓空了。

穷和尚把多年来攒下的米交给了皇帝。

“怎么有这么好吃的米？”

“这都是从皇宫上游流下来的米啊！”

“皇帝的故事”让以华的脸红了起来。

“我不是皇帝啊！”以华开始有了些许悔意。

我跟辉辉揶揄一笑：“以华，我们也没说我们就是那个和尚啊！”

以华和辉辉正是从“延迟满足”的理念中，了解到财富流转的规则，在工作中体味到回报与付出成比例的道理。小时候的这项功课，给辉辉的人生带来了巨大的精神和物质财富，帮助辉辉从小河川开始，成为一片大海。我想这也是辉辉在三十岁前就成为世界富豪的秘诀之一吧。辉辉常说：“这要谢谢我的妈妈呀，她用‘延后享受’的观念来爱我们，让我们把不该花的钱储蓄起来，到了想投资的那天，账户一打开就有资本。”

现代“421”的家庭模式（即外公外婆、爷爷奶奶、爸爸妈妈和一个小孩），使独生子女在家里处于众星捧月的地位。如何拒绝孩子的无理要求，是摆在我们广大家长面前的一个新课题。俗话说得好：“玉不琢，不成器。”要知道，“适当不满足”也是一种爱。从某种意义来说，它也许是一种更高层次、更负责任的爱。

对孩子说“不”的艺术

1. 用尊重的态度说“不”。孩子都有逆反心理，硬逼着孩子按照你的要求来，就是有天大的理由，他也不接受。有时候，对这些小机灵鬼，我们得讲究点儿“智谋”，要善于变换方法，达到我们的目的。

2. 有正当理由向孩子说“不”，让孩子明白说“不”的原因。当你不得不对孩子的行为进行阻止时，要采取体谅态度，要心平气和、耐心引导，这对孩子的成长及个性的建立都至关重要。如果没有正当理由说“不”，就要以身作则，对孩子提出的正确要求贯彻到底。

3. 有创意地说“不”，教会孩子懂得识别表示“停止”的肢体语言。用变通的办法说“不”。采用适合具体场合的、更有针对性的话语来说“不”。提供正面的建议，用有说服力的表达来让孩子接受你“可以做”的建议，从而缓解“不能做”的命令所带来的紧张。避免让孩子起念头，比如说在你们进商店之前，就应该让孩子明白你们来这里是为了买礼物送给朋友，而不是为了给他买玩具，做足提前量，让他自源头起就不动买玩具的念头。

4. 拒绝时，不要破坏孩子的情绪。孩子都会察言观色，他们非常清楚自己最主要的依靠就是父母。如果父母很简单地断然拒绝孩子，孩子可能会觉得很难接受，甚至觉得父母不够爱自己，这会给孩子的心灵产生不好的影响。我们要给他讲道理，让他明白我们不给他买并不是不爱他。

5. 要教会他向父母提出要求的方式。要使他们知道，唯有用请求、商量的方式提出要求才能得到满足。倘若孩子以耍赖、威吓、哭闹等来要求父母，父母不仅不可轻易答应，而且要对他进行耐心的批评教育。

6. 一旦说“不”，就要坚持下去。拒绝之后不能出尔反尔，即便发现有不妥，可以以后弥补，但不要当场反悔，特别不要因孩子撒娇哭泣就改变决定，因为这样做不但会给孩子造成父母言而无信、出尔反尔的印象，影响自己在孩子心目中的威信，同时也使孩子的哭泣得到了“回报”，间接鼓励了他们的哭泣行为，父母要记住，坚持原来的决定，就是一种对孩子把“哭泣”当武器的行为最有效的改进。

7. 拒绝孩子之后，要让孩子明白什么东西是值得拥有的。让他们感觉到，有更美好的东西是爸爸妈妈为他做的，使他们体会父亲的慈祥和伟大，母亲的关爱与体贴，他们将受用一生。

8. 家长切忌随意说“不”。这样做会让孩子的自我意识受到压抑，还会产生极强的逆反心理。

9. 父母不要给孩子太多的信息或过度的形容，以免造成他们的心理负担。在经济有点拮据的时候，父母最好别对孩子说这样的话：“我们家很困难！”父母可以大致地告诉孩子：“从这个月开始我们得节俭一点，因为我们有一些更重要的家庭支出计划。”而当父母加薪时，则可以说：“以后我们可以有多一点的钱买书和外出旅游了，因为爸爸工作努力获得更多认可了。”

10. 在“是”与“不”的平衡中，培养孩子健康、折中的个性。性格决定命运，健康、折中的个性是孩子一生幸福的保证。

超量满足培养“草莓族”

中国的独生子女这几代接受了比前代人多得多的教育，但是似乎问题也多得多，成长得远不如多子女家庭的孩子轻松。

现在出现一种新说法，把中国一些独生子女说成“草莓族”：外表看起来色彩鲜艳，表层还疙疙瘩瘩的挺有个性，里面却苍白绵软，稍一施压就变成一团稀泥。用“草莓”来比喻，新颖独到，贴切自然。其中所反映的问题更是令人深思。“草莓族”为什么出现？是谁给了“草莓族”成长的温床？家庭教育难辞其咎。

以前的独生子女是生活在“421”结构的家庭中，即祖父母四个、父母两个再加上一个孩子，现在随着第二代独生子女的出现，更多的独生子女开始生活在“6＋1”结构的家庭中了，孩子在家庭中的中心地位得到强化，孩子的事情是一家的绝对重点，父母不能容忍他出错，父母的很多欲望要让孩子完成。于是，家长情不自禁地要给孩子“超量满足”，这种“超量满足”其实等于剥夺了孩子获取生活知识、生存技能的权利和机会。

越是“超量满足”地照顾，孩子越禁不起挤压，越长成苍白柔软的“草莓族”。

想起刚到以色列的时候，我把女儿送进幼儿园，为了深入了解以色列幼儿园流行的“生存教育”，我也走进了幼儿园。

女儿所在的幼儿园室外有大片的活动场地，草地、沙地等，却没有看到国内常见的塑料地。孩子们在户外活动时胆子很大，登梯爬高一点都不含糊。老师们则站在远处观察，不怎么干涉。

我发现虽然天气寒冷，但是在室外玩耍的孩子却看不到穿棉衣或防寒服，顶多穿一件绒衣。看着我大惊小怪的模样，陪同我的老师解释说："幼儿应该比大人少穿点衣服。他们精力旺盛几乎可以用来'发电'。活动量大容易出汗，穿多了反而容易感冒。臃肿的服装还会影响他们的灵活性。犹太人把孩子看成一粒种子，禁不起挤压和挫折，就不能茁壮成长。过于娇气培育不出好种子。"

说到减少对孩子的"超量满足"，我禁不住想起一个以色列朋友。从小城谢莫纳镇搬家到特拉维夫，我先在这个朋友家落的脚，他算是特拉维夫的富人了，独立经营一家报社，事业很成功。在寄住在他们家的一周里，我感触很深，这样一个有着两个孩子的父亲，对公益事业慷慨解囊，对贫困孩子非常疼惜，但是，他对自己的孩子却一点也不心疼。

当时正赶上暑假，特拉维夫的日头晒得人发昏，紫外线照在皮肤上像针扎的一样。想不到的是，在这炎炎烈日下，他的两个孩子，还要骑着自行车挨家挨户去送报。家里有个开报社的爸爸，十几岁的儿子还要风吹日晒地送报纸，真的很难想象。不仅送报纸，两个儿子下午还要去售卖点，负责零售，即使遇见了翻完报纸不掏钱的顾客，也要笑脸迎人。忙碌完一天，孩子们傍晚时才能赶回家，小脸蛋晒得又黑又亮，不过看起来他们过得很充实。看着孩子兴致勃勃地完成这个任务，这位当报社社长的父亲感到很自豪："分这么多报纸不容易，很早就起床，无论刮风下雨都要去送，可孩子们从来都没有耽误过。孩子总有一天要去更广阔的天地闯荡。为了他们将来能应对挫折，一定要培养他们适应环境的能力。"

"超量满足"被看成是一种家庭教育软暴力，列在犹太家教法则的黑名单上。它也时刻提醒我，不要做那个把握不好情绪的妈妈，扼杀了孩子的健全人格和自信人生。

以华和辉辉在这种家教氛围中长大，这对他们的性格产生了很深刻的影响，他们养成了不给大人压力的习惯。有个头疼脑热的，他们也总是说，感冒发烧都有一个过程，反倒还劝我不要太担心。来到以色列后，我常常感觉，我变成了“特保儿”，很多时候都是孩子在照顾我。

在以华和辉辉的房间里，总是放着一个体温计。每当孩子们觉得有点不舒服了，他们首先自己去量体温。刚到以色列时，我就跟孩子们说：“以色列的雨季特别长，如果你们感觉身体不舒服，一定要告诉妈妈。因为，车子坏了要修，凳子坏了要扔，人有病了一定要早发现、早治疗。”孩子们很懂事，他们非常会照顾自己的身体。一旦发现身体有点热，首先去量体温。

“妈妈，我有点发烧，三十七度多，我今天想吃点稀饭和酱菜。我再吃个退烧药。”

以色列没有酱菜，我就把包心菜的菜心用盐腌好，用砖一压，好了以后，再放点麻油，给他们做成酱菜。如果他们的体温没有超过三十八度五，我就用退烧的药，给他们喝大量的开水，让他们多出点虚汗。

有一次，辉辉的咳嗽又犯了，我就用我爸爸当年教我的老办法，用热水把毛巾和我的手焐热，然后，在他的后背上来回搓，让他的背非常暖和。第二天早上，果然就好了很多。我小时候，腿有风湿性关节炎，会莫名其妙地抽筋。这是个遗传病，我有，辉辉有，辉辉的女儿也有。当年，我爸爸就用松节油帮我按摩，把肌肉痉挛的地方处理好。有些遗传性的家族病是一代接一代的，对应的办法也是一样的。

辉辉爱踢球，膝盖总是摔破，我告诉他，要有一个勇敢的男孩子的样子。每次摔破，不太严重的话，我就用盐水替他在伤口处消炎，再把红药水往上一洒，让伤口自然风干就好了。看到儿子的膝盖摔破了，我当然非常心疼，可是，我没有把焦虑不安的情绪表现在脸上，那样会不知不觉地影响孩子，会使他们变得敏感，不能吃一点苦头。我要以勇敢的姿态和积极饱满的情绪面对挫折，展示给孩子，暗示给孩子，为他们树立一个如何面对小疼痛的榜样。我藏起一半爱，目的是为了让孩子长得更茁壮，而不是禁不起风吹雨打。

宁可粗养，也不要对孩子超量满足，这是犹太父母见面时百说不厌的话题。本来，“小儿需要三分饥和寒”，“初生牛犊不怕虎”，这都是中华民族传统家训，现在却成了出口转内销。

反观我们很多中国家长，对孩子“超量满足”是常见的现象。前不久，我要乘出租车，司机师傅看见我招手，把车停下来，先摇下车窗问我要去哪儿，知道是与他要去的方向顺路后才打开车门让我搭乘。我问：“师傅，你是等着要交班是吧？”

“不是交班，我赶着去接孩子。”司机师傅对我说。

“小学几年级啊？”

“读初中啦！”

“这么大的孩子还要接送上下学啊？”

“没办法啊，孩子说搭公交车费时又辛苦。本来他上学就累，睡不够。”

“那你这样来回赶不也同样辛苦？而且又耽误了做生意赚钱。”

开车师傅面露苦笑地摇摇头说：

“我们就只有这么一个孩子，舍不得他受苦，做父母的只好辛苦一点呗！”

我非常理解这位司机师傅的话，可怜天下父母心，而且中国这代父母是全天下最有奉献精神的父母。为了儿女，赴汤蹈火也在所不惜。

无独有偶，我早上出门，正遇见邻居张大姐，拿着雨伞，站在小区门口，很焦急很闹心的样子。

“张大姐，在这儿等谁呢？”

“沙拉啊，唉，我家孩子今天忘记带伞了，这会儿雨越下越大了，他在路上肯定挨浇了，这雨打湿了是要感冒的。我正想去学校给他送件干衣服呢。”张大姐满是心疼的样子，我想起他们家上高中的孩子，是个大小伙子了，个头有一米七八了吧。

我一边等车一边和张大姐聊到教育问题，也说了一些对待孩子的方法、态度等。

现在的孩子大多是一根独苗，父母们把全部的心血都投入到这根小苗上，苗有个风吹草动，父母的心就跟着七上八下。对父母来说，最不堪承受的就是看见孩子吃苦，因为太心疼。可是，人生哪能一帆风顺，孩子总是要走向社会，如果他习惯了你的“超量满足”，习惯了你应对公主、太子的老奴才式服务，一旦遇上挤压，就特别容易措手不及。

一个被过量满足的孩子，受着爸妈的溺爱，爷爷奶奶、外公外婆的疼爱，在这样备受关注的同时，孩子的自我优越感和自尊心也越来越强，更不容许他人打破他们的这种优越感，因此，当给予他们的满足稍微欠缺一点时，他们往往不能正确地理解和接受，常常会觉得自己受了委屈，从而采取自我防卫机制来加以抵制和抗议。

都说教育是一门艺术，为什么不叫技术叫艺术呢？我想是因为教育有一种只可意会，不可言传的境界。教育过程是没有办法量化的，这里面最不好把握的就是情绪。对我自己的三个孩子：以华、辉辉和妹妹，我可以向犹太妈妈转变，可以做到“藏起来一半爱”，避免“超量满足”带给孩子一种误读的可能。但是，对待孙女，我就完全是相反的面

貌了。

辉辉的女儿贝贝一生病，我就会急得不得了。比如贝贝一咳嗽，我就马上带她去医院，挂急诊、照片子。然后马不停蹄地回家烧中药，一边给小孙女贝贝说故事，一边哄着她喝中药。

倒是辉辉作为爸爸还挺不以为意的。多年来耳濡目染犹太教育，他深深认同“生存能力从娃娃抓起”的犹太教育，他的经济情况很好，但是他还坚持再富也不能富孩子。看到女儿贝贝咳嗽了，他就说：“咳嗽，发烧，都是有个过程的，不用太着急。”

所以，我这边，想告诉天下所有的爷爷奶奶，请隔代的爷爷奶奶尽量别大包大揽隔代的小孩培养，因为我们带不好。

因为我们对隔代的孙儿，有太多的愧疚，太多的宠爱，太多的血肉情缘，太多赴汤蹈火的爱。所以，我们尽量少带，我们尽量别“害”孙儿。

因为我们狠心不了，狠不下心，就爱不成。

当年，儿子辉辉一咳嗽，我会用热毛巾给他搓背。现在，我却给小孙女贝贝搓不了背，因为我会担心，哎呀，一搓背，一脱衣服，没准又凉着了，再加点私心，没准儿，她爸爸妈妈会埋怨我的“土办法”让孩子病加重了。思来想去，我第一选择就是马上送医院，挂急诊。

隔代的爷爷奶奶，狠不下心，就爱不成孙儿孙女。

一个小生命的诞生固然是天大可喜的事，可是，如果父母给了超过科学剂量的爱，因“超量满足”反而过犹不及，把孩子栽培成一颗草莓，外表光鲜亮丽，却不具备坚实的精神内核。不能挤压，一碰就出现凹痕，次数多了会烂掉。那么，毁掉孩子前程的罪魁祸首就是你！独生子女在教育上具有天然的缺失，他们的成长过程中不可避免地会受到更多的关爱，所以，独生子女教育更要把握爱的方式，强调爱的质量，掌握爱的艺术。别因为爱孩子反而变成了害孩子，别让孩子有机会来到这个世上当“草莓族”。

这时候要对孩子说“不”

1. 在做危险之事时

防患于未然是最保险的，要坚决制止孩子把手捅进电源插座、玩火柴等危险行为，更不要从阳台上开着的窗户里趴身外探。一旦发现孩子这样做，成人绝对不能姑息纵容，立即果断地说“不可以”。

2. 超越规则时

孩子需要一定的规则，这既能让孩子明确是非对错的观念，还可以培养孩子的自我约束和控制能力。限定什么是孩子必须要遵守的规则，让他懂得哪些是他不能控制和超越的权限。如果他想超越这个权限，你可以底气十足地向他说“不”！

3. 威胁到自己或他人的安全时

只要大人不顺从孩子的心意，他就会用手掐人，甚至还咬人，这是有些幼儿最初的反抗和对他人身体的攻击。这个时候，妈妈要紧握住孩子的手，告诉他“不行”。

4. 推卸责任时

当孩子为了逃避惩罚而推卸责任，乃至说谎话时，家长要对他的这种行为说“不”，拒绝让他把自己的事情推给别人，告诉他这种做法是错误的，每个人都要对自己的行为负责任。

5. 选择孩子早期表现出任性的时候

一般在三至五岁开始对孩子的无理要求说“不”。父母若在六岁之前（最晚别超过十岁）对孩子说“不”，他尽管会因为你的拒绝而感到痛苦，但最多也就是痛哭一番。你若等他十二至十四岁之后再对他说“不”，他已经有了对付“不”的各种能力和选择。

左手赏识，右手逆商

据统计，我国目前中小学生存在的心理疾患中，30%左右的心理疾患是源于父母总是对孩子说“是”造成的抗挫力不足。今天的孩子享受着优越的物质条件，他们却越来越脆弱，经不起一点风吹雨打。据悉，北京安定医院曾对两千多名儿童进行过调查，结果显示，这些孩子的社会适应问题发生率为23%，主要表现为别人不按自己希望的方式做就大吵大闹，稍遇坎坷就说自己无能为力或者怨天尤人。而这些表现均与家长不会培养“逆商”有关。

此前，富士康员工几连跳事件在社会上引起很大反响，除了薪酬问题，它也引发我们对“80后”、“90后”抗压力的反思。不只是富士康员工，还有些名校的博士生、硕士生，因为读书、就业、社交遇到挫折想不开走绝路，这不是情商不够引起的，而是“逆商”不够的表现。逆商低是年轻人生存的障碍，是父母把孩子推向社会舞台前必须传授的最重要一课。它就像是一套自我疗伤机制、一门防守反击的技术，不会它，你就输不起，输不起又怎么有资格赢呢？

什么是逆商？除了智商、情商外，逆商（Adversity Quotient，也叫挫折商）是以色列教育专家很推崇的一个概念。以色列教育心理专家甚至断言，100%成功 = 20%IQ+80%（AQ+EQ）。以色列商业杂志每年都会报道当年最伟大的东山再起者和创业者，他们的传奇经历中有一个相同的部分，那就是他们在遇到强大的困难和逆境时始终保持乐观的态度，从不轻言放弃。也就是说，他们都具有高逆商。

以色列家长很重视从小培养孩子的逆商，甚至有些教育机构还专门提供逆商测验，一般考查以下四个关键因素——控制（Control）、归属（Ownership）、延伸（Reach）和忍耐（Endurance）。比如控制感弱的孩子在测试中经常说：“我无能为力。”控制感强的孩子则会说：“虽然很难，但这不算什么，一定有办法。”有专家对参加逆商测试的孩子进行跟踪研究，发现高逆商的孩子长大后，往往能够清楚地认识到使自己陷入逆境的起因，并甘愿承担一切责任，能够及时地采取有效行动，痛定思痛，在跌倒处再次爬起。

这些年来，赏识教育这个词我们家长听得很多，提倡给孩子适当泼点冷水的挫折教育，我们虽常常耳闻，但是鲜有执行。作为家长，我知道赏识教育能帮助孩子树立信心，有阳光心态，但挫折教育让孩子赢得起也更输得起，敢于坦然接受失败，并从失败中得到经验和教训，避免由于失败而挫伤自信心，一蹶不振。

许多孩子从幼儿时期开始，就是在家长的赏识甚至夸耀中长大的，所以许多孩子往往会把注意力过多集中在自己身上，并十分坚定地认为自己就是最聪明和最完美的那个，以为自己什么都比别人强，这是十分正常的。但这种现象如果不能加以正确引导，也会对孩子造成不良的影响，甚至会形成自私乃至自恋的性格特征，给孩子以后的生活留下阴影。

我想起亲戚家的小孙女，她从小就是班干部，学习非常自觉认真，对自己要求很严格。如果偶然考试没进入前三名，她就更用功，下次一定要考第一名才满意。但是，她就是受不得批评，她上课有次回答问题答错了，老师实事求是地指出了她的错误，结果，她当场就哭了。赢得起输不起，面对荣誉心安理得，遭遇挫折不堪一击，是陷入了“蛋壳心理”。没有一个人会是永远的赢家。作为家长，应该在日常教育中尽可能让孩子体验成功，建立自信，但同时一定要让孩子明白，生活中失败也是不可避免的，遇到失败要学会勇敢地去面对。犹太人把逆商看成是需要付出最高代价的商品。他们把每个人的命运形容成湍急的河流上的一叶扁舟，而逆商是每个人手中的桨，它可以使你抵达光辉的彼岸，也可以使你随波逐流。

我的孩子也摔过很多意想不到的跟头，如果他们逆商低，沉浸在抱怨中，输不起，走不出低谷，就不会取得现在的成就。比如辉辉，当时，他正在一家国外公司工作，管理这家国外公司在中国的市场业务，工作内容很多。正好公司招了个新毕业的学生，辉辉就手把手地教给她各种钻石鉴定的业务知识，也是为了减轻自己的工作负担。

没想到的是，这个新毕业的学生在短短的一年后就顶替了辉辉的位置。

“怎么可以吃水忘记挖井人呢？”辉辉感到很不理解，他是“老革命遇到新问题”。

“人为财死，鸟为食亡。我建议你以后多看看厚黑学。”顶替辉辉位置的人给了辉辉当头一棒。

辉辉一肚子委屈，跟我说：“妈妈，我反复想了，我真的没做错什么，为什么会这样呢？”

“妈妈，我小时候，你怎么就没多教我点厚黑学呢？”辉辉因为遇到挫折，已经陷入到一种怀疑自己、不自信的状态。

我告诉儿子：“妈妈不后悔没教你厚黑学的知识，因为人总是要回到最原始、最真诚的状态。”

但是，年轻人哪会那么容易就从失败的阴影中走出来？我记得当时整整一个月，辉辉在家里的客厅里，从这头走到那头，又从那头走到这头，四十多平方米的客厅被他来来回回地走得我的头都迷糊了。

我说：“儿子，你坐下来吧，妈妈被你走得头昏死了。”

好不容易让他坐下来，我刚把电视打开，辉辉就把电视关掉。“妈妈，妈妈，陪我说说话。”我是没戴秒表，否则，就能知道，辉辉在一个上午时间里叫了多少声妈妈。

天底下善良的母亲这时候千万不能火上浇油。我等着辉辉把他心中郁闷的热量散掉，再来开导他。

“不就是你失败了，不就是这么点事情吗？”我轻描淡写地对辉辉说。

辉辉一脸委屈："我就是想不通，她跟我说：人为财死，鸟为食亡，还让我看厚黑学。"

"那只能你'熙熙攘攘为财来，熙熙攘攘为利往'，就不能让人家也这样做吗？"虽然我明白，有时候，一些不义之举，让别人付出本不应付出的代价，但是人不能冤冤相报。做人留一线，日后好见面。我希望儿子可以用慷慨换来更多的繁荣，而不是以牺牲自己的品质为代价。

"妈妈知道你心中很失落，但是，儿子，你要输得起。不要对自己失望，更不要担心妈妈会对你失望。妈妈年轻时也遇到过很多委屈事，但是总结起来，真的像毛主席说过的那句诗：'牢骚太盛防断肠，风物长宜放眼量。'"

看到辉辉有点灰心，我又给他加了把劲儿，做妈妈的不是儿子的拐棍，但可以是儿子的拉拉队。我说，儿子，妈妈给你讲个故事：

一个女儿跟父亲抱怨说，事事都那么艰难，她不知该如何应付，她厌倦奋斗。

她的父亲是位厨师，他把女儿带进厨房。他拿出三样东西，一只胡萝卜，一只鸡蛋，还有一袋咖啡。他把三样东西分别放进三只锅里，然后，倒上水，放在旺火上烧。

女儿很纳闷，不知道父亲是什么用意。大约十分钟后，这个父亲把火关了，捞出胡萝卜、鸡蛋，然后又把咖啡倒进一个杯子里。做完这些后，他转身问女儿："孩子，你看见什么了？"

"胡萝卜、鸡蛋、咖啡。"女儿不明白父亲葫芦里卖的什么药。

父亲让女儿先去摸摸胡萝卜，然后再拿起鸡蛋，把蛋壳剥掉，最后，他让女儿品尝了咖啡。看到女儿一脸迷惑，父亲解释说，胡萝卜、鸡蛋、咖啡，三样东西面临着同样的逆境，被放进开水中，但是，它们的反应各不相同。胡萝卜由强壮、结实变为又软又弱；鸡蛋从易碎品变成坚硬、实心；而咖啡豆更妙，它倒和水融为一体。

"哪个是你呢？当不如意的事情来临时，你是想做胡萝卜，还是想做鸡蛋，或者是咖啡豆呢？"

谁都希望自己顺风顺水，但是这永远只是一个美好的愿望。人生不如意事十有八九，前进的路没有一帆风顺的，而一个人在逆境时的态度往往决定了个体的人生走向。

我对辉辉说：“人生永远都有两个机会。任何事情都有可能向两个方面发展，都可能出现完全不同的结果，但即使最差的结果中也会蕴藏着希望，就如同最好的选择也可能带来灾难一样。用中国古老的哲学来解释，就是无常，塞翁失马，焉知非福。”

谢谢儿子，他没有沉浸在抱怨中，他选择涅槃，重新开始埋头做事，开创自己在中国的钻石零售业务。随着中国国内钻石消费的异军突起，辉辉的事业也走向另一个高峰。他的成长，我至今历历在目。许多人的成功和进步，并不是因为他们经历的逆境少，而是恰恰相反，实际上，许多成功者正是在逆境、困难的磨炼中成长起来的。成功者懂得逆境是生活的一部分，逃避逆境等于逃避生活，只有提高逆商，才能在生活的风浪中如鱼得水。

我在纪念反法西斯战争胜利60周年时讲话

还有个值得回想的事，我有个做老师的朋友，去年，她所带的班上有个男生特别调皮、好动，上课爱讲话，喜欢搞恶作剧，她曾经耐心地教育过他，可作用不大。有一次，上课时，那位男生偷偷地用文具盒夹住前面女生的小辫子，女孩疼得大叫起来，她就比较严厉地批评了那个男生，并让他向女同学道歉，结果他丝毫没有道歉的意思，只是倔犟地看着老师。为了不影响上课，这件事暂时先搁置下来。没想到，第二天早上，那位男生的家长打来电话说，孩子从昨天晚上到今天早上赌气没吃一口饭，也不愿意来上学，希望老师能打电话劝导他。

老师的批评竟引来如此结果，长期在众口说是的赏识环境中长大的孩子，自我评价相对较高，受挫后因为自尊受到冲击而产生了极端的反应。我们常希望老师提高师德，其实，不只是老师教育学生的方法需要与时俱进，孩子的逆商也要增强。回想一下，我们哪个人不是在批评中成长的，是不是因此就身心受伤了呢？还有个开公司的朋友跟我说，现在招聘员工，根本不敢给压力，因为一给点压力，员工就两眼泪汪汪的。

在日常生活中，来自家长和亲友的正面肯定无疑有助于孩子克服自卑、树立自信。但假如孩子在校园生活中感受到强烈的优越感，甚至出现自负倾向时，那么作为父母就应该适当地跟孩子说一点“不”，未雨绸缪地给他们增设点逆商教育。这样，反倒可以让他们日后的人生路变得更顺畅。毕竟，人生道路曲折往返，孩子长大了难免还会遇到很多不如意的事情，习惯了身边家人众星捧月似的顺风顺水地哄着，他又该如何面对未来？

有的家长在对待孩子的问题上特别受不了挫折，孩子碰到一些困难，家长比孩子还焦虑不安。这种情绪会不知不觉地影响孩子，使他们变得敏感，输不起。这是家长暗示的结果。尤其是持有“孔雀心态”的孩子，在父母的羽翼下，走惯平坦路、听惯顺耳话、做惯顺心事，遭遇挫折时输不起，针对他们的逆商培养更事不宜迟。

以色列对孩子的“逆商”训练法

1. **帮助孩子正确认识“挫折”。**我常引导孩子多读一些伟人传记。读得多了，他们就感觉到人生的过程就是不断战胜困难、战胜挫折的过程。和伟人比起来，他们遇到的困难和挫折实在算不了什么。伟人是在海洋里与大波大浪搏斗，而他们的挫折，真的像在公园里划船时遇到一点小浪。

2. **适当设置一些困难，让孩子体验挫折。**我会故意“藏起一只手”，适当地让孩子在莽撞中吃点“苦头”，切身体验一下。小时候，我还常带着三个孩子一起玩游戏，不让着他们，让孩子知道有输有赢很正常，可以锻炼他承受输局带来的心理压力。

3. **教会孩子对待挫折的方法，和孩子一起分析挫折原因。**我经常与孩子聊聊:“某某小朋友有什么优点？”“你可以从某某小朋友身上学到什么长处？”这是认可别人、接纳别人的情商培养，对于输不起的孩子尤其要加强这方面的熏陶，鼓励孩子战胜自己。教育孩子不是把“挫败别人”当做目标，而是把自己作为竞争对手，今天的我要胜过昨天的我，让孩子为不输给自己而努力。

4. **应为孩子提供获得成功的机会。**掌握基本的知识和技能。知识和技能的匮乏常常是孩子产生挫败感的直接因素。如果孩子是这种情况，那就手把手地教他知识和技能，让他产生成就感，建立自信心。

5. **合理运用心理防卫机制。**有些挫折的产生无法通过个人的主观努力来阻挡、回避。对待它们，我们要教孩子合理运用一些心理防卫机制来保持健康的心理状态，比如孩子长得黑且受人嘲笑，家长就可以安慰孩子："皮肤黑更健康呀，我觉得你也很可爱。"

6. **让孩子了解挫折和成功的关系。**遇到挫折并不意味着失败，没有挫折也不一定就是成功，教会孩子正确对待成功与失败。我常对孩子们说："人生早点遇到失败，得到的好处最大最实际。"

7. **家长可以常和孩子分享父母成功与失败的经验。**让他们知道即使是父母也有失败的时候。不要总是觉得孩子小，和孩子讨论自己处理失败的方式及心路历程，会让孩子更了解父母，也更能思考成功与失败的意义。

8. **父母应着意培养他们应付困境、逆境的能力。**要是孩子一时还无法摆脱困境，还可以教育孩子学会忍耐，或在逆境降临之时寻求另外的精神寄托，如参加运动、游戏、聊天等等。

模拟家境的好处

“没有条件，创造条件也要上”，我们一般把这句话用在克服困境上。没想到，到犹太父母这里，他们指的是眼前没有了艰苦的生活环境，但即使创造条件，也要让孩子明白什么是苦难，什么是汗水，什么是生活的真谛。

犹太人的三大节日是逾越节、五旬斋节和结茅节。和多数民族将胜利、喜庆作为节日不同，犹太人最盛大的节日是纪念苦难的日子。以逾越节为例，节期举行为时数日的繁复的收割仪式，父母们通过讲述历史来让孩子缅怀苦难，培养意志。宴会上摆有嫩芫荽，象征春天万物成长的希望；咸水象征犹太人被压迫的泪水，苦菜代表奴役的苦楚，无酵饼则是祖先们寻找自由时吃过的食品。女儿在以色列第一次赶上最盛大的节日“逾越节”，学校里也给她发了这种很难吃的面包和很苦的叶子。老师们还在这一天讲给他们一些比较深刻的道理。

在以色列，不论是富人家庭还是普通家庭，不论条件如何，都不会对小孩娇宠，人们会有意识地“创造”一些艰苦的环境，让孩子在其中遭受些人为的艰难，以磨炼他们的意志，以便在以后的生活中能够适应突如其来的暴风骤雨。

以色列的富爸爸们还会煞费苦心地把孩子送到贵族学校去接受意志教育，这些贵族学校和我们国内养尊处优的贵族学校有天壤之别。学校不提供锦衣玉食，给孩子们吃的是符合营养的粗茶淡饭。宿舍里，男孩子被要求冷水浴，还不准盖过厚过暖的被褥。越是恶劣的天气，老师越会故意带着孩子们去操场上锻炼身体。学校还特别设置了一些课程，比如要孩子们用洗衣板洗衣服，用扁担挑水或抬水来做饭。这样的“恶劣学校”，以色列富爸爸们为什么还要送孩子来就学呢？富爸爸的目的就是希望孩子通过这一环境的磨炼，除去娇气，以能吃苦为荣，以意志坚定为高尚，树立一种合乎自然的价值观，学会适应实际生活的真实本领。在富爸爸眼里，模拟生活环境是父母对子女煞费苦心的真爱，和愚蠢的超量满足、超前满足比，这才是父母必须给予儿女的真爱。

犹太父母的这一系列做法，孩子长大后会受益匪浅，他们在后来的生活中会深深地感谢父母的良苦用心。所以，有过这样经历的孩子在其成人后也会这样去要求他的孩子，这样便形成了传统，成为以色列家庭教育的一种固定的模式。

服兵役也是以色列孩子接受生存教育的好机会，以色列实行普遍义务兵役制，凡年满十八至二十九周岁的男性公民、十八至二十四周岁的女性公民，无特殊情况，都要应征服现役。2009年，我的小女儿开始服兵役，这是对她进行意志教育的好课程。女儿在经济条件宽裕的环境下长大，再加上两个哥哥对她的宠爱和迁就，她身上偶尔也有“草莓族”的苗头。我常常跟她讲“豌豆公主”的故事，但由于缺乏具体的生活情境，她总是一笑而过。去服兵役，正好可以让我平时对她的理论教育转化成模拟实践。

女儿集训的那个月，正赶上下大雨，她住在野外帐篷里，早上起来，人是湿漉漉的，小虫子爬到她的脸上。女儿跟我抱怨说：“妈妈，我怎么这么倒霉，当兵抽签，把我抽到情报部，把我扔在这个苦地方。我再也不要服兵役了。”

屋漏更兼连夜雨，妹妹越是怕苦，碰到的麻烦就越多。有件事让她最受教育。她第二天要去兵营报到，走前的晚上，她不好好准备，光顾着抱怨，结果她没带被套，但是以色列的兵营是不准备被套的，要求学员自己带。

妹妹到兵营，一看人家都准备了被套，就琢磨着回家来取。但是，

女儿当上“花木兰”

纪律不允许，她跟教官打报告：“报告！我有很多东西没有带，我想回家去取。”教官直接回复她：“出去！”

“妈妈，我什么也没有带，我被套没有带，内衣也没有多带。我再多问教官，她就要关我禁闭。”

心软的母亲，在这时一松口，孩子就会更心疼自己。做母亲的要顶得住。果然，我一搭话，妹妹就号啕大哭。后来，我说：“妹妹，你觉得教官比较不近人情，你觉得去住帐篷很苦，这些你能承受吗？如果你能承受，你就承受过去。不能承受的时候，你得咬咬牙，成功和失败就在那一瞬间。军队生活会让你变得坚强，会教给你妈妈也不懂得的东西。妈妈相信你，妈妈就在你左右。”以色列的随军心理医生也给予女儿这些新兵很多心理辅导，但她们不会因为你有这样那样的厌倦倾向，就放你一马。她们会跟抱怨的兵员说：“你可以今天休息，但是请你明天再来。”

刚开始，妹妹在思想上还是转换不过来，我一接她的电话，她就一把鼻涕一把泪的。后来，我想，我不能成为她的拐棍，我能给她擦一次眼泪，我没有办法给她擦一辈子眼泪啊。我说："妹妹，如果你还是抱怨住帐篷苦的话，妈妈就不能再接你的电话了。"但同时，我也和教官进行了沟通，我说："您好！谢谢你们，把她们送到野外去锻炼，虽然我的女儿感觉她受不了这个苦，但是我做家长的不会放弃，我们共同努力。"

女儿服兵役已经一年多了，她从一个抱怨苦、哭鼻子的女孩，变得越来越有承受力和忍耐力。世博会前夕，她从以色列给我打来国际长途："妈妈，上海的世博会是不是5月份召开啊？"

"怎么了？"

"妈妈，我想为上海世博会做义工。"不管女儿的理由是什么，她通过国际长途传达出的优美的语言、温暖的沟通，都让我这个做妈妈的感到欣慰。

生存，绝不仅仅是知识和智能的较量，更多的是意志、韧性和毅力的较量。犹太家长认为，孩子如果在少年时期接受预防性的生存教育，就比较有能力开拓宽阔的人生境界；反之，如果在少年时期缺乏预防性的生存教育，长大后一旦遇到生活飓风，就容易爆发"人生危机"。做父母的如果为孩子长远着想，就要培养孩子的意志力和信念，让他们禁得起风吹雨打，孩子长大之后，一定会感激父母赠予的这份人生财富。

我在一本回忆录上看到过宋氏三姐妹的父亲教育子女的故事，很受启发。按理说，宋老先生完全有"超前满足"、"超量满足"、"即时满足"儿女的实力，但是，他只是把"超量满足"放在儿女的学习教育上，支持他们攻读名校。在生活教育上，他却想方设法模拟环境，没有条件创造条件也要上，以此来锻炼孩子们的自制力与耐力，培养他们坚韧的精神内核，而不是金玉其外、败絮其中的草包。

有一次，宋老先生选择了一个风雨交加的日子，带孩子去龙华。他不让孩子们参观龙华古刹，却让他们丢开手中的雨伞，站在古塔下淋雨。他指着高高耸立的龙华塔对孩子们说："你们看这座塔，千余年不怕风雨，为什么？因为它基础牢固，骨架紧密。你们将来投身革命，就要从小打基础，练骨架。现在让我们一起开始比赛，围绕宝塔跑六圈，六六大顺！”他带头跑了起来，孩子们紧跟其后。在泥泞中跌倒了，他们迅速地爬起来再跑，无一肯落后……宋家还有另一项锻炼孩子耐力的办法，便是与孩子们一起禁食一天。在这一天里，让饥肠辘辘的孩子们面对吊胃口的饭菜，克制食欲，宁可忍饥挨饿，也不去碰一下食物。

“没有条件，创造条件也要上”地模拟情境，不仅可以锻炼孩子抵御生活飓风的能力，还能培养孩子在学习方面的意志品质。

现在，很多孩子学习上娇气、任性、不投入，往往跟缺乏家庭意志教育有关。应试教育最考验一个孩子的意志品质，考试的科目设置和题目安排只能从选拔的需要出发，不能全从孩子的兴趣出发。而绝大多数孩子很难对所有的考试科目都感兴趣，没有兴趣的怎么办？这时候就看意志品质了。我们不难发现，那些在应试教育中脱颖而出的孩子，不管是不是填鸭式学习，但毫无例外都是意志比较坚强的孩子。正是因为他们能忍耐、能克服、能坚持，才考上了重点中学和重点大学。反之，也有很多孩子，他们智商很高，但是学习上娇气、任性、不投入、讲条件、怕吃苦、没耐性，结果学习成绩不佳，而这也恰恰是意志薄弱的典型表现。

日本人把做学问称做“勉强”，意为强制性地激励自己，避免产生懒惰的情绪，并努力习得一技之长。犹太人把学习称做“重复”。从字面上看，它的意思是亲自读、说、听，多遍地练习，最终将文章全部内容记住，其实，它背后反映的就是一个真理：生存韧性。这种韧性在犹太孩子当中是普遍存在的。

犹太女孩安妮的故事在以色列家喻户晓，是培养孩子的忍耐力的典范教材。“二战”中，犹太女孩安妮长时间躲在一间狭小拥挤的暗室内，那么久暗无天日，这个女孩是怎么坚持下来的？直到发现她的日记后才知，原来她在逆境中，写下给自己的励志记录：我觉得我一定可以坚持到底。

难道只有像安妮这样的少数人，才有如此坚毅的意志吗？不会，意志力是孩子具备的内在力量，每一个身心健康的孩子都有这种基本特质，它并非少数孩子的天赋，至于能不能激发出来，还看家长的教育理念和方式。

通过和以色列朋友的交往，我发现，犹太家长苦心孤诣地模拟家庭情境或者送孩子去一些特别的贵族学校吃苦，目的都是为了让孩子别陷到“超量满足”、“超前满足”的甜蜜陷阱中。也许是历史上的灾难让犹太民族始终不忘过去，因而才能以罕见的勇气和毅力，在资源奇缺、环境恶劣的沙碱地上，在战火连绵的时代建立起美丽的家园，并且人才辈出，各领域精英遍布世界。

未来的中国社会，我们国家经济更加发达，人的素质都非常高，而且人的行为、人的思想、人的情感都会发生巨大的变化。在这样一个社会，家长一定要未雨绸缪。今天，你可以给他锦衣玉食，可以超前满足、超量满足、即时满足他一切要求，但是，十年、十五年之后，他就必须走向人尽其能、物竞天择、适者生存的社会。如果你的孩子被你的爱延误了生命力成长，他就会碰到很多问题，命运之路会更加艰辛，完全不符合你的预期。所以作为家长，要清醒认识到这一点，不要生活在今天的三口之家，享受着其乐融融的状态，就忘记了未来社会这样的一个现实，那是不行的。

诊断孩子的意志力

下面这个测验有二十道题，每题有五个答案，根据孩子的实际情况选择一种（只能选择一种）。

1. 我很喜欢长跑、长途旅行、爬山等体育运动，但并不是因为我的身体条件符合这些项目，而是因为它们能锻炼我的意志力。

（很同意　比较同意　说不准　不大同意　不同意）

2. 我给自己订的计划常常因为主观原因不能如期完成。

（这种情况很多　较多　说不清　不大同意　不同意）

3. 如果没有特殊原因，我要每天按时起床，不睡懒觉。

（很同意　较同意　说不清　不大同意　不同意）

4. 订的计划应有一定的灵活性，如果完成计划有困难随时可以改变或撤销它。

（很同意　较同意　无所谓　不大同意　反对）

5. 在学习和娱乐发生冲突时，哪怕这种娱乐很有吸引力，我也会马上决定去学习。

（经常如此　较经常　时有时无　较少如此　不是如此）

6. 学习中遇到困难的时候，最好的办法是立即向师长或同学求援。

（同意　较同意　无所谓　不大同意　反对）

7. 在练长跑中遇到生理反应，觉得跑不动时，我常常咬紧牙关，坚持到底。

（经常如此　较常如此　时有时无　较少如此　不是如此）

8. 我常因读一本引人入胜的小说而不能按时睡眠。

（经常有　较多　时有时无　较少　没有）

9. 我在做一件应该做的事之前，常能想到做与不做的不同结果，而有目的地去做。

（经常如此　较常如此　时有时无　较少如此　并非如此）

10. 如果对一件事不感兴趣，那么不管它是什么事，我的积极性都不高。

（经常如此　较常如此　时有时无　较少如此　并非如此）

11. 当我同时面临一件该做的事情和一件不该做却吸引着我的事时，我常常经过激烈的思想斗争，让前者占上风。

（是　有时是　是与非之间　很少这样　不是）

12. 有时我躺在床上，下决心第二天要干一件重要事情（例如突击一下学外语），但到第二天，这种劲头又消失了。

（常有　较常有　时有时无　较少　没有）

13. 我能长时间做一件重要但枯燥无味的事情。

（是　有时是　是与非之间　很少这样　不是）

14. 生活中遇到复杂情况时，我常常优柔寡断，举棋不定。

（是　有时有　时有时无　很少有　没有）

15. 做一件事情之前，我首先想到的是它的重要性，其次才想它是否使我感兴趣。

（是　有时是　是与非之间　很少这样　不是）

16. 我遇到困难情况时，常常希望别人帮我拿主意。

（是　有时是　是与非之间　很少是　不是）

17. 我决定做一件事时，常常说干就干，决不拖延或让它落空。

（是　有时是　是与非之间　很少是　不是）

18. 在和别人争吵时，虽然明知不对，我却忍不住说一些过头话。

（时常有　有时有　有时无　很少有　没有）

19. 我希望做一个坚强的有意志力的人，因为我深信“有志者事竟成”。

（是　有时是　是与非之间　很少是　不是）

20. 我相信机遇，事实证明，机遇的作用有时大大超过人的努力。

（是　有时是　是与非之间　很少是　不是）

计分方法与评价：

1. 凡单号题（1，3，5……），每题后面的五种回答，从第一到第五依次记5，4，3，2，1分。凡双号题（2，4，6……），每题后面的五种回答，从第一到第五依次记1，2，3，4，5分。

2. 二十题得分之和与意志品质的关系如下：

81—100分，意志很坚强。

61—80分，意志较坚强。

41—60分，意志品质一般。

21—40分，意志较薄弱。

0—20分，意志很薄弱。

不患不爱，患知爱而不知教

犹太人为什么在许多领域风生水起？“爱而有教”的家教传统帮助这个民族保持着旺盛的战斗力。在我所阅览的以色列各种家教读物上，都提醒父母不要因为爱而忽略了教育，道理很简单：家庭教育是由父母亲自施教的，这样很容易产生把握不好情绪和尺度的现象，也就是我们上文提到的“超量满足”、“超前满足”、“即时满足”等爱子误区。犹太家训告诫父母：不担心你身为父母不爱孩子，就恐怕你身为父母，因为太爱孩子，反而忘记教育孩子。

“爱子”对家长来说是人伦天性。动物尚且舐犊情深，人类爱子的例子更是俯拾即是：“暴走妈妈”为了给儿子一颗健康的肝挽救儿子的生命，每日暴走竟然减掉了连医生也束手无策的脂肪肝；地震时被压在废墟下的母亲，临终时还维持着喂奶的姿势。天下父母为了儿女赴汤蹈火在所不惜。父母爱子毋庸置疑，但是，爱子不是家教的终点，爱而不知教更耽误孩子。犹太父母强调要从孩子三岁起就逐渐地教他们学习规矩。因为规矩迟早要学习，越早学习，所付的代价越小，收益越大。

“爱而有教”，这也是中国自古以来最注重的家教优良传统之一，我们耳熟能详的那些历史上赫赫有名的大臣，比如司马光、曾国藩等都留有家训。司马光不仅留下了千古流芳的“砸缸的故事”，他更写下浩荡的《家范》卷，其中最有名的就是：“为人母者，不患不慈，患于知爱而不知教也。古人有言：‘慈母败子。’爱而不教，使沦于不肖，陷于大恶，入于刑辟，归于乱亡，非他人之败也，母败之也。自古及今，若是者多矣，不可悉数。”司马光在几千年前就注意到，父母爱孩子，最大的误区就是只知道爱，却不知道教。这样的结果最终只会毁掉孩子，过错完全应由父母亲承担。另外，中国古代还有一部特别有名的《颜氏家训》，它的作者出身名门望族，洋洋洒洒写下二十多篇妙文，把给孩子立规矩比喻成在悬崖峭壁旁建栏杆，教育家中具有父母“职称”者如何爱孩子才能使之成人。

由此可见，无论是犹太家教，还是中国自古流传的家训，都给出中肯而发人深省的分析，提醒父母要有远见卓识，若真爱孩子，就应当注意早期的家范教育，不能只爱而不教育。

我们现代中国父母，把“爱而知教”的家训演绎得怎么样呢？应该说，我们更重视了教育，但却没有领略“爱而知教”的内涵。“爱而知教”是家范教育，是素质教育，是慎始教育，而不仅仅是音乐、美术、书法、跆拳道、智能、英语、奥数教育。孩子就像是一列列奔向遥远未来的火车，没有始发站的家范教育，它就很难安全地驶向更美丽的远方。这样的教训从古至今屡见不鲜。

如今，在我们的现实生活中也常常可以看见这样的镜头：爷爷奶奶或爸爸妈妈端着饭碗追着已经半大的孩子喂饭，被追的孩子往往手里还拿着什么玩具，吃一口，玩几下，跑一圈，再吃一口，直到饭凉了，还有一大半没吃。而家长会感觉特别心疼，因为宝贝没吃饱。其实孩子也是看人下菜碟的，你越是给他无原则的宽容和无原则的耐心，他越会巧妙地借用你的爱心，最后擒拿了你。

和中国父母比，犹太家长更重视家规、家范的执行。在以色列，我几乎没看见过父母追着三岁以上小朋友吃饭的场面，饭菜端上桌后，就是全家人的用餐时间，如果你调皮离席不吃，那等你回来，饭菜就撤了，你再想吃也没有了。中国家长把哄孩子吃饭当成一个难题，其实，回想一下，是不是自己没给孩子立好规矩造成的。

家庭聚餐是最能检验一个孩子家范怎样的场合，我也是在和犹太家庭相处中发现这个细节的：我是个很好客的人，喜欢在周末邀请邻居好友到家里做客，周末家里总是很热闹。一个周末，我又招待几个邻居到家里吃饭。我给大家做了扬州炒饭，一些中国菜。邻居两岁的儿子嚷着要吃甜点。但是在餐前，邻居特意用小碟子盛了一小份食物给孩子，并告诉他：“如果没有乖乖把饭吃完，那就没有任何甜点了。”

晚餐时，这个年幼的儿子留下一碟只扒了几口的饭，不声不响地离开了餐桌。晚饭后，我端出自己做的巧克力冰激凌，这个小孩一见是自己最爱的甜点，露出欣喜的目光，百般央求妈妈分一些解馋。但她妈妈丝毫不为所动，无论孩子怎样哭闹。对于邻居的行为，我当时觉得有点小题大做了，不过是个两岁的孩子，做父母的何必如此严厉呢？

一年之后，这家邻居再次来我家做客。与一年前相比，小孩发生的改变令我感到相当吃惊。用餐前，邻居夫妇依然约法三章，只见小孩认真吃完盛到他碗里的饭菜，并征询妈妈的同意之后才离开餐桌到角落玩玩具。邻居夫妇跟我解释说：“对待小孩，有两个原则，一是事先约法三章，二是事后毫不妥协。”

“约法三章”也是中国古代家训的精华呀！司马光也说过，孩子小时候不管不教，等长大了再管教，这就好比是种树，树小的时候不修剪整枝，任其自然生长，很容易长得又歪又斜，等树木长成合抱之木，再去修剪整枝，能不费很大的气力吗？这样做，又好比是打开鸟笼把鸟放走，然后再去捉，也好比是松开缰绳把马放跑，然后再去追，哪有当初不开笼放鸟、不解缰放马更为省力呢？

现代中国家庭强调孩子自由发展，但这往往也让家庭教育走向了另一个误区：纵容和盲目满足。虽然现在都说让孩子自由发展，但是这和给孩子慎于始的“家范教育”并不矛盾。有规有矩是一个孩子高素质的表现，也是他在未来和其他社会成员之间开展良好交际的基础。如何让孩子“懂规矩”？拿“说话”为例子说：小孩爱如何说，听他随便说，但是，就连放肆话都不干涉他，就是家长的爱而不知教了。

我有个老朋友，有一天，她抱着才两岁的小孙子来我家玩。不知为什么，小孙子冷不防地给奶奶脸上来了一巴掌。奶奶哈哈大笑说：“哎哟，小孙子真行，别看我孙子小，下手可有劲呢！这八成像他爷爷，上辈子练过，手重！有一回，还把他爷爷的脸打红了。”正说着，小孙子啪的一声，又一个巴掌打到奶奶脸上。

做父母的不懂得注意早期家范的重要意义，在孩子小时候往往采取放任不管、任其自由发展的态度。其理由是孩子还小，不懂事，管教早了也没有用处，等长大了再管教也不迟。其实，这是一种十分有害的思想。对于孩子的要求缴械投降、有求必应的家庭，对孩子的行为缺乏明确规范的家庭，家中的长辈都争着对孩子施爱，唯恐孩子不快乐、受委屈，但是却忽略了给孩子从小“慎于始”教育的家庭，往往就是这样的家庭，令他们百思不得其解的是，他们用情感和全部的心血培养起来的孩子，有一天突然让他们觉得那么陌生，那么放肆，那么不理解父母。

所谓“爱之深，责之切”，爱中有教、严格要求正是出于深切的爱。所以，做父母的不应该受盲目的慈爱所支配，要“爱中有教”、“爱中有严”。当然严格要求并不意味着对孩子动辄训斥打骂，而是要做到以合理为前提。而且，态度也应该是智慧的、耐心的、循循善诱的。

举个我家的例子现身说法吧，其实，我这个办法也是受到了犹太家长的启发，他们特别喜欢在游戏中给孩子立规矩，学家范。这样避免让孩子的自尊心受挫，也不会影响亲子关系。

以色列的天气特别热，客厅的地面铺着大理石。我的小儿子辉辉最喜欢趴在凉爽的大理石地上一边吃饭、一边看书。

“辉辉，不要趴在地上吃饭。”我一遍又一遍地耐心跟他说。

“好的，知道啦。”辉辉回复的态度很好。但趁我不注意，他又趴在地上吃饭了。

说了几次，就是不起作用，辉辉怡然自得地趴在地上吃饭。面对辉辉屡教不改的样子，我对大儿子以华说：“以华，你弟弟又趴在地上吃饭了，你把他吃饭的样子画出来，让他看看。”

以华遗传了我画画的天赋，三下五除二就把弟弟辉辉趴在地上吃饭的样子勾勒出来了。

“辉辉，你看。”

快乐无比的哥俩

“啊，怎么像条小狗啊，不可能，一定是哥哥把我丑化了！”辉辉死不认账。

看到辉辉不相信自己在画中的形象，我心生一计：把家里的照相机取出来，咔嚓咔嚓几下子就把他趴在地上的样子摄进镜头里，不久后就取回了照片。

“我怎么像条狗啊？”辉辉耷拉着脑袋，有点懊恼。

从那以后，辉辉再也不趴在地上吃饭了。

俗话说，没有规矩不成方圆。犹太家庭教育之所以成功率很高，就在于他们很重视从小给孩子建立家范。犹太家范到底有多少？其实都在我们的视野范围内。比如，离家外出给家里人打招呼，在约定时间之前回来；遇见邻居要主动问好，自己的房间要收拾干净，吃完饭要把碗拿到厨房，家里公用的东西用后要归位……就男孩子来说，自我控制能力较弱，有的已经改正的坏习惯还可能再犯，父母不要因为他们违反了规矩，就马上处罚他们。要在违背规矩之后先作出温馨提醒，三次提醒之后，才会考虑处罚。

一旦惯例成为一种自觉的习惯，犹太父母就能够节省很多时间和精力。每次出现相同的情况，就不必从头再来了。只需说“现在是熄灯时间”、“晚餐时间”、“整理玩具时间”……而不是像我们今天很多中国父母那样，追着孩子满屋跑说：“乖，快来吃饭，再吃一口。”或者又累又委屈地看着满屋子的玩具，无奈地说：“你怎么又把玩具扔得到处都是？”又或者色厉内荏地对孩子说：“你怎么这么不听话？”但其实心里也无可奈何，因为，这一切都已经成为习惯。

也许会有人说：家范会不会给孩子的心里留下父母不慈爱的阴影？犹太家长在教孩子、树家范的问题上，一定会事先把规矩的道理讲清楚，不会让孩子盲目服从。

我刚搬到以色列特拉维夫时，对门的一家三口来家里串门，虽是邻居，但平时工作忙，也难得聚在一起聊聊。我赶忙准备水果，洗草莓、切西瓜招待他们。

我挑了一块籽少的西瓜递到孩子手里，孩子吃了两口就放到了茶几上，又伸手拿了一个草莓，咬了一小口又放下，顺手伸进了瓜子盘，抓起一把瓜子。

孩子的爸爸见状，马上严肃地对孩子说：“把西瓜、草莓吃完再吃别的。”

我笑了笑说：“他喜欢吃什么就吃什么吧，这不是很多吗？”

孩子爸爸说：“东西不能浪费，节俭与贫富无关。这是孩子必须从小建立的好习惯。”

看到孩子撅起小嘴，脸红了，他爸爸笑着跟孩子沟通说：“孩子，爸爸给你讲个故事。从前有一位大富豪，生活非常节俭，有人劝他说，你是大富豪，几辈子都花不了，何必过这么清苦的生活呢？你这样做，人家会认为你装穷。富豪就说：‘我现在收入很多，可我不能总有这么多的收入呀。如果我让全家人习惯了奢侈的生活，有一天我没有这么多收入了，他们会很难适应，会觉得受不了。我现在让他们学会节俭，以后他们会生活得很安定。’孩子，如果有一天，家里没那么多东西可以吃，你是不是会很难受呢？咱们现在就要学会珍惜每一样东西。吃东西的时候要先想一想，自己要吃多少，吃多少就拿多少，拿来了就要吃完……”

这位犹太爸爸的循循善诱就是典型的犹太家教风格。犹太家长特别喜欢讲小故事，然后用小故事引出大智慧，给孩子留出自我反省、咀嚼的空间。

我们今天很多中国父母在开展家庭教育的过程中遇到的问题多数是缺乏治家规范引起的，明知道没有规矩不成方圆，但是面对自己十月怀胎生下的孩子，管教起来于心不忍。看来，“不患慈，患知爱而不知教”是真的切中古往今来父母们的软肋了！

其实，父母治家教子并不难。主要弄清楚两个界限：一是划清“活泼与放肆”、“有规有矩与缩手缩脚没主见”之间的界限，很多家长往往由于划分不清楚这个界限，而把它们混为一谈。犹太教育学者曾有一个比喻，帮助父母们把握这个界限。比喻是：在一片草场上，羊在栅栏里东奔西跑、吃草玩耍，这叫做活泼，牧羊人没有必要干涉它。但如果羊跳出栅栏，那就是放肆，牧羊人就要行使职责。教育者把家庭教育比喻成牧羊，没有侮辱孩子的意思，他只是很耐人寻味地道出了活泼与放肆的界限。

父母要把握的第二个界限是：原则界限。为什么那么多的父母走进了超前满足、超量满足、即时满足的误区？因为慈爱的父母太难坚持原则不动摇。如果父母自己先违背了规则，那么父母就会在孩子的心里失去威信，孩子也不会形成规则意识，这样教育孩子就会一次比一次难。当然，有些规则可以在适当的情况下放宽要求。比如，孩子表现好了可以多吃一点零食，周末可以答应孩子多看一会儿动画片的要求，晚上也可以晚睡一会儿等等，这样会使孩子减轻很多压力。在孩子得到很多自由的情况下，他们会更懂得自觉地遵守规则。

“爱而有教”是父母以智慧的方式，给予子女最宝贵的馈赠。随着孩子渐渐长大，你看他越来越明白事理，他看你越来越可亲可敬，更增添了天伦之情。因为他从自己在社会交往中所受的反馈中知道：是父母的远见卓识，给了他幸福的能量，让他圆满地过渡为成人。而这时，你可以渐渐地放松约束，尽情享受家范带来的安乐。

“不患慈，患知爱而不知教”，对父母来说，既是一种意志力的考验，也是一种教育智慧的考验。通过了这个考验，你才有资格说，你爱孩子，爱得不肤浅、不狭隘；你拥有经过认证的父母职称，而不仅仅是徒有其名的父母身份。

立规矩的十一个小窍门

1. 对话法立规矩。以中国家教观点看，接大人的话尾习惯是没有教养的表现。但是，犹太家长给孩子立规矩时，采用的对话法恰恰鼓励孩子接话尾。这就是说不是把孩子当成所要教的对象，而是把孩子放在与大人同等的人格地位上一起讨论，把规矩的道理讲清楚，不让孩子盲目服从。这样的对话式教育法要求父母有足够的人情味和忍耐性。

2. 游戏中学习立规矩。以色列孩子从婴儿时起就和同龄的孩子一起游戏，按照制定的规矩、时间表吃和睡，于是很自然地养成和他人一起遵守纪律的习惯。游戏是社会的缩影，孩子们在游戏中可学到遵守规则、承认胜败、合力取胜。

3. 孩子违背规则之后，父母就一定要给予惩罚，不然就会丧失父母的威严，规则也会失去根本的约束力。

4. 代替体罚，给予反省时间。暴力会摧毁孩子的自尊，在孩子的心里埋下恐惧、愤怒和怨恨的种子。孩子犯错误时，犹太父母不打孩子，也很少大声地跟孩子对话，这样孩子更容易真心领悟到自己应该建立的行为准则，从而不会有冤屈感。父母过激的反应会强化孩子的印象，而吓唬的作用是有限的，孩子会发现最后父母还是会疼爱自己。所以说，相对低调而严格的惩罚，会让孩子感到规则是不可违背的。

5. 立规矩时，需要明确地告诉孩子，这样做的后果。此后果最好跟孩子的切身利益有关。

6. 要就事论事，别轻易给孩子贴标签。

7. 多用正面口吻告诫孩子，不用负面的说法威吓孩子。

8. 立下的规矩，无论时间、地点、场合，都要遵守。不应今天这个样子，明天就那个样子，在家一套，外边一套。这样只会让孩子糊涂，无所适从。

9. 所有的规矩都不仅仅是立给孩子的，家长也要严格遵守。比如，要让孩子规矩进食，家长自己就要在饭桌上举止规范，不挑食，不浪费。要让孩子懂礼貌，家长自己就必须先做到。

10. 给孩子立规矩要制造轻松的氛围。孩子不服从父母时，不要强硬地推行，因为无论孩子多小，都“打”不过、拧不过他。剑拔弩张之时最难实行规矩，不妨采取迂回战术，施展一下自己的喜剧才能，尤其要顺着孩子的思路说出他不遵守的理由，并说出解决的办法，孩子往往更容易接受。

11. 在遵守规则的前提下给予孩子自由。现实生活中，许多父母往往由于划分不清楚“活泼和放肆”、“有规矩与缩手缩脚没主意”之间的界限，而把它们混为一谈。

四

越爱孩子越要后退一步

“过度抚养”VS“慢养”

在我参加过的国内一所小学举办的联络学生情感音乐会上，孩子们尽情开心地表演着才艺。活动一结束，妈妈们就围着弹奏肖邦《别离曲》弹得出神入化的那个孩子的父母，问道：“你家孩子从几岁开始学的？怎么练的？哪位老师教的？”在这里，琴音召唤的不是欣赏，更多夹杂了父母们浓厚的不安与攀比，中国的“421”、“621”式独生子女家庭结构，让成人对孩子的未来有了“只许成功，不许失败”的赌注。

不仅仅在中国，最近几年，国外也出现了父母对孩子“过度关怀”、“过度热心”、“过度介入”的行为，教育学家把这群历史上不曾出现的“过度抚养”父母，戏称为“直升机父母”（helicopter parents），意指他们像极了直升机，在孩子上空盘旋、转悠，不肯撤退，无时无刻不在守望着孩子的一举一动。

“直升机父母”甚至经常会因孩子的失败，而出现过度的忧伤、哭泣，产生较多负面的想法、较少的愉悦与生活满意度。“直升机父母”不经意间会愈飞愈快、愈管愈多，生怕一减速，就摧毁了自己与孩子的人生。

“直升机父母”看起来劳苦功高，但他们的过度抚养是不是功效显著呢？让“直升机父母”常常焦虑的是：他们牺牲掉自己的休息时间带孩子上各种辅导班，却全然不知孩子早已厌倦或者另有所爱，几百块钱一节课的辅导班就像是打水漂，家长白花钱，孩子干遭罪；他们不惜花费重金交纳赞助费，让孩子挤进名牌学校，看到孩子学习成绩无起色就仿佛世界末日到来；他们给孩子未来定下各种职业规划，不做医师就做教师要不然就做艺术大师，即使口头没表现出望子成龙的心情，潜意识还较着劲儿一定要把孩子培养成精英。眼见着孩子距离精英仍是长路漫漫，家长站在起跑线前忧心如焚：他为什么这么不懂事？为什么不用功、不上进、不优秀？

“直升机父母”不断地叩问：我的孩子到底怎么了？为什么教育孩子那么难？在所有与孩子有关的事情上，“直升机父母”很少从自身找原因，他们始终坚信自己所做的一切都是为孩子好，都是出于对孩子的爱，全然不知道他们的爱正慢慢变得沉重、偏执、模糊乃至迷茫。

“直升机父母”的过度抚养怎么了？以色列教育专家认为，“直升机父母”被困在一种爱的陷阱里，误以为爱孩子就要为孩子扫除一切人生的障碍，拼尽全力让孩子赢在起跑线，这种教养价值观是一种必然破碎的泡沫。**跟“直升机父母”的“过度抚养”方式不同，以色列家长更热衷于做“秘密战士父母”，跟现在很多有识之士提出的“慢养”、“慢教育”异曲同工。**

我曾拜访过女儿的以色列老师，老师帮我在客厅里准备水果时，他不满三岁的儿子正在将一把钥匙笨拙地插进锁中，孩子想要打开卧室的门，可是由于身高和协调性都不够，怎么也打不开。看到他手忙脚乱，我连忙走过去想帮助他一下，却被老师阻止了。老师说：“不要去打扰他，让他自己琢磨一会儿。”果然，孩子折腾了很长时间，终于将门打开了，他开心地拍起小手。

以色列孩子读到小学高年级后，家长绝对不会盘旋在孩子头顶，虽然他们总是在关键时刻出现。他们更多是在暗中守卫孩子，但不会越过自己的职能范围。在以色列学校里，专门设有家长项目主管，他的职责是定期召集一定区域的父母和教师见面。我儿子所在学校的家长项目主管给出的建议是：参观（但不要太频繁）、交流（也不要太频繁）、别(过于)担心、期待变化、相信他们。即从孩子身边撤退并不意味着放松对孩子的教育。

犹太家教认为，“过度抚养”忽略孩子的成长需求，是对孩子的一种心灵侵犯，会降低孩子自身的免疫力和适应能力。家长越升“直升机”，孩子越会成为超龄婴儿，家长更觉得孩子需要“过度抚养”。这样长期恶性循环，孩子就会缺乏独立性、坚韧性、耐苦性和艰难意识。等孩子稍大后，毛病就日趋明显，做家长的还时不时地指责道：“你看看你，这么大了，还是不懂事，还要我操心，唉，真把我给急死了！在爱的名义下，家长们只有苦劳，没有功劳。

听到一位刚做母亲的白领妈妈诉苦说，她是个自以为是的勤快妈妈，结果却适得其反。“自从知道怀孕后，我就阅读了无数的育儿书。儿子出生后，我严格地遵守书上的喂奶计划，只要过了规定时间，我都不惜在儿子最想吃的时候，狠心地把奶头拔出来，为的就是从一开始就打下科学育儿的基础。为了给他充分的营养，我总是把菜切成碎末，把水果榨成泥喂给他吃。等他上了幼儿园，尽管家里有老人带着他，但我还是不放心，下班以后拖着疲惫的身体飞奔回家，生怕孩子出现小误差。睡觉之前，无论多困，我都要亲手给孩子洗手、洗脸，我怕他洗不干净，有细菌留在上面。到了单位，我还不时地跟老师MSN沟通，以免忽略了儿子成长中的小瞬间。在教育儿子的过程中，我操碎了心，一丝一毫都不懈怠。可是，结果呢？儿子不仅没有在我预测的年龄段内出现我希望的成绩，相反，他还出现了很多让我沮丧到极点的毛病。比如说，可能是我对他的喂养太精细化了，他特别敏感。他吃不惯幼儿园的饮食，一吃就不消化，弄得他姥姥每天10点多还得隔着幼儿园的栅栏递给他家里现榨的果汁喝。饭前洗手时，全幼儿园的小朋友就属他最磨蹭。吃饭时，他也老是左顾右盼，因为他习惯了全家人追着他喂饭。更让我着急的是，带他出去参加亲子活动，他一遇到小事情，就会望着我，自己一点主意也没有。如果再遇到稍不合他心意的事情，他撇起嘴来就要哭。我现在都怀疑，我是不是每天晚上给他读的图画书太多了，让他变得这么敏感。不过，最让我懊恼的是，我们家邻居有一个跟我儿子差不多大的小女孩，她父母都在大学医院工作，都是心血管外科，非常忙，根本没时间像我这样给孩子做什么五颜六色的菜泥。当时，我还担心过他们这样会把孩子耽误了，结果现在一看，他们女儿在幼儿园的表现让老师交口称赞，很多事情都能自理，跟老师打声招呼就在园子里和其他小朋友一起玩，午餐时自己大口大口地吃饭。做什么事情也特别有自己的主见，看什么书、玩什么玩具都有自己的主张。看着这个特别'皮实'的小女孩，看着她父母越来越轻松自如的样子，再看看我家这个操碎心抚养却让我越来越累的孩子，我真的是情绪很低落。"

这个年轻的妈妈自我反省说："为什么我费尽心思的育儿计划却是如此的结局！与其这样做一个过度抚养却勤力不讨好的妈妈，我是不是该有条不紊地做个高效能妈妈呢？"

回想当初，刚刚举家搬迁到以色列时，我也是"直升机父母"中的一员。我从来不给女儿带午餐，我都是每天中午给她送饭。就像以前在上海时一样，对孩子，我是"放在手心怕冻了，含在嘴里怕化了"，我是典型的中国妈妈。每天中午11点多，不管多忙多累，我赶紧把手上的活拾掇拾掇，把热腾腾的饭菜装进保温桶，给女儿送到学校去。天冷的时候，我在保温桶上又裹着大毛巾，生怕饭菜凉了。女儿学校的老师和同学，包括学校门口的看门大爷，都认识我这个"中国妈妈"。我一到校门口，他们就说："哎哟，中国妈妈又来送饭啦！"女儿的同学也开始嘲笑她，说她这么大了还让妈妈来送饭。女儿学校的老师也跟我讲了很多犹太人教育孩子的方式，让我对孩子要放放手。其他犹太家长也心直口快地对我说："你真的希望孩子成功吗？学会在适当的时候撤退吧。只有你放轻松了，他们才会飞得更高。"后来，我不再给女儿送饭了，我以为她会不适应。没想到，女儿却如释重负地对我说："妈妈，我终于不用再被同学们笑话了！"

也许，过度抚养（Overparenting）这个词的初衷是美好的。听说，它跟美国著名的将军道格拉斯·麦克阿瑟有关。当年，麦克阿瑟进西点军校时，他的母亲为了监督他，就在军校附近租了一套公寓，据说这样她就能用望远镜看清儿子有没有好好学习了。

但是，"过度抚养"在21世纪发生了戏剧性的演变，就像刹不住的汽车一样，显现出"直升机父母"对"完美小孩"（perfect child）的期待。家长们全方位地渗透进孩子的生活，从酸奶的牌子、衣服的挑选、零食的口味到食谱的搭配，从学习音乐、绘画、运动量的安排，到玩具、小伙伴、游戏的内容、活动的限制，大人都要参与过问。追着孩子穿衣、洗脸、吃饭、收拾玩具，把水果削成小块儿送到孩子嘴里，孩子稍有不适，动辄小病大治，无病猛补，往往造成营养过剩，致使肥胖儿童比例上升。此外，家长们还操持安排孩子的全部生活，孩子的想法反而成为泡影。但是，这些有“过度抚养”行为的父母认为自己是最了解孩子的人，反对其他人对孩子的生活和教育提供任何意见。

教育学家都对此现象颇为担忧，试图寻找各种让“直升机父母”适当撤退的办法。

不仅在以色列，在美国，一些美国妈妈创造出了“马提尼妈妈”（Momtini）这个词。美国妈妈正是逐渐意识到“直升机父母”付出的爱有缺陷，才将“Momtini”写进词典里的。

“Momtini”是一个合成词，是英文“Mom”（妈妈）与一种鸡尾酒的名称“Martini”合成的，意思是“喝酒的妈妈”。这些美国妈妈和她们的孩子一起举办野外聚会。孩子们一边喝着橘子汁或吃着蛋糕，自己玩得很起劲。妈妈们则悠闲地喝着马提尼酒，享受着自己的时光。虽然在孩子的面前喝酒被认为有些不妥，但是，不可否认这个词表达了美国妈妈们的愿望，她们想从“直升机妈妈”中摆脱出来，想寻找属于自己的人生，这一点得到了很多美国妈妈的认同。

反思“过度抚养”的弊端，观察犹太家长撤退一步的家教策略，我慢慢理解了“慢养”是效能更高的家教理念。如果说，父母这份工作可以用绩效来考评，100分的过度抚养不见得是成功的标准，换个思路，80分的慢养型父母，可能会取得更好的业绩。

教育权威詹姆斯博士的一句名言，可能对叱咤职场的新爸妈来说更有说服力，他说：“一个获100分的家长，绝对不是一个成功的家长，他们的‘爱’就像双刃刀，疼了孩子也害了孩子。”无独有偶，我国著名儿童教育家陈鹤琴先生也曾说过：“做母亲的最好只有一只手。”

有一部关于胡杨树生长的纪录片，讲述的是培林专家种植胡杨树的诀窍，正好也暗含对“过度抚养”与“慢养”的反思。若频繁地给胡杨树浇水施肥，它的根就会不往泥土深处扎，只在地表浅处盘来盘去。适当地控制施肥浇水，胡杨树的根自会拼命向下扎，恨不得把根穿过沙土

大儿子以华从戎

层，一直扎进地下泉源中。有这么深的根，胡杨树何愁不枝繁叶茂，何愁会轻易被暴风雨击垮？

胡杨树生长的原理跟养孩子一样，父母若想要孩子的生命之树根深叶茂、顶天立地，就不能给他过度的水分和肥料，必须以长远眼光鼓励他奋力向下扎根，这才是爱之则为之计深远。

有时候父母也常常忽略了孩子的成长规律和应对能力，而给予过多的期待，操之过急，这种过度抚养不但加深孩子的挫折感，也让孩子失去向下扎根的动力。人生之路漫漫，家长之爱殷殷，“慢养”就好比在家庭教育的道路上修建起一个个加油站，既鼓舞孩子尽心力向前跑，又保证他能够跑得更远。

慢养孩子栽培法

1. 倾听是一剂良药。倾听不需要教育孩子“你应该怎么做”、“你不应该做什么”。倾听是作为一个有耐心、善解人意的听众，去抚慰孩子受委屈的心灵。

2. 孩子面对突发难题时，难免表现出徘徊、犹豫，甚至不知所措，在这种情况下，父母应该帮助孩子理清思路，给孩子一个回旋的机会。

3. 对孩子的独立业绩做出及时的反馈。与此同时，父母的意见只是参考，不是命令。

4. 内紧外松。不要让孩子感觉到他的一切都在父母监控之下，父母的实时监控容易把孩子处理突发问题的能力消磨殆尽。

5. 如果孩子天性胆小懦弱，缺乏决断能力。父母不要有意刺激他，要引导孩子将心里的恐惧说出来，要体谅他的顾虑，接受他的感受，同时向他表示支持。

6. 父母要多带孩子到公共场所，开阔孩子的视野，消除他对陌生环境的恐惧，增强处理突发问题的适应性。

剪不断理还乱的脐带

经常看到很多父母以爱的名义对孩子进行不留余地的控制与管束，父母给孩子所能够给予的一切，这种神圣宝贵的爱，是无私的奉献，而不是支配，不是垄断。随着孩子年龄的增长，父母需要进行一种爱的方式的转化，这就是把对孩子的过多照顾、保护、支配，转化为一种宽容心，一种有境界的距离。在更广阔的天地里，孩子才能体会到父母更多的爱，才能更幸福地成长、成才。然而，在家庭教育中，父母对孩子爱过了头，从而陷入没有距离地支配爱、控制爱，这种现象也是很普遍的。而且，其危害还在于父母根本不自知。

以色列有一则有关爱的距离的寓言，也许会对很多陷入爱河、不能自拔的父母有启发：冬天到了，刺猬妈妈想与小刺猬挤在一起取暖过冬。究竟应该保持一种什么样的距离才好呢？离远一点，小刺猬借不着妈妈身体里的热气。凑近了，身上尖利的刺彼此会伤及对方的身体……经过多次磨合，刺猬妈妈终于找到了恰如其分的距离，这个距离就是爱的距离，既给了小刺猬温暖，又不会伤害它。

当新生儿呱呱落地的时候，首先要剪断与母亲相连的脐带。只有剪断脐带，才能母子平安，才能使婴儿自我生存。同样，在孩子的成长过程中，若不给孩子独自的生活空间，漠视孩子主动性的存在，表面上为他营造出温室一样的环境，实则无异于夺去了他独自生长的权利。

一身戎装的以华

邻居家的一位犹太妈妈有两个孩子，大儿子四岁多，小儿子一岁多。这个妈妈与儿子的距离保持得恰到好处。她总是在不远不近的地方跟在孩子后面，让孩子在需要她时能看到她，同时她也不干扰孩子。大儿子全副精力放在探索世界上，小儿子精力旺盛地抓、拉、爬，认识世界，这种景象很让这位犹太妈妈感到自豪，她说："我的孩子不用回头找妈妈，而很多孩子害怕妈妈不见了，总是回头找。"

总是回头找妈妈的孩子，跑不远，也不会勇往直前，充满信心。

孩子小的时候，母亲不离开孩子，孩子永远在母亲的视线内。孩子的呼唤，妈妈永远都能及时地回应。等到孩子长大些了，探索的范围更大，孩子需要的时候，也能在妈妈劳作的地方找到妈妈，不会产生离开妈妈的焦虑，直到他有足够的能力，不再时时依赖母亲的呵护。母子的分离，本来就是这样一个自然、渐进的过程。

说到这里，我想起来一个亲眼目睹的朋友家母女两人间的“爱的争吵”。

朋友的女儿让我来给她评理，她眼泪汪汪地抱怨：“我已经快奔三了，妈妈还是像对待小孩子那样对我，晚上到家吃完饭之后，妈妈一会儿过来看看我干啥呢，一会儿过来送水果，我不想吃还逼着我吃，说是美容水果。”

妈妈感到很委屈，眼睛湿润了。

以爱为名，谁错了吗？孩子是妈妈身上的肉，要是一会儿不在身边，妈妈就觉得自己的心都被人偷走了。

但，孩子终究要走向社会，做一个独立的人。况且，进入了青春期的孩子就像学会飞的小鸟，他们渴望尊重，而这种尊重大多数时候就是“距离”的代名词。父母恰当地保持距离，既有助于维护亲子间的关系，也有助于孩子的健康成长。

不久前，我在电视上看到一个叫宁宁的十四岁女孩，她妈妈发现她偷看成人光盘，狠狠地斥责了她。大失所望的妈妈，坚持要宁宁说出光盘的来源，并怀疑是宁宁的好朋友怂恿宁宁观看的。原来在宁宁六岁时父母离异，宁宁跟随妈妈生活。妈妈对女儿倾注了所有的爱，宁宁不仅学习成绩优异，而且懂礼貌、守规矩，妈妈感到很欣慰。没想到，看上去单纯乖巧文静的女儿，竟然做出这种错事。妈妈决定查个水落石出，女儿的眼泪和沉默，变成了妈妈手中的证据。羞辱、懊悔、负罪感交织在一起，宁宁的情绪跌到了低谷，她常常独自望着窗外发愣，见到熟人便匆匆地走开，仿佛自己的秘密已经昭告天下，她想找个地缝儿钻进去。

正是这种剪不断、理还乱的母爱，将女儿逼入了尴尬的境地。性羞涩是每个人的本能反应，青少年更担心自己的性秘密被别人洞悉，因为它是不可以分享的。宁宁妈妈的行为无异于将孩子的隐私公之于众，使她产生沉重的心理负担，给她带来生理和心理上的双重伤害。

父母如果发现孩子接触了性信息，最好的处理方式是点到为止，不宜多问，保护好孩子的自尊心最重要。这时，顺势给孩子一个台阶，让其自己领悟，避免难堪。然后，寻找适当的时机、选择适宜的方式，对孩子进行性教育。

看到电视上的宁宁，想起我和孩子们之间的一个小秘密：每逢周末，我们全家就围坐在一起看电视。以色列的电视是不收费的，但是，星期五晚上12点以后会播放一些儿童不宜收看的电影，当然这些电影也是不收费的。

有一个周五，已经晚上12点多了，我迷迷糊糊地躺在床上，隐隐约约觉得客厅里传出的声音不对劲。下床一推门，只听见啪的一声，客厅里的电视机关掉了。我琢磨着，干脆也别出来了，就站在了门口。

孩子们感觉我这边好像没有了动静，不一会儿，我就听见腾的一声，电视又开了，可是再也听不到声音了，他们戴上了耳机。一闪一闪的亮光，从门缝里射进来。

我依然没有逾越“雷池”半步，给了步入青春期的儿子们自由的天空。后来，每逢星期五的晚上，我在12点以前习惯性地洗漱、睡觉，孩子们再也没有欣赏过午夜的电视剧场。

这一幕，儿子们记得很清楚，过了很久很久，他们还在说这个故事。他们对妈妈的举措表达了溢美之词：妈妈很可爱。

妈妈的确有生命赋予的权威，但是这个权威要有的放矢。父母释放的不合理威严一旦被孩子戳穿，他们就会肆无忌惮，把父母当成空气，家长的权威也就形同虚设了。所以，父母适当地给孩子留一点空间，这是人性的呼吸，是维护亲子关系的重要环节。

所以，批评教育孩子，要讲究方法，点到为止，别太啰唆。留下思考的空间，孩子才容易接受。有些家长教训孩子喜欢没完没了，而且还时不时质问孩子：“我的话你听见了没有？”孩子慑于家长的威严，为了免受皮肉之苦，只能说“听见了”，其实他可能什么都没听进去，左耳听右耳出。家长唠叨太多，会令孩子分不清主次，不知道听哪一句为好。经常性的唠叨，导致孩子“失聪”，导致孩子产生教育心理学中的“零反应”，最终使教训失去效果。

有一次，我看见一个朋友毫无节制地批评自己的孩子：“你真是没

出息，你真完蛋了。我对你真失望……”我不能容忍地说：“请你念念这本杂志上的文章吧。”

杂志上的文章讲了一个很悲情的故事：一个四岁的小女孩拿铁片在父亲的车上划了许多刮痕，盛怒的父亲用铁丝将女儿的手绑起来，在车库里罚站。几个小时后，父亲才想起女儿，这时女儿的手已被铁丝勒得血液不通，被迫截去了手掌。半年后，父亲将车重新烤漆，女儿无邪地伸出她那双被截断的手说：“爸爸，你的车像新的一样漂亮，可是，你何时能还给我一双手？”父亲因受不了女儿无邪的追问，饮弹自尽。

另外，父母喜欢翻旧账也是要不得的。当孩子犯错时，父母把陈芝麻烂谷子的事全盘托出，把孩子的种种“恶行”全数落一地，往往越说越激动，越激动越来气。其实孩子在成长中犯一些错是正常的，他们就是在犯错的过程中逐渐成熟的。孩子犯错，父母应当一事一议，犯了什么错就纠正什么错，不要引申。

父母给予子女生命，但父母却不能凭此肆无忌惮地对待子女，尤其是孩子长到了一定的年龄，有了自主意识之后，简单粗暴的教子方式会限制孩子的发展，让孩子自身从错误中领悟，用有境界的距离教育法或许比控制、支配、垄断更有效。

以色列教育家说：爱的距离是一门艺术。为什么不叫技术呢？我想是因为爱的距离有一种只可意会，不可言传的境界。爱的距离是没有办法量化的，爱的距离最不好把握的就是情绪。

我曾经看过一个故事，相传，古代有位老禅师，一天夜晚在禅院里散步，看见院墙边有一张椅子，他立即明白了有位出家人违反寺规翻墙出去了。老禅师也不声张，静静地走到墙边，移开椅子，就地蹲下。

不到半个时辰，果真听到墙外一阵响动。少顷，一位小和尚翻墙而入，黑暗中踩着老禅师的背脊跳进了院子。当他双脚着地时，才发觉刚才自己踏上的不是椅子，而是自己的师傅。小和尚顿时惊慌失措，张口结舌，只得站在原地，等待师傅的责备和处罚。

出乎小和尚意料的是，师傅并没有厉声责备他，只是以很平静的语调说：“夜深天凉，快去多穿一件衣服。”

师徒之间尚且如此，父母和子女之间更不必说，不会因为我带你来到了这个世界，我就有权力肆无忌惮地对待你。父母们怎样与孩子保持一个合适的距离呢？这是一门值得认真学习的艺术。

犹太家长这样宽待孩子

1. 犹太父母力戒惩罚或斥责孩子，也尽量避免用言辞警告他们。

2. 即使被迫惩罚孩子，犹太家长也力戒讽刺挖苦，更不会自恃“孩子是我生的、是我养的”，就随意用不留余地的语言指责孩子。

3. 当火气上来时，犹太父母采取退避或保持沉默的对策。退避，可使孩子认识到事态的严重性，避开父母与孩子间的正面冲突，还可避免因在气头上说出过头话伤害孩子。

4. 当孩子惹人生气，你因此发现自己的愤怒在膨胀时，可分三个层次讲出自己的情绪状态：“我对你这样的做法很不高兴！”“我真气极了！”“我马上就要发火了！”这些比莫名其妙的爆发有效得多。

5. 父母千万不要当着众人面发火，这会使孩子感到脸面过不去而产生逆反情绪。选择适当的场合，会使孩子觉得父母即使发火也是顾及他的面子，因而会减少对立情绪。

6. 不愉快的事发生之后，父母、孩子都需要尽快恢复自己的情绪。对小一点的孩子，有时一个吻、一个拥抱或是一句“妈妈爱你”就很顶用。对大一些的孩子，对话沟通是很有必要的。

犹太父母惩罚孩子时的扪心自问

1. 这个惩罚能改变孩子这种不良行为举止吗?

2. 当我对孩子实施惩罚时，我在生气吗？

3. 这个惩罚会使我的孩子感到羞辱或者尴尬吗？

4. 我不生气时，我能不能对孩子及时贯彻实施惩罚？

5. 我是不是先尝试一下肯定性的补救措施？

6. 我这个惩罚能不能教会我的孩子掌握良好行为方式的技巧？

7. 这个惩罚可以减少以后实施惩罚的必要性吗？

8. 这个惩罚是我的教子计划的一部分吗？我是不是出于冲动在对孩子实施惩罚？

9. 对孩子的惩罚是始终一致的吗？

10. 我的这个惩罚是合理、公平、公正的吗？

不培养“超龄婴儿”

有个家长问著名的教育家马卡连柯：

“我的孩子现在无法无天，谁也管不了，我到底该怎么办呢？”

马卡连柯反问他：“你经常给孩子叠被吗？”

“是的，经常叠！”

马卡连柯又问：“你经常给他擦皮鞋吗？”

“是的，经常擦！”

马卡连柯说：“毛病就出在这里。”

辉辉刚来以色列时，参加学校组织的野营活动。学校里只为他们介绍了一下营地情况，需要携带的物品细节要同学们自己列单子。

我本来还想像从前那样，帮着辉辉把食物、水壶、创可贴等一系列东西都整理齐全，让他早早上床睡觉，好养足精神，去野营时完全没有后顾之忧。这时，邻居大婶们的劝告回响在我的耳边，阻止了我的动作，不要再对孩子大包大揽了，那样是在害孩子。我忍住了作为妈妈的那份呼之欲出的代劳之心，我用眼睛观察着辉辉忙里忙外地准备各种野营用品，而且，他兴致勃勃的劲头完全超过了我。

忙了好一阵，辉辉上床去睡觉了，我忍住了好奇心，没有去翻查他的背包，只看见装得鼓鼓囊囊的。

两天以后，辉辉回来了。我问他：“怎么样，野营玩得好吗？”

辉辉说：“别的都很好，只是我忘记带小刀了，只好每次用的时候都跟同学借。其实，我记得是把小刀放进包里的，但是走时匆忙，还是把小刀给忘掉了。下次再去野营，我一定要事先列一个单子，确保万无一失。”

孩子早晚都要脱离父母走向社会，犹太家教法则告诫父母，应把培养孩子的自理能力放在突出的地位，让他们离开父母的庇护也能独立生活，能够解决生活中出现的各种问题。

孩子们刚来以色列时，受邀参加同学之间的生日聚会，他们发现，男孩子最喜欢的生日礼物居然是“工具箱”，箱子里有“儿童版”的手锯、刨子、螺丝刀、钳子、各种起子等。父母教给孩子这些工具的用途、性能，让孩子掌握操作要领，要他们帮忙修理自己的玩具或家中坏了的小件物品。以色列父母认为：一个从小没有动手机会和欲望的孩子，是不会有创造力的。他们不担心这些工具会弄伤孩子，反而认为，要想消除孩子对工具的恐惧感，就得教孩子细心地了解它，娴熟地运用它。

辉辉假期去滑雪场做兼职时，发现大部分犹太父母会教孩子依据山坡的走向来判断雪深和滑速，在每一个拐弯点和“迫降点”上判断后面

亲密无间的哥俩

会不会有滑速更快的人“追尾”。一些小滑雪能手还被父母带出去“夜滑”，逐渐学会通过观察星空来判断滑道的方向。

以色列孩子胆大心细，离不开父母未雨绸缪的教育。比如跋山涉水时，家长会让孩子观察山涧的水势，教会他们寻找水流较缓较浅的涉水点，以安全地徒步通过。上山时，家长不会让孩子坐缆车，而是教孩子看地图选择登山路线，并根据路线来确定自己要不要带保护绳和拐杖、带足够的食物和饮用水。经过多次跋山涉水的锻炼，孩子逐渐成为胆大心细的小冒险家。

配合家庭的放手教育，以色列学校也有一些相应课程作为补充，这些课程甚至从幼儿园阶段就展开，我女儿读幼儿园时就赶上了这样的放手教育，让我也跟着受益匪浅。

女儿妹妹刚到以色列时，正好三岁半，我把她送到幼儿园。有一天，我把她从幼儿园接回来，她迫不及待叽里咕噜地跟我说了一件在幼儿园里发生的事。

老师那天给她们上了一堂室外课。老师先是把女儿班里的小朋友都带到幼儿园的后院，后院里有一棵苹果树，不高，但是很结实。树上结满了苹果。老师把一个小朋友抱到了苹果树上，然后老师假装走掉了。小朋友当然在树上下不来了。

老师回来把小朋友抱下树后，对大家说：“如果你们真想吃树上的果实，就要学习自己爬树，或者找梯子。天上不会掉馅饼的。如果一个人把你抱到树上，但是他走了，你该怎么下来呢？”

女儿妹妹把这件事情模拟讲给我听：“今天有个小朋友，她到树上下不来了。老师问：为什么？我就告诉老师，我们上海也有个小故事：小老鼠，上灯台，偷油吃，喵喵叫，下不来。老师很笨，我说了半天，说了好几遍，他也听不明白。”

“但是，老师讲的事情，我明白了。”女儿仰着自豪的小脸对我说。

我问：“妹妹，你明白什么了呀？”

女儿妹妹一本正经地回答：“不要依靠任何人，而是要依靠我自己。”

女儿赶上了犹太人的幼儿教育，反映的是犹太人独特的思维方式。这种做法在非犹太人看来有些离谱，但在犹太家庭教育中却是件很平常的事。犹太父母说：“像这样重复几次后，孩子就不再有依赖心理了。”

还有一回，我和儿子在特拉维夫的郊外散步，看见一对年轻夫妻带着六岁的儿子学骑车，男孩的儿童车陷到了泥地里，父母只说了句“闯过来”就径直走了。孩子实在骑不动，只好慢慢推过去。当孩子满头大汗地赶上父母时，父母夸赞儿子：“非常好！你像个男子汉！”

由于犹太父母注重对孩子的“放手”磨炼，因此，犹太人的孩子在十八岁以后就完全具备了独立生活能力。在犹太父母看来，孩子成为“超龄婴儿”，是父母对一个美好生命的辜负，是父母教育的失败。

联想到最近一些报道，广州大学城周围的贝岗村、北亭村几乎每家旅馆都有学生的父母长住“陪读”，最远的甚至来自沈阳，他们的主要“工作”就是照顾孩子的饮食起居。实际上，不仅是广州，类似这样的“陪读村”早已遍布全国，比如杭州大学城的下沙村。而早两年还有新闻报道说一位福州的母亲因在青岛读书的孩子想家，想吃自己包的馄饨，竟“打飞的”给孩子送去了一碗。

如此种种，真是令人唏嘘不已。学生家长陪读理由五花八门，但最多的还是对孩子出门在外的担心：担心孩子这也不会做那也不会做，担心孩子经受不住外界诱惑而误入歧途……思来想去，那就自己去当孩子的“生活保姆”吧。

曾经，我也是一个不能让孩子脱离自己视线五分钟的妈妈。来到以色列，耳濡目染了犹太人教育儿女的方式后，迷惑过，也矛盾过，父母对孩子的爱和保护到底要小心翼翼到什么时候呢？特别是比较了以华、辉辉与同龄犹太孩子在生存能力上的差距后，我更开始反思，作为母亲，应该爱孩子，但，爱需要爱得那么厚、那么腻、那么占有、那么霸道、那么全权吗？

在辉辉十五岁的时候，我曾经对他进行了一次为期一个月的放养。当时，我和他哥哥以华都去了特拉维夫，家里只留下辉辉一个人，那是十五岁的他第一次独自留守家中那么长的时间。说实话，我心里也是七上八下的。毕竟我当年下乡去高邮生产大队锻炼时，还比辉辉现在大一岁呢。但我想，通过这几年以色列式的家庭教育，辉辉已经不是当初那个衣来伸手、饭来张口的小皇帝了，他应该具备独立管理自己生活的能力，这就当成是一次“试飞”吧，检验下教育成果。

事实证明，我给他这次独立生活的机会对他的成长有很大帮助。辉辉每天打电话跟我汇报他一天的行踪：“妈妈，我的希伯来语成绩提高了，老师表扬了我。”“妈妈，我和朋友晚上一起去自由市场练摊了，风油精销路特别好，我已经跟上海的朋友说了，让他们再帮我邮寄一包过来！”“妈妈，我今天改善了下生活，和阿菲吃了顿扬州炒饭，还加了很多香肠。阿菲都吃得走不动了……”（阿菲是一条很矮的小狗，辉辉把它也当做一个重要的家庭成员来照顾，还照顾得无微不至。）

等我和以华回到家以后，发现辉辉已完全可以承担一家之主的责任，他把整个家管理得井井有条，还把希伯来语单词都贴在墙上，一边做家务、一边背单词，日子过得有条不紊。另外，他还把自己给喂壮了，显示了他今非昔比的生存能力。

我把“放养”辉辉的经历讲给很多中国妈妈听，她们有点不以为然，其中一位女儿已经十岁的妈妈承认自己在养育女儿的路上总是前怕狼后怕虎的，也犯了好些妈妈通有的疑心病，生怕这个世道会对自己的孩子造成伤害，总想尽自己的全力将孩子保护得更多更久一些，明知那样对孩子不好，可心里却总是放不下。这个妈妈还自我安慰地说：“比起我身边的朋友来，我还不算百分百溺爱型的，女儿总的来说还是挺自立，她上学我们不送，可有几个朋友批评我，叫我千万不要拿孩子去赌，说是赌输一次就相当于输了全部，还说养女如养花一样，要小心翼翼的。”

“那要什么时候才能让孩子走出我们的视线呢？”

“还是到了他们完全有能力走出去的时候吧，要不怎么办？”

家长因为不放心，就一直不放手，到头来，把孩子培养成“超龄婴儿”，是不是另外一种失败呢?

在以色列餐厅，总会看到一个现象，父母不代替孩子点菜，而是让孩子自己去点。孩子会直接对柜台前的服务员说：“我要一个三明治，其中火腿两片，鸡蛋要生一点，加生菜，番茄片加三片就可以。”他们点得精细、具体。对比之下，在中国经常看到的现象是这样的，父母问孩子要吃什么，孩子说，随便。中国家庭的教育从小就没有充分尊重孩子的自主权利，甚至根本没有培养的意识。而且，中国的孩子说了随便以后，父母替孩子点了菜，等菜来了，孩子又不吃，说不喜欢，但是，给予充分的自由，让他去点，他又不会。我们的家庭教育不应该为社会输送没有主见却挑剔人生的孩子。

有一首童谣是这么说的：“一根藤结俩西瓜，一个小，一个大。小的趴在绿叶下，生怕太阳晒着它，娇生惯养不运动，长来长去长不大。一个瓜，个儿大，沐浴阳光笑哈哈，电闪雷鸣都不怕，风里雨里长得快，变成一个壮娃娃。”父母如果心太软，对孩子的事情包办过多，往往容易造就懦夫和懒汉。“播下的是龙种，收获的是跳蚤”，这样的教训数不胜数。只有放开手脚，让孩子自己在人生的海洋中去搏击，孩子才能经得住风浪，而不至于被淹没。走出替代的误区，不培养“超龄婴儿”，这是现代父母必须具备的素质。

家长学会给自己减负的几个办法

1. 给孩子一定时间，让他自己去安排。和每个成年人一样，孩子也拥有自己的时间。如果时间的安排完全由成人包办，孩子只是去执行，那么孩子的自主性就永远也培养不出来了。在孩子很小的时候，可以每天给孩子一段可以自己支配的时间，只要不出危险，可以自己安排最愿意做的事。孩子有时是玩，有时是去读自己喜爱的一本书，有时是画画。当然，有时也忙来忙去什么也没干成，但是孩子逐渐懂得珍惜时间，学会了安排计划。

2. 给孩子一个独立的空间。在这个空间里，只要孩子不伤害自己，不侵犯别人，他可以随意玩耍、学习、大笑、发泄不满。家长不擅自去干预，这对孩子身心的和谐发展极为有益。

3. 年龄小的孩子，可先教他们学会自我服务，如自己吃饭、穿衣、大小便，自己洗手、洗脚，洗手帕、袜子等；年龄大一点的孩子，可安排他们帮大人做一些力所能及的事情，如擦桌子、扫地、倒垃圾，甚至择菜、刷碗、洗衣做饭等。

4. 这种自我减负，并非对孩子不管不问，放任自流，而是教育孩子，自己能做的事自己做，不会做的事学着做，**把孩子当做一个独立的人来培养。**

让兴趣督促孩子学习

孩子不爱学习，是父母心头最大的烦恼。孩子学习一塌糊涂，对父母来说，比自己失业都绝望。有个晚辈，她曾因为孩子不爱学习而非常苦恼，她跟我倾诉说："学校开家长会，简直想找个地缝钻进去。孩子的任课老师都跟我说：这个孩子上课不听讲，课后不完成作业，成绩倒数，还不以为然。从学校回到家，我失魂落魄，还得按捺住火气敦促孩子完成作业。可是，他磨磨蹭蹭，一会儿趴在桌子上看表，一会儿又拿出PSP玩，眼看着已是晚上9点多，实在忍不住了，开始跟他讲道理。可他若无其事的样子气得我哆嗦，打了他。他喘着粗气、歪昂着头、斜视着眼，没有一句央求的话，像要不认我这个妈了似的。我说今天写不完作业，就别睡觉，也不想要他了！哪知道，他紧接着转身就往外跑。外面正下着雨，我担心地说：'你上哪去？'他头也不回地跑，我赶紧让他爸爸追上去把他抓回来。"

听完晚辈的苦恼，我跟她分析：

在教导子女学习方面，犹太人有一个著名的忠告，不要强行给孩子上重轭，学习指令只有轻松愉悦地传达时才有效率。父母把孩子从娱乐场所拉回学习轨道，或者千方百计监视孩子，很难让孩子进入学习状态，因为双方已经构成对峙态势。犹太人把学习看做人生的乐趣，家长的理念首先就是培养小孩对学习的爱好与兴趣，长此以往的书香气息熏陶，可以让孩子欣悦地回到书桌旁。

我的两个儿子在学习的道路上也并非一帆风顺，他们也有贪玩或者缺乏进取心的时候，于是，我用一个小幽默，而不是单纯地讲道理打动孩子们进取的心：

一大一小两只老鼠，约好一起出去游玩。玩要得尽兴而归的路上，遇见了一只猫。猫鼠狭路相逢，两只老鼠落荒而逃，跑进了一条死胡同，被猫堵在了里面。

“这下我们肯定完了。可惜我死后，我的家人还不知道我死在什么地方啊！”大老鼠绝望地说。

这时，响起一阵狗的狂吠声。大老鼠胆战心惊地睁开眼睛，没有狗的踪影啊，只看见小老鼠诡异的微笑。再一瞧，那只堵在胡同口的猫早就逃之夭夭。

大老鼠不解地问小老鼠是怎么回事。

小老鼠得意地笑着说：“我学狗叫把猫吓跑了，你看，掌握一门外语有多么重要呀！”

孩子们听完这则幽默笑得前俯后仰，都说要当“小老鼠”，并把学习计划贴在墙上：

1. 学习外语一天也不能中断。倘若确实没有时间，哪怕每天挤出十分钟。

2. 早晨是学习外语的大好时光。

3. 就是学厌了，也不要扔下不学。

4. 随时记下并背熟那些平日用得最多的“句套”。

5. 外语好比碉堡，必须同时从四面八方向它围攻：读报纸，听广播，看原文电影，听外语讲演，攻读课本，和外国朋友通信、来往、交谈等。

6. 敢说，不要怕出错误，要请别人纠正错误。不要难为情，不要泄气。

7. 要坚信自己有坚强不屈的毅力和语言方面的非凡才能。

所以，任何中国家长要想彻底解决好孩子的学习问题，必须先了解自己的孩子。如果不找到问题发生的原因，即使用了很多方法，也是有局限性的，但是如果我们找到了孩子学习问题存在的症结，然后再选择比较合适的方法去解决孩子的问题，就比较好办。

在以色列，父母非常注重培养孩子的读书兴趣、习惯和欲望。孩子一两岁的时候，他们就会为孩子准备一些色彩鲜艳的图画书或者带有奇形怪状符号的书，一有空闲，就把这些书摆在孩子们面前，吸引孩子的注意力。当妈妈的会将一滴蜂蜜滴到书上，让孩子明白读书是甜蜜的，这是一般犹太母亲培养孩子对书的感情的普遍做法，寓意是告诉孩子，生活中遇到困扰时，你在书本中学到的知识可以帮你消除它，让你感到生活的甜蜜。

因为从孩提时代就建立了对书籍的兴趣，犹太人终身保持爱读书的习惯。以色列的540万犹太人口中，拥有图书证的有100多万，全国有近30家报刊分别用15种文字出版，以色列的出版社和图书馆数量按人口比例居全球之首，有近900种刊物，平均每4000人就有一个公共图书馆。联合国教科文组织的调查结果显示，每年阅读书籍排名第一的是犹太人，一年平均是64本。上海人阅读书籍量在中国排名第一，但也只有8本。

以色列著名社会心理学家科治博士提出了孩子阅读的十种方法，可以让孩子的学习能力倍增，也能让孩子养成学习的意志品质。这十种方法是：

1. 让孩子明白学习是第一位的。比如，犹太孩子刚懂事时，就会让他吻滴在书上的蜂蜜；犹太人家里的书架都要放在床头，以此表示成年人对知识的尊重。犹太人婚嫁，都以能娶到学者的女儿为荣。

2. 不要让孩子长时间对着书本，每天温习一段时间就足够了，只要他能持之以恒，比长时间坐在书桌前更加有效。

3. 吃饭后切忌让孩子去读书。饭后的血液正流向胃部帮助消化，这时候，脑部的血液会明显减少。如果父母此时强迫孩子去读书，只会让孩子感到头昏脑涨，效率低下。

4. 寻找孩子的“生物钟”。每个人都有自己的“生物钟”，在这个生物钟时间段内，学习效率事半功倍。父母要注意观察，并和孩子一起探讨出“生物钟”时间段，选择这段时间抓紧学习。

5. 劝告孩子不要边听音乐边学习，心有杂念学习，只会感觉学习是个负担。

6. 实行家庭打分制。父母与孩子进行阅读讨论，然后填写成绩报告单。如果孩子只是用懒散的注意力对待阅读，那么他的成绩可能是“C”，如果孩子坦诚、满怀喜悦和热情地说出自己的阅读感受，那父母肯定要给他一个表示优秀的“A”。

7. 鼓励孩子学会掌控学习时间。在犹太家长、老师看来，管理时间是一门重要的学习技能，其重要性一点也不亚于几何定理运用。

8. 犹太最著名的教师巴赫德塔说过：“孩子的成绩问题，在于学习习惯，而不是天赋。学习需要自我意识，需要自我控制，自我负责。所以，在孩子幼小时，父母就要帮助他们将学习的习惯尽早建立起来。

9. 督促孩子学习切忌唠叨，切忌大事小事都要干涉。在家长的絮絮叨叨、指责数落中，孩子绝不可能有愉快的心情，也就很难进行主动积极的思考。

10. 切忌“轰轰烈烈”，注重循序渐进。由于对孩子寄予很大希望，家长容易制订过多的教育计划，抓紧一切机会和空闲让孩子学这学那，一定要根据孩子的情况循序渐进，量力而行。春风化雨远胜过有头无尾的轰轰烈烈。

找准孩子们学习的好领袖

回想当初，我把儿子接到以色列就是想让他们接受更多的教育，让他们成为综合人才。这是我作为中国妈妈始终坚守的想法，毕竟高考这座独木桥是最公平的改变人生命运的途径。为此，宁肯砸锅卖铁，沿街乞讨也要供孩子上名校、读大学。

以华性情内向、做事沉稳，对以华的学习教育，我会采用分析探讨的方式，适当地多给他一些压力，推着他往前走。但是，这么对小儿子辉辉就不行。他比哥哥有主意，他的独立性更强，他更有经商天赋，而且他已经从中尝到了甜头，他会不会成为不爱知识只爱赚钱的钱奴呢？而且，我似乎也已经在他身上感受到一点点学习无用论的小苗头，但如果我每天在他耳边唠叨“书中自有黄金屋，书中自有颜如玉”，只怕他左耳朵听进右耳朵出。

怎么办呢？正好当时发生了一件事，让我就地取材对辉辉进行了一次“应景教育”。

那天，辉辉放学后去面包店打工，面包店的玻璃窗外映出一个非常有书卷气的年轻小伙子开着一辆高级车画了一个完美的弧度，泊在名人出入的咖啡馆外，一个很时髦的女孩坐进车，车嗖地潇洒远去了。回家后，辉辉非常羡慕地向我描述起这幕场景。

我对他说：“儿子，人没有知识，是没有办法实现这样的生活的。

你只看到犹太商人的经商头脑好，钱包里钱多，但你知道吗，犹太大商人知识渊博，都有高学历。如果你没有文化，只能做一个可以糊口的小商小贩，进不了大商人的行列，也过不上你所羡慕的那种生活。”

犹太人早就将知识上升到“资本”、“资产”的高度，他们将之比做“抢不掉而又可以随身带走的资产”。在犹太商人眼中，那些没有知识的商人不算真正的商人。犹太商人绝大部分学识渊博、头脑灵敏、风度儒雅，如同中国的“儒商”。他们看起来更像学者，身上透着一股书卷气。

辉辉马上说：“妈妈，我必须要读书，而且要很好地去读书。”辉辉马上把誓言变为实际行动，在面包房打工时，他把书都复印好，贴在架子上，有空就看一眼。他把床头也贴满单词卡片，睡觉前把白天学的单词都要背一遍，甚至把从中国带去的一本《新概念英语》翻烂了。

后来，我和辉辉做客央视《心理访谈》节目时，辉辉把这段经历跟大家一起分享，心理访谈专家陈慧听完后感慨地说：“中国家长在刺激孩子努力学习的时候，常常给他描绘一个美好的远景，由家长为孩子设定的远景可能对他的激励作用比较小。然而，辉辉的远景是在家长的激励下，由他自己设置的，因为辉辉想要过这样的生活，所以他的这个远景不是别人的远景，不是虚无缥缈的，是非常具体的远景，在家长的激励下，他的这种远景更容易唤起他的奋起。所以，家长给孩子创造了无比优越的物质条件，孩子眼前还有什么可以比这个更好呢，反而就没有什么愿望了。越是锦衣玉食，越是感到没有目标。”

通过这个事件，可以看出让孩子热爱学习、设计自己的理想与父母逼着孩子学习、逼迫孩子树立理想，其效果会截然不同。在孩子有了理想和目标的情况下，家长再协助他来实现学习目标，孩子就不会有抵触情绪了。

我偶然翻阅过被誉为“历史上最伟大CEO”的通用电气公司前总裁韦尔奇的自传，他在这本自传中写道：他九岁时就在父亲的劝导下去高尔夫球场当球童。他父亲不是让他当童工去赚那高额的酬劳，父亲事后跟他解释说，希望他在那个各界成功人士常常光顾的休闲场所，通过观察他们的言行受到激励，从而找到人生的坐标和榜样，寻找到自己也想成为的人。韦尔奇没有辜负父亲苦心孤诣的家教，他经过模仿和努力，在四十五岁那年，就担任了百年企业的CEO，如愿以偿地实现了少年时代就许下的美丽梦想。

我观察过很多中国家庭，家长们对自己的孩子步步紧逼，强行给他们上重轭。还有一些家长的行为用“强迫症”来描述一点不为过。这样的家长，下班回家马上看孩子是不是坐在桌子旁写作业，孩子一看电视就催促快去做功课。如果看到孩子不及时服从做作业的命令，就会大发雷霆，直到孩子拿起作业本为止。如果孩子很快坐到桌子前，他们又会心情舒展，内心充满希望。很多家长不了解，这种反复、过度的不良刺激会使孩子形成不良条件反射，降低学习效率，即父母一张口，孩子最直接的反应就是不想听、心烦，有些还会产生逆反心理。

这些家长也许从来没有想过“退居二线”一下，让孩子们切身去体会，真实去感受一下学习与家庭、与自我未来之间的重要联系。我觉得无论孩子年龄多大，家长都有必要让孩子感受到自己是家庭的一分子，感受一下自己的命运与自己现在努力的点点滴滴紧密相连。其实，这就是培养孩子对自我人生的一份责任感。如果有机会，父母可以陪伴孩子，在他们有兴趣的领域里寻找德才兼备的优秀人士，让孩子去效仿。当然，我们不要把成功的概念定义得太狭隘，我们周围就有许多优秀的人可以作为孩子的坐标和榜样。

联想起国外一个叫做“实践中的孩子”的电视节目，非常受父母推崇。节目内容是，孩子跟随在某个职业人群的身后，近距离地观察这个人群的工作情况，有什么困难，有什么成就感，然后，孩子们思考一下自己从中受到什么启发。

“退居二线”的父母用兴趣和愿景，帮孩子建立起具有自主性的学习观念。这个观念一旦形成会伴随孩子终生。没有这个自主性，即使参加昂贵的辅导班、购买昂贵的教材也无法给予孩子正确的指导。

拿辉辉来说，我用兴趣教育和生活愿景教育促使他自发地建立了对学习的渴望，等辉辉读大学时，我就更可以做甩手掌柜了，完全不担心他会荒废学业。因为他脑海中已经有了“我也要成为这样的人”，“我以后要做……”，他知道这类梦想并不是自动实现的，所以，他需要好好拟定计划，一步步实践。

果然，辉辉在读大学期间不只对外语学习兴致勃勃，还对钻石鉴定表现出浓厚的兴趣。为了多掌握钻石鉴定知识，早日拿到专业鉴定资格，他珍惜分分秒秒。辉辉曾跟我说："妈妈，我在宿舍里每天都是最后一个睡觉，第一个起床。我比所有人都珍惜时间。"除了钻研专业知识，只要一有空，他就去参加各种国际展会，当当翻译，跑跑资料，决不虚度一天的时光。

"妈妈，我想要一块表，我的表坏了。"辉辉跟我说。

"不过，妈妈，不用买了，家里不是有块旧表吗，我就用那个就行了。"辉辉又补充了一句。

"走，孩子，咱们买表去！"

我在四川北路上的一个钟表店，给儿子买了一块浪琴表。

"妈妈，我戴着您给我买的这块表，我更要珍惜分分秒秒。"

成为上海滩小有名气的钻石商之后，辉辉并没有停止自己前进的脚步，他还是在跟时间赛跑。当被问到不到三十岁就成为世界富豪的成功秘诀时，辉辉回答道："寻找自己喜欢和擅长的路走。因为我自己对钻石专业感兴趣，所以，我才能满怀激情，不怕辛苦，直到成为这个领域最专业的人。有兴趣，自然就能够集中精力投入，在感受快乐的同时，成功也随之而来。"

以色列人力资源培训专家，团队发展国际公司顾问苏俊维指出："只有让孩子学会'我要学习'，找到兴趣，孩子才有能力去学习、去思考！"今天是"信息时代"，未来更是"知识爆炸"时代，这个时代客观上对每个人的终生学习能力提出了挑战。

终生学习能力不是父母能够越俎代庖的，也许我们这边为孩子吹响冲锋号，他那边却鸣金收兵了。就像以色列人力资源专家说的，终生学习能力靠的是兴趣和愿景。所以，我们不妨向犹太父母学习一下，有策略地"退居二线"，让兴趣和能力代替我们焦灼的身影，引导孩子走向更广阔、富有理想的世界，成为改变孩子未来命运的关键。而我们父母在"二线"位置应该做的就是：分析孩子的特质，做他们的参谋和军师，帮他们尽快找到兴趣和愿景。

不做管家做军师

让孩子自己来选择

受犹太妈妈们的熏陶，我了解了做妈妈最深奥的艺术不是做包办型的大管家，而是做“观察，再提醒、参谋”的军师。

犹太家庭教育有一句至理名言：“不相信孩子，什么都替孩子去作决定等于是剥夺了孩子自由发挥的机会。等到孩子自己来向您征求意见或是寻求帮助的时候再作决定也不迟，反而会像孩子所期待的那样带来很好的结果。”

受周边犹太妈妈潜移默化的影响，对孩子的学校生活、人际关系和前途问题，我把自己定位为给孩子做参谋，给孩子提供类似于指南针似的帮助，不会妄加干涉或强制执行。因为人生不会像数学问题一样，有准确的答案。很多父母非常愿意在孩子身边，不辞辛苦地替孩子作选择。但是，父母根本不可能为孩子作出所有的选择，正确的判断和选择最终还是要孩子自己来作出，父母应该做到的是多给孩子提供原动力，多训练孩子自己作选择的能力。

不错，有时候，我们几十年人生经验的积累，那都是真正宝贵的东西。但是，人生不是单行道，尤其在孩子的长远人生中。请不要用我们的价值观为他们思考，因为价值是会变动的。我们几十年的人生经验，真正应该表达给他们的是：孩子，想想你的兴趣在哪里，你的天分在哪里？你能不能拥有快乐的生活？你是否准备好了终生学习的态度？作为父母，我们要锻炼的是孩子的自我思考能力、自我选择能力、建立坐标能力、寻找价值能力。

在以色列广为流传着一句教子名言：教育的目的是把每个人都训练成一个有自己独立思想的人。这句名言出自犹太后裔爱因斯坦的口中。

我在以色列的特拉维夫，有一位做医生的好朋友。有一天，聊起孩子的职业选择，他对我说：

“当我儿子说他想考医学院时，我告诉我的儿子，如果你只是想赚钱，那你就要重新再思考一下。”

我当时听了他的话大吃一惊，问他为什么，不是有很多年轻的学生，为了将来能有一份收入好的职业，才拼命地要考医学院吗?

我的这位犹太医生朋友莞尔一笑，说：“我不是反对我的孩子学医生，但如果他只是为了赚钱多就学医。他迟早会后悔的，并且他最终也不会胜任一个好医生。因为医生这个职业非常辛苦，先要花七年的时间读医学院，当了住院医师，常常是三天两头不能睡觉。好不容易当了主治医师，即使是自己拥有了一个诊所，也每天都是和愁眉苦脸的病人打交道，没白天没黑夜的。

“我希望我的孩子，是真正因为有治病救人的理想，真正有济世的使命感，才去走这条路。而不是简单地因为金钱的驱使。我不想左右孩子的未来，但是，我会给他这样一个提醒，让他再重新思考一下自己的选择。”

反观今天的中国家庭教育，往往着眼于孩子将来是否有出息，能否找个好职业，能否在顺境中度过一生。所以，一看到在国内或在世界上出现了优秀的网球选手，就让孩子学习网球；觉得电影明星很耀眼，就让孩子们去考表演学院；别人家出了钢琴家，自己的孩子也要去学习钢琴……殊不知，那些成名的人为了寻找适合自己的道路，曾经历了多少的苦恼、努力、挫折和教训！这样的父母根本就没有考虑到这些，只是单纯地按照自己的价值观来安排孩子的人生路。

想一想，作为父母，我们是不是也该扪心自问：我们有没有因为眼界的狭窄，而出现对孩子的教育失误呢？会不会因为今天的失误而使孩子输掉未来呢？很多家长总喜欢把孩子的一切道路规定好、安排好，铺陈好，孩子只要安心学习就足够了，至于思考能力、选择能力、自我探寻能力常被看做二线能力，处在被忽视的边缘。如果父母想通过辛苦包办让孩子做“最好的自己”，那是很难长远的。习惯被包办的孩子一旦进入社会，就算不被欺负，也不会被重视。

与此相比，以色列家庭的育儿观有很大不同，他们的着眼点在于放手培养孩子的独立思考能力。思考是由怀疑和答案组成的，思考是学习的基础。他们教育孩子学习是打开智慧大门的钥匙，而思考能让你推开大门走进更广阔的天地。出于这样的教育观念，犹太人非常注重父母和孩子之间的思想与感情交流，父母经常与孩子对话和探讨，并常常对孩子加以引导，诱导孩子进行思考。因此，犹太人也拥有了雄辩的口才和判断能力。

今天的中国孩子博闻强记，比以往的孩子更聪明，但是他们的心灵却有着更多的困惑。孩子习惯了听从父母、老师的安排，从小就迷失在“不会建立人生坐标”的海洋里，养成了判断力贫乏症。

北京师范大学教授、学术明星于丹谈到教育误区时说：“今天的中国孩子是物质上最富足的一代，又是精神上最贫乏的一代。今天的教育无论从教学手段还是教学环境上来说都处于最好的时代，但也是存在很多误区的时代。让锦衣玉食下的孩子摆脱哀愁的办法就是让他们‘辽阔’起来，帮他们建立起人生坐标。当一个孩子的世界中只有奥数和英语，只有练琴和考试，他也就无法明白什么是理想、责任、社会担当。”

如何帮孩子学会建立人生的坐标？如何教孩子学会面对人生的选择题？

比尔·盖茨的父亲曾说：“直到今天，儿子盖茨对一些事情的看法非常顽固，我却选择了容忍和支持，这在很大程度上成就了日后的他。”

电视剧《我的青春谁做主》前段时间在国内热播，剧中的父母们和现实中的父母一样，整天理直气壮、不由分说地为孩子们规划人生。孩子受什么教育、嫁什么人等等人生最重要的拐点，通通由他们说了算，仿佛这样才会打造出万无一失的好孩子。

我与“老乡”在上海钻石交易中心

该剧深受“80后”、“90后”的热捧，剧中的姥姥有一句很精辟的话，我把这句话抄在本子上，经常和很多父母分享：“很多做父母的，一辈子都不知道给孩子的心里留下了什么。如果不能改变结果，那就完善过程。”

人生不会像数学问题一样，有准确的答案或公式。世界越复杂，需要正确判断和选择的时候越多。很多父母非常愿意在孩子身边，不辞辛苦地替孩子作选择。但是，父母根本没有那么多精力为孩子作所有的选择，正确的判断和选择最终还是要孩子自己来作出。这时，父母就应该训练孩子自己作选择的能力。

犹太父母是孩子的“参谋”

诺贝尔文学奖获得者、以色列女作家戈迪默在谈到自己民族的家庭教育时，说过这样一句话：“我们的家庭教育是民主的、开明的，父母在教育上首先是尊重孩子的选择，他们从不强迫孩子的意愿，他们总是鼓励我们自我思考并作出选择。”

是的，戈迪默说得没错。作为一个从中国移民到以色列的母亲，我从四十四岁开始，接触到犹太家庭教育，我发现犹太孩子比中国孩子话更多，看起来似乎更吵闹。以我们熟悉的中国式家教来看，孩子应该听父母的话，而不是和父母探讨不休。但是，在以色列的任何地方，都不难看到妈妈和孩子在对话。当然，这样的对话式教育法要求父母有足够的人情味和忍耐性。不过，犹太父母把自己定位为“参谋”，极大提高了犹太孩子的选择判断能力。

有的犹太学生在大学预科时攻读心理学，后来把专业改成了法律，最后当了律师。也有的本来在哲学系学习，突然转到了医学院学习医学。像这样换专业的情形各种各样，而且在犹太学生中极为常见。这是因为他们一直在寻找最适合自己的领域，因为他们相信，只有这样才能将自己的能力发挥到极致。至于在选择过程中出现的错误，也帮助他们扩大了视野和丰富了体验。

将孩子的人生交给孩子自己去负责，让他们自己支配学习和娱乐的时间，自己选择未来想从事的行业，自己决定每天二十四小时怎么度过……这会有很多好处，最大的一个好处就是能培养出用钱也买不到的孩子们的自立能力。

孩子的自主能力一旦培养起来，父母也会变得比较轻松。即使不用父母要求，孩子也会自觉去做，那么父母还有什么好操心的呢？但是，要想达到这种程度的效果，有一件事情很重要，那就是即使孩子做出和父母的期待不同的决定和行为，父母也要相信并守护他们。

我的小儿子辉辉读大学时，我跟他聊天，我的本意是希望他读外语本科时，多关注一下旅游行业，当时中国的旅游业非常受国外重视，是个比较有前景的行业。但是，儿子比我的眼光要长远。

他推心置腹地跟我说："妈妈，我每天出去观察、寻找，会给自己定个指标。我不是要赚钱，不是要有多少数字，而是一直在思考自己应该钻研哪个行业，希望自己每天的时间过得物有所值。"

钻研是犹太人的成功之道。分析众多犹太商人的成功之路，发现他们大多是先通过钻研成为某一行当的行家里手而后以之起家的。在以色列，与犹太商人打交道你也会发现，他们知识面很广，眼界很开阔，不愧是一个拥有几千年辉煌的商业智慧和丰富的商业实践的民族。

"儿子，你有什么想法？"

"妈妈，我想试试钻石行业。"儿子跟我说了他的分析，他给以色列钻石公司的老板做过一次翻译，在这个短暂的工作过程中，他觉得自己和钻石结下了奇妙的缘分。尽管要成为钻石行当的行家绝非易事，钻石的鉴定和分级是一项技术性极强的工作，需要从业人员付出超乎常人的努力。但是，他还是想珍惜这个机遇。

儿子想挑战钻石行业，做母亲的我惊喜又担心。有一种说法，英文中"jewel"（宝石）一词便是从"Jew"（犹太人）转变而来，尽管这个提法无据可考，但犹太人最早开发了宝石的首饰用途却是事实。犹太人的钻石加工和经营天赋来源于民族历史积累。翻阅历史，犹太人已经有长达三千多年的钻石贸易史，以色列是世界上钻石加工自动化水平最高的国家，世界各地的钻石商主要是犹太人。做一个钻石商是我想都不敢想的事情，但是，辉辉却敢于有这样的梦想。我担心的是，犹太钻石商是全世界知识面最广的商人，有一句俗语形容他们说：很可能就连"太平洋底部有哪些特殊鱼类"这样的生僻问题都能一清二楚。这么高的门槛，辉辉怎么能跨进去呢？

但是，我明确自己的定位，我是儿子的参谋，不是儿子的领导，我不要指手画脚地来安排他的人生道路，我要做的就是适当地提醒和支持。我说："儿子，如果你要从事钻石行业，那么请你马上辅修钻石鉴定课程，而且不能耽误你的专业课学习。"

辉辉选准了行业，付出了超乎常人的努力，抓住了人生的机遇，当中国钻石市场出现庞大的需求时，他也如愿以偿地实现了梦想，成为一个学识渊博的成功商人。

辉辉的成长过程给了我启发，今天是全球化时代，人才竞争早就不同于以往。作为父母，要松开捆绑孩子心灵手脚的枷锁，让孩子能按照自己的心志，以他自己的速度，去寻找到自己的人生坐标。

这样的道理，也许用辉辉自己的话来讲，更有说服力。有一次，辉辉在电话中对我说："妈妈在教育我们的时候，一直帮我们寻找坐标，鼓励我们建立理想，思考自己的道路。我非常感谢这一点。我懂事以后回想，在我们小的时候，妈妈带着我们三个孩子那么辛苦，生活也不富裕，本来应该教育我们多多挣钱的。但是，您都没有这么做。我按照妈妈的教育，尽全力去追求自己的理想。后来，我去上海读大学，您还支持我花很多钱去学钻石鉴定，鼓励我不要只看眼前的一些利益，要把眼光放长远。现在，我在事业上取得了成功，有了好的经济条件，能够自由、幸福地生活，都是妈妈赋予我的。"

在女儿的成长过程中，我也是坚定不移地站好我的参谋岗。每逢假期，我常常约女儿一起喝下午茶，在优雅静美的音乐中，我和女儿边喝茶边聊聊她的小梦想。这是我和女儿的"蜜糖时间"。我的经验是，相比正襟危坐地在家里对孩子发号施令，父母在这种气氛中更容易和孩子心贴心，真正发挥出参谋长的作用。

女儿现在刚高中毕业，还在服兵役。但是，我知道她念念不忘回中国读大学，她一有空就上中国网站浏览中国各高校的相关信息。我了解，女儿梦想做一名外交官，她想读政治经济专业，为了实现这个目标，她一直在用自己的小手努力地铺路。我告诉女儿，我为她感到自豪和骄傲，因为她有梦想、敢担当，无论未来她的外交官梦是否能梦想成真，她自己动手铺就的路一定会延伸到更远的彼岸。

未来社会，行业起伏变幻莫测，一会儿IT热，一会儿金融热，父母也没有千里眼，没法帮助孩子安排一个稳定的职业结构。我看过韩国劳动部做过的一个职业发展调查，调查显示说截至2009年，韩国的职业种类已达12490种。和五十年前的1000多种相比，足足增加了十倍以上。知识经济的崛起更考验年轻人的事业规划能力，更要靠他们自己去思考、去判断、去决定、去实施、去改变。

真正为子女幸福着想的父母，在这个时代要改变传统的教子观念，要有超越世俗成见的慧眼，自己向后退一步，为孩子多创造挺身而出、探索外界信息的机会，而不是冲锋在前，一手包办，挡住了孩子展望未来的视线。

如果孩子有自己的想法、方向，而且有决心去做，家长就要放手。家长若有不同的意见，在彼此充分沟通后，最好还是让孩子自己作决定。让孩子能按照自己的心志，以他自己的速度，去寻找到自己的人生坐标，朝着或许平凡却不平庸的理想人生前行。因为，只有在深入思考之后产生的信仰才是最坚定的信仰，尽管飞得慢，却能续航到终点。

如何培养孩子的选择能力

1. 既要鼓励孩子去尝试，又要培养孩子承担后果的勇气。

2. 培养孩子的好奇心，不要什么都教他们，让他自己去试，失败也没关系。

3. 要把选择权给孩子，让孩子成为自己的主人。

4. 要信任孩子，信任比惩罚更能够激起责任心。

5. 需要练习，需要犯错，需要重复。选择力的培养，像其他能力的培养一样，需要吃一堑，然后才能长一智。每一个选择的后果，都能培养孩子对因果责任的承担。

6. 倾听孩子的异想天开。在父母眼里异想天开的孩子的想法，说不定日后就会成为震撼世界的创意的开始呢。别再把孩子圈在固定观念里，要放下保守想法，接纳“随心所欲的孩子”，多给予肯定和表扬。

7. 谈到孩子未来规划时，父母不要操之过急，应该和孩子一起思考，并采取一致的态度，不要过度强调父母的想法，因为父母所认为的成功捷径，有时候反而是孩子通往成功的绊脚石。

8. 多提供孩子探索和体验信息的机会，包括多带孩子参加博览会，生动地体验职业。和孩子一起关注职业信息，并且协助孩子定下具体目标和计划。

授人以鱼，不如授人以渔

有一个渔夫的故事，在以色列家喻户晓。

有个渔人有着一流的捕鱼技术，被人们尊称为“渔王”。然而渔王年老的时候非常苦恼，因为他三个儿子的渔技都很平庸。

于是他经常向人诉说心中的苦恼：“我真不明白，我捕鱼的技术这么好，我的儿子们为什么这么差？我从他们懂事起就传授捕鱼技术给他们，从最基本的东西教起，告诉他们怎样织网最容易捕捉到鱼，怎样划船最不会惊动鱼，怎样下网最容易请鱼入瓮。

“他们长大了，我又教他们怎样识潮汐，辨鱼汛……凡是我长年辛辛苦苦总结出来的经验，我都毫无保留地传授给了他们，可他们的捕鱼技术竟然赶不上技术比我差的渔民的儿子！”

一位路人听了他的诉说后，问：“你一直手把手地教他们吗？”

“是的，为了让他们得到一流的捕鱼技术，我教得很仔细很耐心。”

“他们一直跟随着你吗？”

“是的，为了让他们少走弯路，我一直让他们跟着我学。”

路人说：“这样说来，你的错误就很明显了。你只传授给了他们技术，却没传授给他们教训，对于才能来说，没有教训与没有经验一样，都不能使人成大器！”

岁月的沧桑让渔王攥了一大把捕鱼的经验和窍门，他想把这些秘诀传给儿子，渴望他们通过捷径再速成一个渔王。但是“招数”不对路，导致欲速则不达。

没错，我们做父母的也拥有像渔王一样宝贵的人生财富，又何尝不想急切地传授给孩子呢？但是，**我们常常和渔王一样忽略了有效教育的一个关键词：体验。**

其实，每个人出生都是一张白纸，而他经历的每件事或者每次跌倒都是一篇生动的文章，他们愿意在自己生命的白纸上绘上多姿多彩的图画，无须父母画好框架，无须父母越俎代庖。我这里引用一句话：爱子心切父母心，看子跌倒终不忍；放手锻儿如炼金，风浪成长出才俊。

来以色列不久，辉辉跟我说，他想买一辆二手自行车。我想，孩子上学放学也方便，再说家里也确实需要一辆自行车，于是就答应了。

辉辉跟邻居家的小孩一起踢球时，就问大家谁知道哪里有卖旧自行车的。

隔壁邻居十四岁的儿子布朗马上说：“我知道谁要卖旧自行车，我帮你联系。”

辉辉听了特别感动，马上跟他说：“太好了，谢谢你。那就麻烦你了！”

我们家和隔壁邻居家相处得一直很好，他们知道我们是谢莫纳镇第一家中国移民，平时很照顾我们，我时常把自己做的春卷让辉辉拿给他们吃，他们也常常做各种小点心送给我们品尝。我想，隔壁孩子主动说帮忙，一定会帮忙的。再说，隔壁孩子也知道辉辉想买自行车送春卷更方便，他会帮辉辉留心的。

果然，没两天，邻居孩子布朗就过来敲门找辉辉：“我帮你联系好了，价格是一百五十谢克尔。你现在跟我去推车就行了。”

辉辉拿着钱就跟着邻居孩子下楼了。到了楼下，他让辉辉先等下，他去马路对面把车子推过来。辉辉拿到车，就把钱交给了邻居孩子，然后，又由他交给马路对面的卖主。

几天后，辉辉回家后垂头丧气地对我说：“妈妈，我遇见自行车的卖主了，他说，他是以一百个谢克尔卖出的，但是，布朗为什么要卖给我一百五十谢克尔呢？他怎么能赚我这么多呢？”

辉辉说什么也不理解，隔壁男孩为什么要赚自己五十谢克尔。我听后也特别不理解，他怎么能这么赚邻居的钱呢？而且，一下子就赚去了三分之一！他怎么如此没同情心？

但另一方面，辉辉做事情也有点欠思考，太嫩了。

父母看到孩子作出错误的决定时往往都会感到坐立不安，如芒在背，但是对于父母来说，在看到孩子犯错误的时候不妨给孩子留出思考空间，不要把他们逼得无路可走。

当孩子所作出的决定不能如孩子的心意发展的时候，我反而会感到高兴，因为这对孩子们来说本身就是一种珍贵的教训，通过这样的经历，孩子才会养成对自己负责的习惯。

我就问辉辉：“他让你站在马路对面不要过来时，你为什么站在原地不动呢，为什么不跟上去问一下？”

辉辉就问我：“妈妈，如果是你在场，你会怎么办？”

“但是，儿子，你不是我。如果是我在，我就会把这个买卖取消了。但是，儿子，妈妈知道，你太想要那辆自行车了，所以你就当花钱买教训了。”

“妈妈，我当时是不想买了，但是话到嘴边，我没说。妈妈，我明白了，我知道自己太嫩了。”

卖给辉辉自行车的男孩子当时十五岁，辉辉当时十四岁。辉辉的“明白”两个字中，有很多含义，我这个做妈妈的，就不用再多说了。

不过，我还要对孩子进行正面教育。我告诉辉辉，不能因为布朗占了你五十谢克尔的便宜，就失去了对友谊的信任、对诚实的信仰。眼前的得失并不重要，重要的是不论得与失都不改变自己的本性，那就是要做一个正直的人，做一个有人望的人。

这件事过后，还有了一个意外收获：辉辉学会了做生意的一个基本理念，就是掌握成本和利润的关系。布朗把帮辉辉联系自行车卖家、打电话联络、出力跑腿的费用都算进自行车的成本中，这个成本理念给辉辉上了一堂生意课。做生意是要赚钱的，当然同学之间、邻里之间、朋友之间还是要另当别论。

开放的社会受到多元文化的影响，社会环境会越来越复杂，所以，家长们也要引导孩子凡事多思考、多辨别，否则不仅可能好心办坏事，还可能受骗上当，自身安全也没有保障。但是，从家长们的主观愿望来说，却并不希望孩子头脑复杂，因为孩子就像小动物，虽然生长在备受约束的人类社会里，却单纯得无法明白烦琐的道理。孩子需要去学习和摸索，需要一个调整自己行为的过程，这更需要成人的包容和理解，也就是要给他一个空间。

“自行车事件”让辉辉结结实实地上了一课，这堂课看似不尽如人意，但却难能可贵。辉辉进入钻石行业后，做生意善于思考和分析，遇到商机不冲动、不急躁、不鲁莽，会琢磨一下对方话里的意思，分析一下消息的来源及真伪，然后再决定如何应对。而且，他还从“自行车事件”中汲取了一个道理，就是以诚信为本，不计较眼前得失。这样一来，他的朋友越来越多，生意越做越大，从中国到日本、韩国、新加坡、越南、菲律宾……辉辉常常说：“当时，妈妈没有埋怨我被邻居小孩骗了，却反过来告诫我做生意最重要的是做人。在以色列，如果一个人又精明又很坏，那么他的生意就别想做了。我在做生意时，从来不怕精明人，怕的是不守信誉的人。商人只有精明，生意才能做下去，合作才能长久。”

其实，辉辉即使不在“自行车事件”上摔这一跤，他也迟早会摔跤，这是成长的必然规律。总结几次经验后，我发现孩子由于拥有的知识不够丰富，加上逻辑思考能力不成熟，因此常常无法作出正确判断。但他们随着身心成长及知识增加，也会拥有作出正确决定的能力。在这个过程中，孩子累积经验很重要，也就是说，父母必须给孩子练习如何作决定的机会。练习过程中，一定会作出错误判断，但是，这些错误的经验将是孩子作出正确决定的基础。

我们把一个生命带到世上是让他自己去体会、去经历的，所谓“Life is a journey，not a destination”。而我们往往由于爱子心切，把孩子们该去经历的生命的自由残忍地扼杀了。

我也犯过这样的错误。有一次，女儿学校里组织孩子给芭比娃娃做服装比赛。我给女儿买过很多芭比娃娃，女儿平时就很喜欢拿着剪刀给芭比娃娃做衣服。她的房间里，各种芭比娃娃躺了一地，我刚开始还不明白她这是什么用意，但我也没干涉她，后来，我才发现，她在自己玩游戏。

“你好啊！”女儿代表一个芭比娃娃在讲话。

“你好，doctor，我身体不太舒服，你能给我看看吗？”……女儿会给各种芭比娃娃换衣服，然后一起玩游戏。

女儿对芭比娃娃服装比赛很上心，她在家里剪啊，缝啊，其实女儿做得是很不错的，她给芭比娃娃身上裹了五颜六色的布块，还做了一顶帽子，帽子上还插了一根羽毛。

我看到后，就把一个看起来比较烦琐的裁剪给去掉了。女儿插不上手，帮不上忙，索性在一边自己玩了起来。虽然我最后帮她做的作品肯定比她自己设计的更协调，但是，想一想：我干吗要反客为主呢?

如果我常常怀着这种愚蠢的“怜悯心”，用自己的“剪刀”为儿女精心割剪着一切阻拦，使孩子们很轻易地得到自己想得到的东西，使孩子们轻易地做到自己想做的事情，那么，孩子们便难以形成那些经过“挣扎”才能获得的健壮体魄和坚韧不拔的性格，他们反而更容易成为未来社会竞争中的失败者。如果真爱儿女，就要用父母的智慧，帮他们锻炼出硬朗的翅膀，而不是阻挡他们爬出茧外。

我曾经看过毕淑敏的一篇散文，叫做《学会看病》，后来我才发现它是我们小学语文教材的入选篇目。《学会看病》的故事就是发生在毕淑敏和她儿子之间的真实故事。因为这份真实，我佩服毕淑敏作为母亲的勇敢，也佩服她的智慧。

文中写到，她儿子有一次感冒了，为了让孩子学会独立，作为医生的她让孩子自己去医院看病。在儿子独立去看病的过程中，毕淑敏心里波澜起伏：“因为担心孩子，心疼孩子，所以觉得时间的流动艰难缓慢。”那是一个母亲心中与生俱来的血脉柔情。可是，爱子真情，也是对她身为母亲的考验：“我清楚自己作为母亲的责任。所以，孩子，不要埋怨我在你生病时的冷漠。总有一天，你要离我远去，独自面对生活。我预先能帮助你的，就是向你口授一张路线图，它也许不那么准确，但这是我的责任。”

毕淑敏的这份勇敢不是所有的母亲都能做到的，但是，她给普天下渴望真正爱孩子的母亲树立了一个榜样，也给为人父母者留下一份震撼和启示：别因为我们多迈出来的那只脚，衍生了孩子们的平庸。

培养孩子处理突发难题能力的方法

1. **倾听是一剂良药。**倾听不需要你教育孩子“你应该怎么做”、“你不应该做什么”，倾听是你作为一个有耐心、善解人意的听众，去抚慰孩子受委屈的心灵。

2. 有时，孩子面对突发难题会表现出徘徊、犹豫，甚至是不知所措，在这种情况下，**父母应该帮助孩子理清思路，给孩子一个回旋的机会。**

3. **对孩子的独立业绩作出及时的反馈。同时注意，父母的意见只是参考，而不是命令。**

4. **内紧外松。**不要让孩子感觉到他的一切都在父母的监控之下，这样容易把他处理突发问题的能力消磨掉。

5. 孩子胆小，父母不要有意刺激他，**要引导孩子将心里的恐惧说出来，要体谅他的顾虑，接受他的感受，同时向他表示支持。**父母还要多带孩子到公共场所，开阔孩子的视野，消除他对陌生环境的恐惧，增强处理突发问题的适应性。

6. 要培养孩子“自己想办法”的习惯。刚开始可以告诉孩子怎么做，但最重要的是，逐步培养孩子的判断力，让他们学会自己想，自己去处理问题，不要什么都想帮孩子做。

五

狠下父母心，深深爱

同心协力经营爱

有的家长说："有偿生活机制会不会破坏我和孩子们之间的感情啊，那不是得不偿失了？"

其实，这种想法没理解犹太家教中有偿生活机制的精髓。让孩子学做家务事，从小培养孩子的财商，激发他们的生存技能，点燃他们的理想和追求，不是要做一个狠心的周扒皮妈妈。因为真正有智慧的父母，会通过爱，让孩子感受到"这是爸爸妈妈为我的明天做的"点点滴滴，可以体会到父爱的浑厚与深沉，母爱的绵长与体贴。当孩子借助父母的篝火之爱发生脱胎换骨的改变时，亲子之情不仅没稀释，随着孩子年龄的增长，他们反而会更感激父母这片良苦用心，更钦佩父母高瞻远瞩的智慧。所以，"有偿生活机制"的最重要课题，首先是经营好你和孩子之间的爱。犹太家长藏起一半爱，不是扔掉一半爱，相反，他们更要让孩子明白什么东西是真正值得拥有的——是亲人，是快乐，是爱。犹太家长不充当孩子的提款机，不做孩奴，一样也能让孩子的内心感受到童年最大的快乐和幸福。

在我小时候，我就品尝过我父亲给予我的这种爱的教育。父亲一方面教导我不要当"豌豆公主"，要做勤劳的姑娘，一方面，每逢周末，他就带我去参加朋友们的聚会，或者去喝下午茶。他摸着我的头，对我说："沙拉，犹太人工作的目的是为了生活得更幸福，不要因为生计而忽视享受生活，它会让你失去很多美好的东西。”

在和父亲一起喝茶、吃甜点的时光中，我度过了童年最美好、最无邪的时光。至今，我的脑海里仍然记得父亲放松地靠在椅背上的样子，他一边听着舒缓的音乐，一边跟我讲一些我小时候的事。

就像从前我父亲带我去喝茶、聚会一样，做了母亲的我，也常常带女儿去喝下午茶。女儿小时候，我们的经济条件刚刚雨过天晴，我虽然还承担不了比较奢侈昂贵的消费，但是，每个周末，我都会带孩子出去，给她营造一个特别的、精心的约会。我希望，可以和女儿共度一些有意义的时刻，让她感受到流光的美妙和浪漫，而不全是让人分心的家庭琐事。

从我和妹妹第一次在公主茶室一起喝茶的时候开始，我和她共度的时光就变得妙不可言了。有时候，我们会点一些玫瑰花茶或者是花生松饼。女儿用优雅的姿态吃着小松饼，每咬一小口，都抹上一点奶酪和果酱。她还喜欢把蓝莓果酱调在红茶里，去创造一些新的口味。公主茶室的环境比较高雅，古典音乐环绕在耳边，得体的女服务员穿着维多利亚

时期的少女服装轻轻地穿梭。在这样亲密的谈话时间，我放松地靠在椅背上，可以耐心地回答女儿各式各样的古怪问题。有时，我会跟女儿侧耳倾听正在播放着的背景音乐，在心里打拍子，边听边学。

我和女儿都非常期待每周的公主茶室之约。慢慢地，喝茶的时光陶冶了女儿的个人修养，她的气质也越来越从容、优雅。不久前，我在上海的一些朋友去以色列玩，他们约了女儿一起去逛街，女儿特别耐心地给他们做翻译，帮着他们挑选各种预备带回国的礼物。回到上海后，朋友们都向我称赞妹妹：小姑娘是那么清爽、不张扬，说话慢悠悠的，吃牛排时显得那么优雅。我的朋友们真诚地说，特别希望我女儿能去他们家里玩，因为她给人的感觉如沐春风。

这么一回想起来，和女儿一起喝茶的时光，真是没有白白流逝。这些时光让我和女儿共享了天伦之乐，也让女儿成为一个懂生活、有气质的优雅姑娘。别看犹太家教从小培养孩子的财商，好像非常功利的样子，其实，当你真正触摸到犹太家教之后，才发现，犹太父母从来不会忽视亲子之间的感情生活，像中国父母子女之间一样，黏糊着呢！

除了与女儿相约下午茶，我还和孩子一起做“时间旅行”，经常唠嗑，一起回想那些特别有意义的过去，以此增强整个家庭的凝聚力。

吃过晚饭，就是我们家“时间旅行”的大好时光，我慢条斯理地给孩子们讲述他们小时候发生的有趣故事。孩子们特别喜欢听小时候的故事，他们想要知道有关自己的神秘故事，包括他们是怎么出生的，他们刚生下来是什么样子，他们出生以后的点点滴滴……这里建议做妈妈的不妨从孩子出生后就有个笔记，随手记录下孩子们的第一次，什么时候他第一次吃外面的东西，什么时候他第一次发脾气，什么时候第一次会笑，第一次会拿东西。当然不用记录他什么时候第一次哭，因为哭是天生的。比如说，我的大儿子以华小时候特别漂亮，每逢带他出门，大家都会掐掐他的小脸蛋夸奖他。在跟以华唠嗑时，我就告诉他，当时他是怎么笑的。还有，以华第一次会用钱的时候，花了三毛钱，买了茶叶蛋，这是他第一次消费。我给他起了个小名叫三毛钱。边给以华讲这些老故事，我边嘲笑长大的以华：“以华，你的脸那么白，一点也不像茶叶蛋。”

“时间旅行”让孩子们知道，自从他们来到这个世界，我就陪伴在他们身边，不论什么时候，不论我是否还在世，我的爱永远在他们身边。他们既感到安全温暖，也为母亲的责任感而感动。在“时间旅行”中，我们全家人一起享受着生命成长的快乐与神秘，一起共建着血脉之情的黏稠。

晚上唠嗑听故事时，以华和辉辉都要和我睡，怎么办呢？我就一个人睡床一头，老大以华和老二辉辉一个人抱我一个脚后跟。他们俩一个人一边。可是，他们俩一人抱我一个脚后跟，我没法翻身。翻身前，我得跟他们俩申请。怎么申请？我跟左脚说：“对不起，左脚动一下。”然后再跟右脚说一下：“我要动了，右脚请动一下。”

一个家庭不是随便就能运转好的，它需要精心经营。我常说，“爱”不只是一个名词，更是一个动词，爱孩子是需要经营的。

心心相印为了爱

父母经营爱发生疏忽时，孩子们就会提抗议。

刚到以色列时，有一阵子，我常常炒卷心菜给他们吃，吃的次数多了，他们就烦了。一天晚上，我照常把菜烧好，端到饭桌上，可是老大和老二开始抗议：“妈妈，不好吃，我们不想吃。”最小的女儿也在后面瞎起劲地说：“不好吃，我也不吃。”

抗议是三个孩子预谋好的，目的是要我改善伙食。我马上警醒，意识到是自己疏忽了，因为生活压力比较大，忽视了孩子们的饮食（当时，我还是全职的“电饭煲”妈妈）。

这时候，天色已经晚了，菜市场已经关门了，家里也没有什么更好的东西。

聪明的妈妈怎么办？我立即跑下楼，去杂食店里买了点火腿，就着冰箱里的小绿豆，我又打了三个鸡蛋，给他们做了满满一锅五颜六色的扬州炒饭。一端上桌子，三个孩子乐坏了，马上就吃了。其实，菜还是卷心菜，只是摇身一变成了色香味俱全的扬州炒饭。

孩子们不吃妈妈烧的饭菜，是对妈妈最大的打击。外国妈妈特别是犹太妈妈，小孩子不好好吃饭，过了饭点，就不给你吃了。但是，孩子们这次罢餐完全是由于我忽略了给他们更换菜式，所以，我马上做出修正。如果你想树立家长的权威，首先就要尊重孩子的合理建议。

虽然家里当时的经济情况不是很好，我们不能每天都吃四菜一汤，但从那以后，我特别注意，每逢周末，我会跟三个孩子说："来，孩子们，我们一起来做饺子！"饺子馅由孩子们自己来定，每个人动手包一小盆，有牛肉的、有洋葱的、有胡萝卜羊肉的，还有素馅的，这让他们包饺子的热情很高涨。

搞好爱的经营，全家人心心相印。说来让我掉泪，他们在楼下踢足球时，见我买菜回来就急忙跑过去，把菜接过来拿上楼。家里吃鸡时，本来鸡腿、鸡翅、鸡胸脯都给孩子，可是他们却争着说："我要吃鸡脖子，把脖子给我。"我以为他们爱吃鸡脖子，就把鸡脖子捞出来，一剁三段分给他们，这时才发现鸡腿、鸡翅和鸡脯肉都在我的碗里。每当孩子吃橘子时，吃到甜的都要给我留着。当我进屋时，三个孩子都举着橘子喊道："妈妈，吃我的橘子，我的橘子是最甜的！"

还有一年冬天，正好是以色列的雨季，我冻发烧了，强挺着把卖春卷的摊收了，去医院看了病买了药，回来舍不得花钱坐车，就扶着墙走回家，平时大概十五分钟的路程，那天我足足走了四十多分钟。到家我就躺在床上。三个孩子放学回来一看我生病了，赶紧给我熬了点大米稀粥，让我先吃完药睡着了。半夜，忽然发觉孩子在推我，就看见辉辉一手拿着茶杯，一手拿着药，跟我说："妈妈，吃药。"后来，我才知道，他们兄弟俩研究了我买的药，一看上面写着每六个小时吃一次药，就自己分好工，前三个小时老大以华看着，后三个小时，老二辉辉看着。想到两个孩子，在那么冷的寒夜，就抱着个大热水袋给我看点吃药，我是把眼泪和药和在一起吃的。

现在，三个孩子都长大了。他们不能像以前促膝而坐，围绕在我身旁。可他们每逢公休假，就会来看我。有一回，晚上快6点了，老大以华打电话说要到了，我很开心。我就想给他炒个青菜，那是他最喜欢吃的。切菜时，儿子知道我腰不好，非要自己切，看拗不过我，他就说，

感受“花木兰”的军训生活

那妈妈我给你先做做按摩。

我正准备切菜，这时，客厅的电话响了。他就去接电话，他才走了两步，就回过头，跟我说：“妈妈，你当心手啊。”儿子在那边接电话，我的泪水就往下流。想在这里告诉天下儿女说，其实母亲要的东西真的很少，轻轻的一句关心也好，把母亲放在心上也好，都会让母亲有着无限的欣慰和满足。以华非常快地把电话挂断后，再赶过来，我没有让他看到我的眼泪。以华的细心叮咛，在我心中久久不能忘怀。每每跟朋友唠嗑时，聊起这件事，真有说不出的味道。

上文我们说，犹太家庭教育和我们中国古代家训如出一辙，强调爱与教结合，不患不慈，就患知爱而不知教。爱与教结合，但爱和教都要有度，光强调教，孩子就成了教育的靶子，他感受不到爱，他和父母之间的爱也就不会流动。

曾有朋友到我家，看到儿子给我买的花园洋房后笑着说：“我最羡慕你的是，你能有这么好的儿子。都说养儿防老，你呢，真的做到了。”

是啊，我是不是在向孩子索取爱的回报？是，也不是。索取回报只是形式，而教会孩子感受“爱”，做爱的搬运工，促成双向流动的爱，懂得感恩，这才是我最终的目的。当孩子有意向表达出对父母的爱时，父母可以清楚地让孩子知道：你的爱我体会到了，我为此感到很快乐。这种反馈给孩子带来的快乐是难以言喻的，这会让他乐于表达。

讲到这儿，我情不自禁地想起老二辉辉过生日时的一个故事。那是10月8日的早上，天刚蒙蒙亮，我醒了，躺在床上，正在想今天晚上该给辉辉做点什么生日餐。忽然，辉辉敲门跑到我的房间，挤在我的床边，左一个“妈妈”，右一个“妈妈”地叫我。

“妈妈，谢谢你！”辉辉忽然很正式地用希伯来语跟我说。

“我谢谢妈妈，孕育了我，把我带到了这个世界，让我看到了阳光，让我感受到生活是那么美！”

这段话是文学语言，辉辉说得有点磕磕巴巴的，我这才发现他手掌心里有一张小纸条，是用胶水固定上的。辉辉一边瞄着小纸条，一边用不太熟练的希伯来语跟我说：

“我现在还小，但是，我会好好学习，等我长大了，我会给妈妈一个灿烂的明天。”

孩子小小年纪，他的希伯来语词汇量又不多，都是自己在字典上一句一句查的，查完后写在纸条上再背下来。在儿子生日这天，做妈妈的听到儿子发自肺腑的感谢，真是百般滋味在心头。爱是一个大口袋，装进去的是满足感，拿出来的是成就感和幸福感。

孩子感恩心栽培法

感恩是人类的宝贵财富，是一种不可多得的珍品，是一种高尚的情操。当它升华时，可以奔流不息，可以惊天动地，可以发挥非凡的潜能。

孩子的感恩心可以从以下几个方面培养：

1. 教会孩子学会分享，这不仅是一种礼仪，更是一种健康的心态。在犹太人家庭里，父母与孩子之间的爱都不是单向的，而是双向互动的，孩子不只接受来自父母的爱，更懂得爱的反馈和回报。

2. 父母的榜样作用也是不容忽视的。在生活中，父亲与母亲既应各自承担家庭的责任和义务，又应共同分享家庭的利益。父母要在乎家中每一个人，关爱他人的需求，尊重他人的权益。父母的一言一行深深地影响着孩子，孩子会在对父母的模仿中体会到一种感恩的思想。

3. 犹太人认为，教育孩子感恩，要从教育他感谢父母开始。要让孩子明白，父母把他们养得这么大是很不容易的，孩子应该回报父母的养育之恩。犹太人经常给孩子讲动物感恩的故事：乌鸦长大后，还返回来喂自己的父母，就像当初父母从外面寻找食物喂自己一样。鸟都能做到这一点，更何况是人呢?

4. 让“分享”的观念在孩子心里生根。在大多数中国独生子女家庭里，父母非常宠爱自己的孩子，孩子就是家中的“小皇帝”，要什么

有什么，理所当然地独占——有的家庭在吃饭时把好吃的菜都留给孩子；看电视，遥控器由孩子主宰；家里来了小客人，孩子竟不容许妈妈把零食分给小客人吃。这样下去，“分享的观念”和“感恩的心”就难以在孩子的心里生根。

5. 犹太人让孩子经常说出自己需要感谢的人或者事，学会赞美人与微笑。他们相信，只有懂得感恩，孩子才会去帮助别人，关爱他人，万事不以“我”为中心，不欺负伙伴。这样，孩子与他人的关系就会越来越和谐。

6. 让孩子多接触大自然。如果孩子时时能用感恩的心来看这个世界，就会发现这个世界的美好——鸟儿歌唱，阳光明媚，花儿芬芳，这些都会愉悦他的内心。

7. 真正的感恩应该是真诚的，发自内心的感激，而不是为了某种目的，迎合他人而表现出的虚情假意。杰出的犹太人都是懂得感恩的人。

心灵零距离

在中国父母看来，西方人、犹太人对待子女没有人情味，这种观点大错特错。犹太人有一句极为睿智的格言：人类有三个朋友，分别是小孩、财富与善行。只有一个长时期在血与火的急流中跋涉而随时会遇到苦难的民族，才能构思出如此格言。犹太民族清晰地意识到，社会的未来和希望都寄托在孩子身上，孩子几乎接近神圣。犹太家庭是名副其实的“孩子的王国”。犹太人有一条规矩，孕妇应当享受特殊待遇，必须让她吃得好。在贫穷人家，甚至宁可大家挨饿，也不能让孕妇饿着。孩子一出生，就成了家庭的中心。用犹太人的话来说：“一岁是国王。”

从这个意义上说，犹太人也像中国人一样热爱孩子、尊重孩子，只是更注重爱的学问。

当孩子走完幼儿期，犹太家长就会把深沉的爱藏在心底，和孩子保持一个有境界的距离。在犹太家教理念看来，这个世界上所有的爱都以聚合为最终目的，只有一种爱是以分离为目的的，那就是父母对孩子的爱。父母真正成功的爱，就是让孩子尽早作为一个独立的个体从你的生命中分离出去，以他独立的人格，面对他的世界。这种分离越早，孩子未来就越容易适应。

可是，斩断脐带，并不代表父母与儿女之间分道扬镳，心生嫌隙。相反，犹太家长认为，真正有艺术的亲子距离，更要让孩子的手可以触摸到自己的心，感受到那份绵绵不绝的亲情力量，感受到血脉之间的缘分，即使远隔千山万水，也如同近在咫尺。

以色列《家庭教育》上讲述了这样一个道理：如果父母是张弓，孩子就是搭在弓上的箭。良弓无劣箭，父母应给孩子指出射向智慧人格的高度。所以，父母把爱藏起一半，不是丢失一半爱，而是爱得更深沉、更高尚、更科学、更艺术。

孩子们在求学期间，我与他们也是聚少离多。有一次，在外地求学的儿子辉辉给我打越洋长途电话。我听出儿子的声音有点不太高兴，情绪也比较低落。我远在特拉维夫，远水救不了近火，心里顿时特别焦急，不知道该怎么让他说出心事才好。

“儿子，怎么啦，有什么不高兴的事情吗？”我小心翼翼地问他。

儿子没精打采地说：“妈妈，真的没什么，您别担心了。”

儿子很懂事，不会用父母的爱反过来折腾父母。但是，我明白他一定是遇到了什么不顺心的事情，没有再追问他，只是安慰他说：“儿子，不管有什么事情，都别太担心，再大的事情都会过去的。”可挂上电话后，我还是有点放心不下，母子连心呀。他忧郁，我也跟着不晴朗。辉辉是个很外向的孩子，他有什么酸甜苦辣的心事，一般都会迫不及待地与我分享。这次他选择沉默，一定是有什么困难在他心里难以排解。

怎么办呢？隔着千山万水，我如何向儿子传达出妈妈的关怀和支持呢？想来想去，我拿起笔，给儿子写了一封信——

辉辉：

妈妈希望你读到这封信的时候，心情已经好了起来。

生活中，我们许多的忧虑实际上都是庸人自扰。世界就是无常，没有定论，你用好的眼光去看，那就是好的，用坏的眼光去看，就是坏的。妈妈想给你讲个好玩的小故事：

一只新组装好的小钟放在了两只旧钟当中。两只旧钟“滴答，滴答”一分一秒地走着。其中一只旧钟对小钟说：“来吧，你也该工作了。可是我有点担心，你走完3200万次以后，恐怕便吃不消了。”

“天哪！3200万次。”小钟吃惊不已，“要我做这么大的事？办不到，办不到。”

另一只旧钟说：“别听他胡说八道。不用害怕，你只要每秒滴答摆一下就行了。”

“天下哪有这样简单的事情？”小钟将信将疑，“如果这样，我就试试吧。”

小钟很轻松地每秒钟“滴答”摆一下，不知不觉中，一年过去了，它摆了3200万次。

听完这个故事，妈妈想跟你再分享一首老曲子，是门德尔松的《乘着歌声的翅膀》，希望这首优美恬静的曲子，可以带给你平和的情绪。

当年，我父亲曾告诉我：“歌声是一群永远活着的精灵。因为它们，无论快乐还是忧伤抑或痛苦，都能帮你找到快乐。”那时，年幼的我不能分享你外公远离故乡、避难上海后心中的那份酸甜苦辣，只能偎依在他身边，一知半解地陪伴他欣赏那一段段轻缓的音乐。

岁月之水不停地流逝，转眼我已经到了当年你外公的年龄了，终于可以体会，当年他为什么常常一个人静静地听音乐。只要旋律响起，无论何时何地，也不管浮躁还是悠闲，那一刻的安静与美好，使人觉得人生可以不那么干涸、紧张。

我去音像店买了门德尔松的《乘着歌声的翅膀》，连同信一起邮寄给远在上海求学的儿子，表达了我对他寄托的所有信任和关爱。让他知道，即使远隔千山万水，妈妈也会和他一起分享旅途上的酸甜苦辣，他不是一个人在战斗。

过了段时间，儿子在电话里语气郑重地跟我说：“妈妈，我收到了您的信，那首曲子真的很好听。谢谢您！”那一刻，我感到有一股暖流流进心田。

美国总统奥巴马夫妇在教育女儿的问题上也是如出一辙，他们努力

锵锵三人行

在爱的距离上把握好尺寸，和女儿手牵手滑旱冰，相互击掌鼓励对方，努力融入女儿的生活。只要是女儿发出邀请的社交活动，他们都尽量参加。他们非常注重了解女儿在学校的表现，与老师保持联络等等。

要推动孩子走向独立人生，要想有朝一日抽回扶着他的手，父母与儿女之间绝对要有“蜜糖时间”。比如孩子小时候入睡前，就是一段最佳的“蜜糖时间”。别对孩子没完没了的问题感到心烦，别对孩子让自己反复讲同一个故事感到厌倦。利用孩子入睡前的时间和孩子“谈情说爱”，让亲密的感觉成为调和亲子关系的“蜜糖”。

当你很认真地聆听孩子说话，孩子会慢慢学会跟你分享他的担忧、希望和心愿。而你充满爱意的拥抱、亲吻和抚摸，也会缓解孩子的不安，让他的身心都放松和满足，平静地进入甜美的睡梦中。无论和孩子东一句西一句地聊点什么，都是一种关爱孩子的表现。其实孩子的想法都很简单，就想父母平时多关心自己，多和自己沟通，哪怕跟父母说说自己在学校发生的一些微不足道的开心事，最想要的就是感受到父母和他们心贴心。

我和孩子们沟通时，有时会告诉他们我小时候也遇到过类似的情况，当时我是怎么处理的，比如伤心时怎么办、吃亏时怎么办、失落时怎么办等等，我把我的人生经验和教训心平气和地和孩子们一起分享。当孩子们知道我也是面对压力和烦恼一路走过来的时候，他们对我说的话就容易听得进去。妈妈的榜样力量也无疑增强了孩子们克服压力的勇气和信心。

中国工程院院士钟南山在一个报告会上，曾深情回忆起了对他一生产生巨大影响的母亲。他说母爱的核心是永远和你手牵手、心相连。他说："母亲有生我养我之恩，更有育我教我之德。上小学时我学习很差，五年级时有一次考试偶然取得了不错的成绩，妈妈很高兴地说：'南山，你还是行的啊。'妈妈的话让我一下子有了自尊心，从那时起，我就开始认真读书了。"

亲情是一辈子的联系，"父母爱我，了解我，支持我，永远和我在一起"是孩子独立面对这个世界最重要的能量。

了解孩子心思的小窍门

1. 细心收录孩子的生活资料。从孩子出生起就给他建立家庭档案，用以记录孩子的言行。从孩子的言行中可以发现孩子的优缺点、各种情绪反映和生活习惯、喜好等，这样教育起来可做到有的放矢。

2. 多方面听取对孩子的意见。从多方面获得孩子的资料可以避免对孩子认识上的主观偏见，有助于发现被自己忽视的问题。孩子最信赖的人是老师，最亲密的人是伙伴。从老师、伙伴那里获得的信息是父母最佳的选择。

3. 做孩子的知心朋友。作为父母，不必处处以长者的身份自居，否则孩子会对你关闭心灵之门，让你一无所知。茶余饭后可以和孩子聊聊天，谈谈心。两代人之间心理距离缩短了，就可以在不知不觉中掌握孩子的脾气、性格、兴趣、爱好等。

4. 珍惜孩子的点滴进步。通过孩子的昨天和今天的比较，能清楚地了解孩子的进步和闪光点，父母要舍得对孩子进行表扬和鼓励，让他获得成功和体验，这是教育孩子的突破口。

5. 及时地掌握孩子的思想动态。帮助孩子学会正确处理生活中遇到的问题，同时能通过语言把自己头脑中的经验、思想比较准确地传达给孩子。

6. 选择恰当的沟通方法。孩子的性格各有不同，这就需要父母根据孩子的特点，选择适当的谈话方法，这里有两种方法：直叙法，即父母直接向孩子表明自己的态度，其特点是快捷，但只适合于性格比较外向的孩子；间接法，即向孩子讲一个小故事或引用一个事例等，引起孩子谈话的兴趣，然后顺势引导到谈话的主题上来。

7. 寻找适合的谈话时机。孩子自身和周围环境里随时都可能发生一些事情，如果抓住典型事件，及时交流思想，其效果要比平时好，孩子也比较容易听进去。

8. 制造融洽的谈话气氛。很多父母平时和孩子思想交流很少，发生了问题之后就严厉训斥孩子，久而久之，感情距离渐渐拉大。为此，与孩子交谈，一定要制造一种和谐的气氛，说句笑话，讲点令人高兴的事情，拉近感情距离，效果就会好得多。

后退，却不放任自流

“特别狠心特别爱”，建议真正为子女幸福着想的父母后退一步，别做始终盘旋在儿女头顶的直升机，因为那是对儿女心灵的侵犯，也是对孩子成长需求的一种忽略，会降低孩子自身的免疫力、自理能力、适应能力和社会竞争力。

但是，后退一步不等于放任自流，不是真的把孩子马放南山。在以色列，尽管每个家庭的具体情况不同，但每个家长都有一个最低的行为原则，就是“我能放手让我的孩子走多远”，超过了这个原则，家长就不会放任自流。

你若问我后退一步、放手又不放任自流有什么经验，我首先想到的便是我们家的家庭会议了。以色列几乎每个家庭每周都定期召开家庭会议。以色列教育专家认为：在每周一次的家庭会议上讨论或解决孩子（四岁以上）的问题可让父母省却许多麻烦。许多问题都能通过家庭会议解决，但这不过是它给你带来的额外收获而已。它更主要的好处在于孩子可以通过家庭会议学会生存智慧，比如，掌握解决问题、与人沟通的技巧，懂得合作并互相尊重，培养创造力，知道怎样进行集体讨论、承担责任和表达感受，知道如何让家人快乐。

家庭会议记录着我和孩子们共同走过的心路历程。说说我们家庭会议的具体情节吧。我们的家庭会议时间定在每周六吃完早饭之后。大家边喝早茶边开会，早茶一般由女儿负责，她系着小围裙，端出自己烤制的漂亮的草莓小点心，在每个人的面前细心地摆上一小块。

会议主持者基本不是我，而是由孩子们轮流担任。除了主持者以外，每次会议还要有一个助理，负责协助主持、控制时间、做会议记录等工作，助理也是每周轮流担当。有了主持和助理，就能保证会议有条不紊地开展，其他人要做的就是参与讨论。家庭会议一旦开起来，每个家庭成员都会很积极地参与，因为讨论的主题都是在日常生活中遇到的，大家都会感到有话要说，不吐不快，而且知无不言，言无不尽。

“这周学习情况怎么样”、“最近和同学们相处得好不好”、“这周谁值日值得好”、“这周的菜谱是什么”、“怎么学希伯来语更快”、“春卷加点辣味会不会更好卖”、“鸡精最后放进去可以减少浪费”、“同学过生日该给他准备什么礼物”、“我想去面包房做兼职行不行”、“妈妈开个餐厅怎么样”等，都是我们在家庭会议上讨论过的

问题，看起来似乎很琐碎，却很重要。而且，这些问题在当时看来确实是我们家中亟待解决的问题。

有了家庭会议，孩子们感觉到心中有一条连接家人的纽带，知道妈妈就是他们的后盾，在危急关头，妈妈一定会该出手时就出手。“耶路撒冷小灶”就是在家庭会议上商讨出来的。

以华和辉辉来到以色列后，先进入语言学校学习。以色列的语言学校是用希伯来语教希伯来语。在语言学校的大门上挂着一个标语：“当你进入我们学校，请说希伯来语。”初到以色列的小孩，老师就用肢体语言来教他们，比如教希伯来语“开门”，老师就会做“开门”这个动作。遇到肢体语言表达不清楚的，老师就会用画画的形式来表达。很快，当小孩打开嘴巴，他的希伯来语语感就有了，语言问题就迎刃而解了。

以华和辉辉在家庭会议上跟我说：“妈妈，我们好像学不懂希伯来语了。”我跟他们俩一沟通，发现不过关的原因不是他们不努力，原因在于班级里的苏联小孩太多，老师迫不得已稍微调整了教学方法，在希伯来语中夹杂了俄语。结果，以华和辉辉就在希伯来语和俄语中产生了混淆。

我感到有问题存在了，当时以色列和中国刚建交，我们是以色列第一家中国移民。以色列的语言学校里除了以华和辉辉外，没有别的中国学生，老师不会为两个中国学生特意开小灶的，怎么办？

思来想去，我连夜起程去了耶路撒冷的教育局。等我风尘仆仆地赶到耶路撒冷，天黑黢黢一片，教育局早已经下班了。我也不知道哪里来的勇气，竟然在耶路撒冷教育局的楼下凑合着睡了一夜。第二天一大早，我就走进教育局局长的办公室，总算是为两个孩子争取到了当地最有名的一位教希伯来语的老师。这位我从耶路撒冷求来的“小灶”，真的是我见过的最好的语言老师，在他的悉心指导下，以华和辉辉的希伯来语突飞猛进。

以色列的语言教育真的很成功，也启发了我。我每天搜集各种图案，把报纸上的各种图片分门别类地剪下来，贴在纸板上。以华和辉辉从语言学校放学后，我就把纸板交给他们，让他们把不会的挑出来，再去向学校老师或者邻居小孩请教。这也是孩子们始终相信妈妈是他们最坚强后盾的原因。他们知道，在危急关头，妈妈一定会出现。

在家庭会议上，我还很郑重地问孩子们：“妈妈想开一个小小的中国餐馆，你们说好不好？”我请他们每个人都发表意见，小女儿当时才上小学，但是一样拥有发言权。多年后，孩子们都长大成人，可他们至今都还记得，曾经全家一起席地而坐商讨的“家庭GDP发展计划”。

虽然每周召开家庭会议是出自我的建议，但是，习惯了做中国妈妈的我，反而并不太适应这种完全的民主，开会时常常出现不民主举动的就是我。我常常会不自觉地拿出我做母亲的权威，摆出家长的架子。但我的做法马上就会遭到孩子们的指责和弹劾。他们会一脸严肃地郑重对我说：“妈妈，请您得到发言权后再发表意见，现在还没轮到您呢。”我也会赶紧说“抱歉”，接受孩子的批评，遵守家庭会议的议程，把包办与越俎代庖这些东西按捺下去，给孩子们挺身而出的机会。

不过，以色列也有句名言：造物主因为照看不过来，所以才创造了妈妈。如此说来，妈妈在特殊情况下是有特权的。我很少使用这把尚方宝剑，但也有例外，比如针对孩子的择校问题。孩子的社会环境由同学决定，这些同学会变成他们终身的朋友、事业伙伴，偶尔还会变成配偶，另外教师的素质也和学生的素质息息相关，所以择校是个长远问题。在这个问题上，我曾经与女儿有分歧，而且我动用了尚方宝剑。

女儿当时不太想去宗教小学，因为宗教小学比普通公立小学需要更早起床，上学还要穿裙子，此外还要花百分之四十的时间学习犹太学。女儿更想去嘻嘻闹闹一点的学校。但是，我却帮她找了当地最好的一所宗教小学。在作这个选择时，我是有深思熟虑的。

以色列从20世纪50年代起，就鼓励新移民子女进入宗教小学，通过学科教学（尤其是历史、文学和地理教学）和学校课外活动，学习一些基本的犹太民族传统的知识和价值观。这种学习方式可以帮助新移民一代尽快实现希伯来文化的跨越，尽快适应以色列文化，融入以色列学校生活和社会生活。我想，女儿长大后可以不认同以色列的文化，但是她不能不懂得以色列的文化。比如说：鱼类、蛋、水果和蔬菜（Pareve食品）可以同肉类或者同奶制品同时食用，分别用于奶制品和肉类的餐具应当分开使用、清洗和存放等等。

为了让女儿去宗教小学前能打下一个良好基础，我请了一个家庭教师教了她一个月，每天就反反复复地教她希伯来语的二十二个字母。希伯来语“sabra”意为“土生土长的以色列人”，是犹太人的民族语言，是世界上最古老的语言之一。它属于中东闪含语系闪语族的一个分支，没有元音字母，只有二十二个辅音字母，其文字从右往左书写。希伯来文虽然简单，但为了维持语言的淳朴、自然，用起来却要十分谨慎。我请家庭教师从第一个字母开始不停地教，女儿实打实地学了一个月，直到滚瓜烂熟。

刚去宗教小学时，女儿并不能完全理解我的心情。但当她读完三年宗教小学后，这些文化和礼仪在她心中已经根深蒂固了。她懂得以色列的风土和民俗，她会写很好的希伯来语文章，她的修辞能力非常强。她接受了很好的淑女教育，毫无疑问，她成为受大家喜爱的女孩子了。

把女儿送进宗教学校，让她学做个淑女，我一直想找个机会，跟女儿说说当年这个没有尊重她个性的选择，一直想跟她道歉，那份出于母亲的私心。我相信，有一天，当我不在这个世界上了，女儿生下的第三代移民，会理解我这个做外婆的苦衷和心意。

不过，我也并没有把我的私心坚持到底。当女儿从宗教小学毕业后，我就顺从她的心意，让她回归普通学校读初中。她进初中时，英语和数学成绩都是班上的第一名，因为宗教小学的教育是非常严格的。

女儿现在十九岁了，她已经开始从当年的学校教育中受益，她懂得以色列的文化和礼仪，她深受以色列朋友的喜爱，她的人缘非常好。她可以在警察局里帮忙做翻译，可以给律师当助手，帮助中国劳工打官司，她没有文化的障碍。有一天，女儿突然对我说：“妈妈，如果你当初没有让我读宗教小学，我可能学不到那些灵魂深处的东西。”

感谢女儿的成长。

后退一步和放任自流之间，失之毫厘，却谬之千里。后退一步，是一种高瞻远瞩的家教策略。但是，家长在实施把孩子适时推到“第一线”的教育方案时，当孩子需要被保护或遇到无法解决的困难时，就该给他最及时的帮助。也就是所谓的站在“安全距离”处来守护孩子，要让孩子感受到，危急关头，妈妈一定会出现！

举行家庭会议需要遵守的基本原则

1. 规定会议时间。如，每周一次，除非有特殊状况，否则每位家庭成员都要出席。

2. 提前公布会议的议题（记录在纸上），让家人都能在上面写意见。

3. 可以多让孩子做会议记录，写下重要的信息以及记录下任何家庭成员之间的协议。

4. 避免干扰，尽量将电视和收音机都关掉。

5. 以赞扬和感激之词作为开场白，赞美每位成员这一周良好的表现。这样，每人都有赞扬与被赞扬、感激与被感激的机会。

6. 认真倾听每一个人的发言，尤其是孩子的发言，因为讨论或倾听别人的感受往往足以让人感动并发生转变。

7. 不能在会议中大喊大叫。在其他人说话时不能打岔。不能贬低别人或骂人。

8. 不要占用孩子看期盼看的动画片的时间。

9. 花些时间讨论即将发生的事件或计划，例如度假。

10. 开家庭会议前准备一些茶水和甜点，让会议充满乐趣。

为爱播洒阳光

子女是父母的天使，子女的到来是上天在赐福给父母；子女是父母的宝贝，无论贫穷富有，父母永远把子女放在第一位；子女是父母的欢乐，生活再苦再累，有孩子就有安慰；子女是我们的希望，一切荣华富贵都不如孩子珍贵。就像一首歌曲《宝贝，你听到了吗》所唱的那样："宝贝，你听到了吗？不必给我任何报答。养育你的日日夜夜，我已收获最美的时刻……"

维持一个家庭命脉的，不是家长对子女的权威，而是家长的乐观与爱。正是这豁达的乐观和赴汤蹈火的爱，才是一个家庭的精神家园，是一个家庭遮风避雨的港湾，是一个家庭生生不息运转的动力。

如何表达出这份爱，在方式上，犹太父母更推崇乐观表达法。

犹太父母们在和孩子相处时，会跟孩子说："快乐而幸福地过好每一天就是生活的目标。"快乐幸福地过好每一天，这也是犹太民族世代相传的家教精神。

我们习惯说一天就是从早上到傍晚，但在犹太人眼中却完全相反。犹太人的一天是从日落开始的。很多人很好奇犹太人的这种时间观念，"为什么一天要开始于日落？"这种时间观念是犹太人特有的。犹太人认为，与其明亮地开始，黑暗地结束，倒不如黑暗地开始，明亮地结束来得令人欣慰。走进一个犹太家庭中，扑面而来的一定是乐观的家庭气氛。乐观是犹太父母为儿女打造的精神家园。

小时候，我父亲就以身作则，给我树立了一个用微笑来面对困境的榜样。我父亲当年受纳粹迫害，辗转逃亡到上海，他以犹太人典型的乐观、智慧白手起家做起酒类和地毯生意，重新开始生活。父亲倾其所有智慧，教育我做一个经得起风雨的人，他常常跟我说："沙拉，当你觉得心情不好，失落的时候，是因为你把自己当做了世界上最不幸的人，如果你发现还有比你更糟糕的人，相信你会对目前的处境格外珍惜。就像光明是因为黑夜的衬托，幸运是因为有了不幸的衬托一样。你对生活微笑，生活也会用同样的微笑来回报你。"

我曾经看过新东方校长俞敏洪写的一篇文章，谈的也是一个充满乐观与爱的家庭对孩子精神家园的塑造。俞敏洪带着家人度假，大家一起在海边看月亮，看了一个多小时后，他怕女儿冷，就建议回宾馆。但是女儿说："爸爸我不走，我要看到月亮升到那个地方再走。"女儿的回答让俞敏洪感到让孩子体会诗意的重要性，由此，他也想到自己父亲潇洒、悠闲的生活态度，从小培养了他性情中的豁达和不在意。当他遇到困难、挫折和痛苦的时候，这种个性就明显地发挥作用。

犹太父母把乐观与爱作为家庭的精神家园，作为家庭的生存命脉，而我，也是误打误撞执行了这个任务。

刚到以色列时，一切并不如预想的那么美好，好事总是多磨。我原本以为以色列移民局至少会把我们安排在海法之类的城市，没想到，他们给我们一家安排在毗邻黎巴嫩的边陲城镇——谢莫纳（Kiriat Shmonah），那是个位于胡拉谷地西北部，仅有两万两千人口的小镇。

三个孩子不明就里，因为第一次出国，他们在飞机上就叽里呱啦地兴奋不已。离开喧哗的机场和陌生的人群，孩子们像小喜鹊一样唧唧喳喳地坐上车，车顺着起伏的公路向以色列北方奔驰。行着行着，以华和辉辉发现，怎么窗外的景色越来越荒凉啊？跟高楼林立、繁华喧嚣的上海比，这里真是太简朴、太肃静了。

"妈妈，我们为什么要来这里啊？"

"因为这里培养出以色列最优秀的外交官啊！"这是移民局的官员告诉我的，我用它来照射孩子们已经晴转多云的心情。

三个多小时后，车子驶到了谢莫纳，停在了几幢敦敦实实的白色楼房的中间。其实，谢莫纳镇还是很美的，望远处，巍峨的黎巴嫩雪山映入眼帘，朝前看，花草树木郁郁葱葱。

孩子们在上海长大，从来没见过雪山，此刻他们马上又兴奋起来。而白色楼房里的住户们，听说来了中国的移民，都非常热情地出来看望我们。靠着父亲生前教我的一些古希伯来语，我跟他们可以做一些简单的交流。

邻居们的小孩很热情，帮着我们把行李拿上三层。就像我小时候住过的上海犹太联合会的房子格局一样，这里也是把第三层设为住宅，底层没有间隔，可以当球场，专门供小孩玩耍。我们家在9号房间，三室两厅两卫，房子使用面积一百多平方米，足够用。但是，房间里家徒四壁，没有装修，看起来有点凄凄惨惨的。

孩子们抱着自己的行李，想放在地上又不想放的样子，一脸沮丧地问我："妈妈，我们晚上怎么住啊？"

"孩子们，别担心，让妈妈想想啊。"那一刻，我真是不知道哪里来的无限勇气。趁着太阳还没有下山，赶紧跑下楼，找了几个纸箱子，拆成了纸板铺在地上，然后再打开行李中的被褥，一家四口人这才算落下了脚。吃着邻居们送来的晚餐，我们开始了在以色列第一天的新生活。孩子的心是六月的天，绵绵阴雨一过，马上又是晴空万里。我带领着孩子在夜色中玩起剪刀、石头、布，大拳头小拳头比画在一起，简陋的家里洋溢着欢声笑语。

临睡前，我抱着孩子们说："孩子，一切都会有的。这个地方的繁华程度是比不过上海，可是，它会给你们一个全新的学习环境，是你们成长的摇篮。你们知道犹太人出过多少世界精英吗？他们就是榜样。等过个半年，你们把希伯来语学好了，妈妈就努力搬去特拉维夫或者耶路撒冷，妈妈希望你们有美好的未来。妈妈爱你们，妈妈保证，会让你们快乐地过日子的。"

日子就这样翻开了崭新的一页。每个来到以色列的新移民，按照规定，都要进入语言学校，先接受为期三至六个月的希伯来语强化训练。希伯来语是犹太人的民族语言，堪称当今世界上最古老的语言之一。

和汉语最大的不同是，希伯来语缺乏形容词，比如你要描述一个事物，就要大量使用比喻。为了尽快锻炼孩子的比喻能力，每个晚上，我和孩子们就围着餐桌，一起来玩语言游戏。我负责提问题，三个孩子就来抢答。比如说，我问："孩子们，你们谁能形容一下，最黑的黑天是什么样的？妈妈今天做了鸡腿，谁回答好，就先给谁吃！"

"最黑的黑天是——漆黑一片！"

"不是最好！"

"最黑的黑天是——伸手不见五指！"老大以华用希伯来语回答得最好。鸡腿先分给以华吃第一口，三个孩子笑成一团。

"Yeheyebesedr（一切都会好起来的）。"这是我每天早上起床后对孩子们说的第一句话，这也是地道的以色列父母的口头语。

作为一个平凡的女人，此时此刻，我有理由忧伤啼哭，甚至对未来充满担心，可是作为一个成熟的母亲，我必须乐观、坚强、从容，必须做好这个家的排头兵。生活现实是教育孩子的最好教材，父母对生活的热爱、执著，不怕困难的态度和坚强的意志，是孩子面对挫折的最强有力的精神支柱。

我们刚到以色列时，从上海带去的衣服不适合当地的情况，我们就在旧衣篮里捡别人的。犹太人和中国人不太一样的地方是，犹太人把不要的衣服干干净净地洗好，整整齐齐地叠上，放在垃圾桶旁边的旧衣篮里，让还处在贫困线上的人拿回家穿。有段时间，我们的衣服都是捡着穿的。

几年以后，我们的经济状况好了，我们同样也是把自己不再穿的衣服，干干净净洗好，叠起来放在垃圾桶边，提供给需要帮助的人。然后，我特意交代辉辉说："如果你看见有人穿了我们的衣服，你千万不要说，那件衣服原来是我的！"

没想到，送走衣服的第二天，辉辉就跑回家来跟我说："妈妈，妈妈，我看见一个苏联人穿我们家的衣服了！但是，我没有说出来，我假装没看见，从他身边走过去。"

"做得对。好孩子！" 给别人自尊心，才是真正爱别人，同样，也体现出你的人格。

以前，我们捡别人剩下的衣服穿时，我也时时刻刻在想：以华和辉辉都已经是少年了，如果学校里的同学说"你穿的衣服是我的"，那孩子们怎么办？当时，我在家跟孩子们说："如果有人说，你的衣服是我的，孩子们，你们一定要说，谢谢你对我的帮助。"我告诫孩子们，千万不要贫嘴说："衣服是我在垃圾桶边上捡的，凭什么说是你的？"我希望我的孩子会珍惜别人的帮助，跟衣服的主人说："谢谢你，给了我帮助。"

孩子们从来没跟我说过，是否有这样的事情发生，但是，我相信，即使真的有人说"你穿的衣服是我的"，他们也会非常有修养地谢谢人家的。

我二十二岁时，在上海的一个公园散步。那时，心情失落的我感觉看不到生活的出路和希望，想到父亲生前对我的教诲，也为了给自己鼓鼓劲，就照了张照片，还在照片的背面，写了一首诗：

"在这最好的季节，我不懂为什么听不到你的歌声，为什么看不到你的笑容，你应该唱歌，你应该跳舞，不要在无为的等待中来无为地消

磨自己。”

上面这张照片是1992年拍摄的，那是我初到以色列的第二天。当时，我不太懂希伯来语，一大堆的事情像沉重的石头压在我心头，可是，当我路过鲜花摊时，我决定在鲜花摊前留个影，让自己的脚步和心情与鲜花一起开放，让我的微笑能给孩子们带去勇气和力量。

从我自己建立一个家庭，成为三个孩子的母亲，我始终都没有忘记犹太父亲的教诲：让家里洋溢着欢歌笑语。都说贫贱夫妻百事哀，似乎经济状况最有可能打垮一个家庭的凝聚力，其实，家庭凝聚力最离不开的是家长的乐观与爱。我们的各位家长在想方设法地满足孩子这个那个需求的同时，有没有想到过应该给孩子最重要的东西是什么？不是物质，是家庭团体百折不挠的乐观精神，是家庭团体坚强自信的品格，是一家之长对孩子无怨无悔、富有成效的爱。只有这乐观和爱，才是一个家庭屹立不倒的精神家园，是孩子离开家后对家、对父母永远的眷恋。

培养孩子的乐观态度

1. 父母和孩子确立改造性格的信心。有的孩子的性格属于悲观性格，父母对此应有一个明确的认识。性格是可以重塑的，父母要帮助孩子树立塑造乐观性格的信心。

2. 帮孩子学习正确地进行自我分析，引导孩子讨论消极情绪。鼓励孩子生动地描述他们心中的忧虑，因为绘声绘色的描述可以让孩子放松，并具有治疗作用。

3. 加强孩子和同伴之间的情感联系。友谊在孩子的乐观性格塑造中起着重要作用，父母要鼓励孩子与同龄人一起玩耍，让他学会愉快地、融洽地与人交往。

4. 帮助孩子调整好心态。指导孩子学会自我排除心理障碍，学会让悲观情绪及时得到化解。

5. 多参加体育运动以及做家务。这些活动不仅可以帮助孩子消除挫折感和消极情绪，还能使孩子证明自己能够自我控制和掌握外在世界，培养他们的成就感和自信心。

6. 减少孩子的物质占有欲。让孩子明白人生的快乐不是与物质财富等同的，父母在给孩子讲这个道理时，应该对孩子的物质欲望有所限制。

7. 让孩子拥有广泛的兴趣。多为孩子提供各种兴趣与爱好的选择，并给予孩子必要的指导，因为充实的生活更容易造就幸福的人生。

8. 给孩子树立一个榜样。反省自己有没有无意之间把焦虑和沮丧不恰当地传染给孩子。虽说不要过分地保护孩子，但是，这并不意味着不需要适当地对他加以保护。

9. 当家庭面对考验时，做家长的更要以身作则，从容对待生活的挑战，让孩子感受到你战胜困难的决心和坚强的意志。你不妨当着孩子的面说一些给自己打气的话，别小看这几句自我鼓励，孩子可以从你身上学到自我鼓励和平和的心态，这会让他终生受益。

别让不幸婚姻影响他

小时候，父亲给我讲过很多美丽的故事，其中有一个寓言特别美丽动人：

春天的阳光温暖着大地。一朵鲜花在风中摇曳着美丽的身姿，试图寻找生命中最美的相遇。一棵刚发芽的小树吸引了鲜花的注意，鲜花娇羞地向小树表达了爱情。于是，它们相爱了。美丽的鲜花与小树遥遥相望，小树努力地吸取着营养，期望从地下伸出暖暖的手，抚慰鲜花的期盼。

秋天到来了，小树那渴盼已久的手，触摸到了鲜花纤细的根。

然而，鲜花已在秋风中渐渐凋零。

小树没有因为失去了鲜花而悲痛欲绝，而是紧紧握住了鲜花的花籽。这一年冬天，小树用尽所有的力气，将花籽送到了自己的根部。

第二年春天，鲜花长在了树下，当它抬起头，看见已经长成的大树时，它欣慰地笑了。此后的每一年春天，人们都能看见一棵大树下生长着一朵娇艳的花朵。人们说：那是鲜花与大树永生永世的婚姻。

爱情与婚姻，牵住了女人向往幸福生活的心。女人会在这抹阳光的照射下，变得温柔、勇敢、聪慧和执著。纵然生活苦、纵然生活累，只要握住这段姻缘，所有的风雨都不晦暗，所有的苦难都会变成甘甜的开始。无论怎样，婚姻都会给女人的一生留下痕迹，或是痛苦，或是幸福。

我也曾向往婚姻的幸福，但是很不幸，在婚姻的道路上，我是个坎坷的妻子。

我还记得，当时我和女儿的爸爸早就离婚了。可是，在女儿面前，我们俩都默契地掩饰着。我和女儿的爸爸在房间里的距离就是唠嗑。那时，女儿虽然才四岁多，但是，她已经有极强的观察力了。小孩子是最敏感的。我不停地看到，女儿打开门缝在观察我们。过一会儿，你可能听不到脚步声，那其实是她光着脚站在门外，又过一会儿，我又看到女儿的一双大眼睛。女儿在那一刻的举措，让我震惊、痛心。我止不住地流泪。我想跟女儿说：对不起。那一刻，我重新审视自己，五味交加，心如刀绞。我没有及时地把离婚事件在女儿内心铺垫好，后来的岁月里，我花了无数心血来抹平这种隔阂。

庆幸的是，女儿终于成长为一个积极向上、优雅善良的姑娘。

2009年3月份起，女儿开始在以色列军队服兵役。尽管她所在的情报部队在沙漠里露营，非常辛苦，但她作为一个女孩子还是刻苦地坚持下来了。去年，我一些上海的朋友去以色列玩，见到了女儿，他们回来跟我说：“你女儿真懂事，穿着一身军装，飒爽但不张扬。她陪着我们去逛购物中心，很耐心地帮我们当翻译，介绍各种东西。最让我们感动的是，遇见鞋店的时候，她非常认真地挑鞋，我们以为她要给自己买。原来她是要给妈妈买，她说妈妈脚比较大，看到好鞋，总会给妈妈留意。她还说妈妈年纪大了，责任就更大了。还麻烦我们回国后跟妈妈说，她会好好学习的，让妈妈放心。”

婚姻不幸的夫妻是否该为了孩子，而勉强继续婚姻？这样做对子女是否真的有好处，至今还是个充满争议的问题。

我自己的经验，离婚家庭有三种说法：

第一种，父母外向，一直不停地争吵，爸爸不爱妈妈，妈妈也不爱爸爸，这是一场婚姻的悲剧，孩子深受其害。离婚对孩子来说，是一种释放。在离婚协议中，父母双方抢着要孩子，对孩子来说，是一份伤害以外的补偿。

第二种，孩子从来没见过父母双方争吵，婚变突如其来，小孩子措手不及。这时候，父母伪装得越好，孩子受到的伤害越大，他们觉得自己被边缘化了。有可能会走向另外一个极端，由好孩子变成坏孩子。

第三种，发生在一些比较民主的家庭。孩子隐隐约约地觉得父母既不幸福，也不快乐。这种氛围让孩子反过来替父母觉得“你们太累了”。因为孩子亲眼看到，经过感情修饰的父母是那么痛苦，而这一切是为了他。孩子会升华一步，退位为父母思考。他会说，离不离你们自己做主，但是家庭要快乐，要有一个和谐的氛围。

婚姻一定会碰到困难，最好的解决办法是克服困难，这是父母可以为子女树立的最好的榜样。因为这样的孩子，好像打过预防针，将来他们碰到婚姻问题时，免疫力会比较强。

但是，克服不了婚姻困难的家庭该怎么爱孩子呢？又该怎么表达出这种爱呢？

针对单亲家庭如何爱孩子，以色列还专门设立一些辅导学校，帮助单亲孩子的家长走出爱子误区。我也曾去这样的辅导学校里取过经，这些“经书”真的普度了我当时那颗迷茫的心。比如说，我学会用爱来搭建生活的优雅与乐观，让孩子感受到我们的生活洒满阳光，妈妈的内心从容、坚强，生活难免有烦恼，但是这并不影响我们要乘着歌声的翅膀微笑。生活又重新开始了。

我学习孟母三迁，带孩子们移民以色列，在力所能及的情况下提供给他们更广阔的未来；当我发现自己的教育理念有可能成为孩子成长的羁绊时，我下定决心做一个学习型妈妈，在家里实施教育改革，走出低效能的教育误区，点燃孩子们生命深处的技能和素质。

人生之路漫漫，家长之爱殷殷。三个孩子成长得比我想象的优秀。两个儿子就像他们当年承诺的那样，一个交给了我一把别墅钥匙，一个交给了我一把名车钥匙。小女儿的珠宝箱钥匙虽然还没交到我手上，但我相信那已经为时不远了。

孩子们纷纷找到了自己的人生港湾，我的风帆也要重新起航了。2003年，我在上海和曾在高校教书的陈老师相识一段时间后，决定要结婚了，我通知了孩子们。老大以华来了，看到陈老师，他想，叫叔叔不合适，对妈妈不尊重，但是马上叫爸爸，他也觉得不太好意思。

“老爷子，您好！”在那一瞬间，以华竟然想出这么一个有味道的称呼。

“老爷子，您抽烟。”以华恭恭敬敬地递给陈老师一支烟。

“对不起，我不抽烟。”陈老师没有抽烟的习惯。

“那更好，抽烟对身体不好。”以华说。

接下来，我没想到的是，一贯内向的以华竟然对陈老师说出一大番情深意重的话：“老爷子，谢谢您在我妈妈孤独的时候，在我们做儿女的都不在她身边的时候，去陪伴她。”

以华接着又写下自己的手机号：“老爷子，这是我的手机号，妈妈如果有什么事情冲撞您了，或者让您生气没地方说了，您就给我们打电话。我这里二十四小时开机。请您相信，我们一定是非常公正的。如果我妈妈欺负您，您一定要告诉我。我们尽一切力量支持您。”

说完，以华走上前，给了陈老师一个拥抱。他非常郑重地对陈老师说：“老爷子，我们把妈妈交给您了，我们就不会那么担心她了。我们很开心，谢谢您！”

和以华见过面后，陈老师的心情久久不能平静。他一会儿坐在沙发上，一会儿又站起来，在客厅里走来走去，他坐不住，对我说：“你的孩子怎么这么优秀呢？大凡父母再婚，都要请孩子给予百般谅解，他们却跟我说谢谢。”

来见陈老师前，三个孩子都已经商量好了，由以华出面，左一个我们，右一个我们。以华跟陈老师见完面，特意又给我送来了祝福：“妈妈，我们都非常爱您，这是您新组合的家庭，希望可以像拐棍一样支撑您一直走到永远！”

儿子们对陈老师的关怀有时甚至让我都有点嫉妒。

他们从国外买东西，都是先买给陈老师。大儿子买表，小儿子买鞋。有时，我问他们怎么没有给我买呀，他们就会开玩笑地说：“因为妈妈您自己会买呀。”

让我很感动的是，他们还细心地买来一些有关健康、医学的书给陈老师看，因为他们知道陈老师得少吃点糖，怕我做菜饮食结构不对。他们会假装很认真地跟我说：“妈妈，您千万不要总是做甜的东西给老爷

生日宴会时，我许下了一个美好的愿望

子吃了，不然我们就把家里的冰箱锁起来！”

离婚会不会给子女身心带来永久性的伤害？婚姻学界一直在探讨这个话题，公说公有理，婆说婆有理，没有个明确的判决。如果离婚不可避免，对离异的父母来说，一定要学会作为单亲家庭如何爱孩子。

现任美国总统奥巴马，同样是父母在他孩童时离异的。父母离异后，母亲给了他接受良好教育的机会，亲生父亲也经常会在书信中鼓励他奋发图强、追求理想。为此他写的第一本书就是《我的父亲》。可见，离异的父母同样能让孩子健康成长，关键是要学会作为单亲家庭如何爱孩子。

单亲家庭爱孩子的四个误区

误区之一：情感暗示过多

很多单亲孩子的家长，总是把孩子成长过程中出现的种种矛盾和问题都归咎于家庭的不完整，向孩子传递单亲家庭不正常的思想，使孩子也认为自己是不正常的。比如，一些家长经常说“孩子很可怜”之类的话，这会给孩子的心灵罩上阴影。其实，父母经常吵架的家庭对孩子的成长影响也很大。单亲是正常的社会现象，处理好了，并不影响孩子健康、快乐成长，别给孩子错误的情感暗示。

误区之二：一味排斥对方

很多夫妻离异后，一方带着孩子，就不愿意让对方与孩子接触，有的甚至干脆搬迁到对方找不到的地方，让孩子看不到父亲或母亲。还有的有意识地把对方贬得一无是处，向孩子灌输敌对情绪，比如“千万别像你爸（妈）那样”，孩子听得多了，就会在心理上对父母另一方形成排斥心理，这是许多单亲家庭孩子性格偏离正常轨道的一个重要原因。

误区之三：过分溺爱孩子

溺爱是很多家庭的通病，单亲家长往往表现得更明显。单亲家长感觉自己离异了，很对不起孩子，因此，一旦孩子有任何要求，无论精神上的还是物质上的，都会给予无条件满足。久而久之，孩子就容易形成孤僻、自傲、任性、自私等性格缺陷。

误区之四：消沉

单亲母亲首先要振作，不能消沉，特别是在孩子面前，要从容不迫，这样才能让孩子有安全感。单亲妈妈还要在面对一些流言和无端的猜测时，坚持一种责任感，要珍惜自己，热爱生活，给孩子做一个可以遮风挡雨的榜样。

后记　爱你一辈子

反思十年的跨国教育体验，让我脑海中浮现出两幅跳跃着的鲜活画面：一些中国父母爱孩子的画面像一幅子宫图，而犹太父母爱孩子的画面像一幅篝火图。

最美的子宫图就像文艺复兴时期的大师达·芬奇的手稿中描绘的，它完美地表现出："子宫就是孩子的宫殿。"儿女是来源于子宫的作品，可是，发表之后，父母还设立"虚拟子宫"斩不断理还乱地来"爱"孩子，久而久之就把孩子培养成平庸无能的人。

犹太父母爱孩子的画面则像一幅篝火图。画面中，父母用篝火点燃孩子的人生和前程，遥遥望见他们就像一轮新的太阳从地平线升起。

子宫图中的父母之爱与篝火图中的父母之爱矛盾吗？不！没有子宫般的爱，就没有温度、没有奉献、没有牺牲；但是，不用篝火点燃这种爱，再多的温度都是没有理智的感情用事，是没有功劳只有苦劳的牺牲，是缺乏智慧和艺术的迷茫之爱。

21世纪，孩子将面临竞争更加激烈的未来与不可预知的局势，虚拟子宫的爱子方式，是毁灭性的育儿方式，相信这一点天下父母都有共识。然而，令人忧心的是，很多深陷在爱的误区中的中国父母，丝毫也没有意识到自己就是其中一员干将，自己正在送给孩子最可怕的礼物。

我不想因为自己培育出亿万富翁的儿女，就炫耀自己的教子方法。因为我也曾被犹太母亲批评过母爱质量低，所以，我更能理解今日父母的心情。也正因如此，我才更想跟大家分享我的经验、我的奋斗。做父母还需要奋斗吗？如果说有一个岗位可以不用凭证上岗，那就是做母亲。但这个岗位的学问太深，进门容易，毕业难。就像高尔基说过的一句话：生孩子是母鸡都懂的事，养孩子就是另外一回事了。爱孩子一旦被人类赋予了教育的因素，就变得不那么简单了，只凭父母对孩子的满腔热爱是远远不够的，还要掌握科学的理念，掌握爱孩子的艺术与学问，如果教育观念和方法不得当就会适得其反。

每个家庭的父母都期望自己的孩子能够成才，都在积极地爱着自己的孩子，然而孩子的未来却异彩纷呈，各有不同。有的孩子出类拔萃、有的孩子却非常平庸，为什么会有这么大的差距呢？其实造成这种差距的原因很简单，就是家庭是否采取了科学的爱子方式，是否杜绝失败的爱子方式。

在这本书里，我一直强调，父母爱孩子，要爱得有意义、有价值，有作为。孩子长大后能否生活得更好，与父母的努力休戚相关。作为一个母亲，生活在中国急速变化的时代，感受了中国和犹太文化跨国教育的差异，我经历了很多艰辛和反思。

《特别狠心特别爱》的三大内涵和对应技巧，记录的就是我的经验、努力和思考。它不仅仅是传授给不太富裕家庭的家教参考书，它更是给富裕家庭的爱子攻略。它虽然借鉴自犹太教育，但我认为在全球化的今天，有些道理是全世界相通的。而作为父母，我们对待孩子的心情也是一样的。我衷心期盼它能够给孩子的爸爸妈妈们一些启发性的帮助和领悟。

所以，如果你们问我“如何做父母，如何爱孩子，如何开展家庭教育，如何让孩子长大后生活得更好”，那么，我在这本书里一直试图给你们的回答是：父母爱孩子的心意永无止境，但是，心意的质量也有考核标准——高质量的父母之爱，就是让孩子终生受益。

在本书的最后，让我们再次一起分享这些让孩子终生受益的理念和技巧。

“把生存教育列在教育的首位”。“有偿生活机制”是犹太生存教育的一个精华，它不仅使犹太子孙精明富有，而且还使得他们无论漂泊于世界的任何一个角落，都能如鱼得水地展开他们的事业。在犹太家长看来，包括音乐、舞蹈、美术、网球等素质教育，都是孩子必需的成长养分，但是，这些教育并不能提供给孩子一个生活经验训练场。仅仅学业优异的孩子，人生未必成功，也就是说并不意味着他能在未来的生活中顺畅地实现个人价值和社会价值。

以色列的《家庭教育》，曾做过一个调查报道：爱干家务的孩子与不爱干家务的孩子相比，长大后的失业率为1:15，前者比后者的平均收入要高出20%左右。从小懂得劳动伦理学的孩子，在对生活不断体验的基础上，找到自己一生的方向，日后更容易事业有成。就我家的家教改革来看，在有偿生活机制的运行下，孩子们比我想象的更能干，更有时间意识、成本意识、自我管理意识、责任意识。

“延迟满足，知爱也知教。”“儿童本位”本来是科学儿童观的产物，它表达了现代社会对儿童生命的尊重和理解。但“儿童本位”并没有怂恿家长把孩子的地位放在高人一等的龙椅上，那是对“儿童本位”的误读。儿童本位强调父母与子女之间的心灵相通，并没有授权父母对孩子无限满足或者是轻易满足、超量满足。

我非常喜欢参加以色列学校的家长恳谈会，每次都感觉受益匪浅，家长们常常对培养孩子“延迟满足”的观念提出自己的见解：比如“参观爸爸妈妈的一天”、“模拟家境”等，犹太孩子人才辈出，精英遍布全世界，也从这个家教传统中受益匪浅。

今天，我们是孩子最亲最爱的父母，能对他有求必应，能以超前满足、即时满足、超量满足孩子的能力，作为衡量自己是不是成功父母的标准。但是，当这个被满足感填满的孩子走进社会，社会能对他有求必应吗？如果不能，他的心理是否会有极度的落差和委屈？与其让孩子进入社会再交这笔巨额学费，不如先在家里对他开展“适度不满足”训练，一方面让他们懂得延后享受，对人生有所期许，一方面也增强孩子被拒绝后的心理承受能力，为他走入社会前多买点“心理保险”。

“撤退一步，学会放手，不培养‘超龄婴儿’，不做直升机父母。”

受犹太妈妈们的熏陶，我了解了做妈妈最深奥的一门艺术不是做包办型的大管家，而是做“观察，再提醒、参谋”的军师。真正为子女幸福着想的父母，要有长线投资的慧眼，自己向后退一步，为孩子多创造挺身而出、探索外界信息的机会。而不是冲锋在前，一手包办，挡住了孩子展望未来的视线。

我们几十年的人生经验，真正应该表达给他们的是：孩子，想想你的兴趣在哪里，你的天分在哪里？你能不能拥有快乐的生活？你是否准备好了终生学习的态度？作为父母，我们要锻炼的是孩子的自我思考能力、自我选择能力、建立坐标能力、寻找价值能力。

在以色列广为流传着一句教子名言：教育的目的是把每个人都训练成一个有自己独立思想的人。这句名言出自犹太后裔爱因斯坦的口中。

最后，我还想强调一点，“特别狠心特别爱”是以让孩子长大后生活得更好为出发点，点燃孩子生命深处的技能和素质，它是藏起一半爱，不是丢失一半爱，它是爱得更科学、更艺术、更绿色，而不是爱得越来越偏执、困惑、沉重、迷茫。

通过对犹太孩子的观察，我发现“特别狠心特别爱”并没有隔离开犹太父母与儿女之间的血脉情缘，反而更增添了家庭的凝聚力，增强了孩子的安全感。犹太父母和孩子之间的感情也黏糊着呢。

世界上数万种工作中，养儿育女是最重要、最具有挑战性的工作。

如果说，有一门工作不需要执照就可以上岗，那就是父母亲。很多父母亲是以实战代替培训的，摸着石头过河，但是，往往河是过完了，遗憾都留在了河对岸。为人父母难免有遗憾，因为爱无止境。但是，这些遗憾能不能辐射面积小一些呢？

心理学家埃里克·弗罗姆说过这样一句话，他说，“爱”就同我们掌握其他艺术一样，它是需要学习才能掌握的。每个父母也必须通过学习并付出努力才会懂得“爱”。都说知识改变命运，如果我们掌握了家教理念的真正精华，是不是可以改变我们整个家庭的命运呢？

为人父母总是艰难与伟大同行，辛苦与幸福同在。亲爱的父母们，让我们怀抱希望和梦想，不断学习如何去爱，相信更明亮、更幸福的阳光会闪耀在我们前方！

“超量满足”是家庭教育的软暴力

童大焕

这真是一本好书。我是用几天时间见缝插针如饥似渴地读完这本书的，有一种相见恨晚的感觉，因为我的孩子已经读初三了，如果在小学低年级就读到这本书，也许会更好，可以更好地和孩子一起成长。当然现在也还来得及。只是光阴似箭，孩子最多再过三年多就要离开父母亲独自单飞了。

中国教育的问题一大半出在家长，出在家庭教育。从家庭到学校都在给孩子填鸭，灌输式教育，而不是想办法激励孩子自主学习、主动学习。我们的教育把孩子架空，抽离生活，把书本知识和习惯与道德养成、生存智慧隔离开来。实际上，生存智慧是一切知识和智慧之源。穷人的孩子早当家，就是因为生存教育贯穿始终，生存能力从娃娃抓起。

《特别狠心特别爱》中所提到的“超量满足”被犹太人视为家庭教育软暴力。我们的教育通常在学习上是棍棒，不断加压（包括所谓的艺术课程）；在生活问题上则是蜜糖，孩子衣来伸手饭来张口，想要什么就给什么。导致许多中国人一辈子都没有摆脱母体依赖，像是被圈养保护的华南虎一样，缺乏独立的市场化的野外生存能力。长大后，往往是抱怨和等待代替了努力和行动，比如叹自己生不逢时，怀才不遇。

《特别狠心特别爱》的作者沙拉女士家道中落，孤身一人拉扯三个孩子，并没有明确要求把孩子培养成富翁或者明星，但是她从一点一滴起步，努力把孩子培养成一个独立的人、健全的人，有孝心、有生存智慧、有终生学习兴趣和能力、有追求欲望和人生动力的人。其“70后”的孩子能够在二十三岁就送给母亲一把上海闹市别墅的钥匙，不到三十岁就成为世界富豪，只是这种教育方法自然而然的副产品而已。其贯穿生活中的接地气的生存教育，适当不满足和延迟满足教育，让孩子从小牢固树立依靠自己的思想，以及时间管理等等，并不像我们常见的培养“天才”的书一样让人摸不着边，让人可望而不可即，而是每一个家长只要用心都能体会和实践的。

溺爱孩子如杀子

郭绍武

周六上午去台里上班的路上，我的同事主持人晓莉在《女人花》节目中正在向听众介绍一本新书，是犹太母亲沙拉女士写的《特别狠心特别爱》，谈犹太人的家庭教育思想和模式。我在车里听得很着迷，特别是当晓莉说沙拉教育孩子的主要理念就是“延迟满足”的时候，我的心有所触动，这跟我们对于孩子的需求都尽力满足是不同的，于是我怀着好奇的心情，走进了直播室，在晓莉下节目的第一时间，把她手中的《特别狠心特别爱》借了过来，二十五万字，周末两天一口气读了下来。

犹太民族是一个神秘的民族，在历史上出现了那么多伟大的哲学家、成功的企业家和无处不在的犹太商人。这些数量极少，但是能量极高的人在多大程度上主宰着世界的命脉我们还不得而知，但是一个只有初中学历的上海犹太女人的一本小书，足以让我们的灵魂深处思考如何才能为人父母的问题，让我再次感慨犹太人真是了不起。

今年五十八岁的沙拉出生在上海，她的父亲是“二战”时逃亡到上海避难的犹太人。为了给孩子提供一个全新的成长环境，全家移民到以色列。移民初期，沙拉全家生活异常艰苦，沙拉依靠卖春卷为生，但是她一直秉持再苦不能苦孩子的原则，为孩子当洗衣机、冰箱和银行，繁重的生意和家务从不让孩子插手。假如沙拉不移民，就不会碰到她在以色列的邻居，她就会像大多数中国妈妈那样抱着孩子艰难地长大。

然而，当她在以色列这样做的时候，事情发生了改变。一天，邻居大妈过来了，看到这一切，就开始训斥老大：“你已经是大孩子了，你应该学会去帮助你的母亲，而不是在这里看着你母亲忙碌，自己就像废物一样。”虽然邻居说的是孩子，但听到这句话的沙拉开始转变观念，让孩子一起体验生活的艰难。三个孩子在互相关爱和帮助中逐渐成熟起来，也在应对困难的过程中，不断学习，最终都创立了自己的事业。

正像沙拉说的那样：母鸡都会生孩子，但是母鸡未必会教育孩子。大多数女人在不会教育孩子的时候就生了孩子。尤其在当今中国城镇，大家生活好了，对于孩子大都采取超前满足、过量满足的溺爱方式，殊不知："谁溺爱孩子，就不得不有朝一日为他包扎伤口，心软是害，狠心是爱！"

狠下心来，领着孩子走，或者看着孩子走，绝不是抱着孩子走！在孩子最需要的时候出现，在该出现的时候出现，父母永远不要代替孩子成长。

我从沙拉女士倔犟的眼神中读出了一个坚强母亲的心。

溺爱孩子如杀子。对于这一理念，中国妈妈和犹太妈妈的认知是一样的，但是要真正做到不溺爱孩子，为孩子创造逆境，延迟满足，尤其是有意识地培养孩子的情商、逆商、财商等等，是非常不容易的。谁做到了，谁就是真正慈爱而且伟大的母亲。

沙拉女士虽然学历不高，但是她的感悟能力、学习能力和写作能力不亚于教授的水平。我们不是欣赏多么美丽的文字，而是希望在那些朴实的文字背后，找到关于成功教育孩子的秘诀。沙拉女士的确做到了，为天下父母树立了好的榜样，并指出了一条行之有效的家教道路。

教育孩子是一门学问，是一种艺术，人人需要学习。可怜天下父母心！如果父母不学习，可怜的结果也必然会带来可怕的、可恨的后果。"子欲养而亲不在"是悲哀，"子欲学而亲不教"同样是悲哀。作为父母如何科学地教导自己的孩子?这是一个问题，这是一个与个人成败和民族兴衰密切相关的大问题。

东方红了

东方红了，阳光潜进病房，落在苍白的脸上。摸你的手给你力量，抹去你的泪，轻声为你吟唱，你的康复，我的希望。今天过去，明天会比今天更棒！

东方红了，阳光跑进病房，问候紧闭的眼眶。你的渴望流出心房，干涸的眼床让你感伤，告诉阳光我在你身旁，你的愿望有我帮忙，给你勇气为你鼓掌，明天会比今天强！

东方红了，阳光跳进病房，赶走过往的车辆。之后的你有了方向，和我一起站岗。推开窗，满天的星星是那感恩人心灵的眼光，你是我的快乐我的阳光，你的健康我的期望，明天会比今天更宽广。

沙拉

注：作者沙拉在乘坐上海飞往济南的最早一班飞机时，一缕阳光通过飞机的小窗射进机舱，这也映射进了沙拉从事志愿者长达七年的深深体悟，给许多需要帮助的人送去温暖是沙拉做中国志愿者的一份荣光！刹那间，灵感充满脑海，于是沙拉写了这首诗《东方红了》。